KATJA KEWERITSCH

ALICE
UND DAS
BLAU DES
WASSERS

AF177809

KATJA KEWERITSCH

ALICE UND DAS BLAU DES WASSERS

ROMAN

WILHELM HEYNE VERLAG
MÜNCHEN

Penguin Random House Verlagsgruppe FSC® N001967

Originalausgabe 03/2025
Copyright © 2025 dieser Ausgabe
by Wilhelm Heyne Verlag, München,
in der Penguin Random House Verlagsgruppe GmbH,
Neumarkter Str. 28, 81673 München
produktsicherheit@penguinrandomhouse.de
(Vorstehende Angaben sind zugleich
Pflichtinformationen nach GPSR)

Dieses Werk wurde vermittelt
von der Literaturagentur Dorothee Schmidt.
Redaktion: Antje Steinhäuser
Umschlaggestaltung: Romy Pohl unter Verwendung
von Shutterstock.com (Mabelin72; Dooder)
Satz: satz-bau Leingärtner, Nabburg
Druck und Bindung: GGP Media GmbH, Pößneck
Printed in Germany
ISBN: 978-3-453-42959-8

www.heyne.de

*Für Mama
und all die wunderbaren Frauen
in meinem Leben*

Eine Frau geht durch die Formen.
Die Verwandlung ist ihre Natur.

Svenja Leiber, *Kazimira*

1. QUARTAL

JANUAR

*D*rei Minuten, siebenunddreißig Sekunden. Das war mein Rekord. Keine Ahnung, welche Umstände zu dieser Bestmarke geführt hatten. Manchmal versuchte ich, mich selbst zu schlagen. Aber Druck wirkte kontraproduktiv.

Ich streifte die graue Wollmütze, Neoprensocken und Handschuhe über und schlüpfte aus dem Bademantel. Nie fühlte ich mich nackter als in diesem Moment. Der Winter biss in jeden Quadratmillimeter Haut. Schon seit Tagen fielen die Temperaturen unter die Frostgrenze.

Ich zwang mich, die Atemmeditation durchzuführen, mein Herz zu beruhigen. Nur keine Aufregung. Ich kletterte auf den Hocker, griff nach der Halterung am Schuppendach und piekste den großen Zeh durch die dünne Eisscholle, die mittig auf dem Wasser im Holzfass trieb. Spitze Splitter drifteten an den Rand. Ich zog beide Beine an, atmete, atmete erneut und tauchte mit den Füßen voran in die Kälte.

Der Schock explodierte mit einer solchen Wucht in den Nervenenden, dass ich japste. Ich schloss die Augen, konzentrierte mich. Mein Körper schaltete in den Überlebensmodus. Er leitete das Blut aus Händen, Armen, Beinen in den Rumpf, um die Organe zu schützen.

Die Gefäße der Haut verengten sich. Ein eiserner Ring spannte sich um die Lungen. Das Atmen wurde zu einem bewussten Akt, einer existenziellen Anstrengung.

Ein Teil des Blutes rauschte in den Kopf, der Druck stieg. Hyperämie. Ich atmete ruhig gegen die Panik meines Körpers an, löste die Arme vom Fassrand und sank in die Hocke, bis mein Kinn das Wasser berührte.

Kurz darauf geschah es. Ein paradoxes Wärmegefühl. Meine Hormone gingen auf Heldenreise. Adrenalin, Noradrenalin, Kortikoide und Endorphine schwärmten aus, kämpften gegen das Auskühlen und Erfrieren an. Wie nebenbei rangen sie dabei auch andere Wehwehchen nieder, die Wechseljahresbeschwerden, die mich mit ständig schwankender Präsenz heimsuchten. Aber nun bot ich ihnen die Stirn.

Während meine Silhouette von außen zusammenschrumpelte, weitete ich mich innerlich. Mein Herz schwoll an, die Gefäße, Organe, alles arbeitete präzise und effektiv. Ich atmete. Schaute der Dämmerung beim Einsetzen zu, beobachtete, wie ein kalter Schimmer sich am Himmel über den Fichten am Ende des Gartens ausbreitete.

Als das Wasser sich durch mein Zittern zu kräuseln begann, streckte ich die Beine, schwer, langsam, wie in Zeitlupe und stieß mich vom Boden des Fasses ab. Ich tastete nach dem Griff am Schuppendach und zog mich aus dem Eisbad. Die Stoppuhr an der Schuppenwand zeigte zwei Minuten und sieben Sekunden an.

Ich blieb noch einen Moment lang auf der Terrasse

stehen, atmete die Lungen weit, genoss, wie die Haut prickelte, und spürte dem Glücksgefühl nach, das mich zuverlässig und jedweden Lebensumständen zum Trotz dreimal pro Woche überschwemmte. Es machte, dass ich mich erhaben fühlte, unverletzbar, bereit, mit großem Überblick auf die Welt zu schauen.

Ich streifte Neoprensocken, Handschuhe und Wollmütze ab und wickelte mich zurück in den Bademantel. Die Gelenkschmerzen, die sich vorhin beim Aufstehen angefühlt hatten, als schabe Knochen an Knochen, waren erfroren.

Leise schob ich die Terrassentür auf, trippelte durch das dunkle Wohnzimmer ins Bad und duschte mit warmem Wasser gegen das Taubheitsgefühl in Armen und Beinen an. Als ich sicher war, die Klinge wieder ruhig führen zu können, rasierte ich Beine und Achseln. Kurz dachte ich über einen Brazilian Cut nach; erst neulich hatte ich Michael ertappt, wie er in der Büroküche in einer Frauenzeitschrift blätterte und eine Übersicht von Intimrasuren studierte. Ich fragte ihn, ob wir darüber nicht hinweg wären. Er lachte.

Ich verwarf den Gedanken.

Dafür entschied ich, die parfümierte Körperlotion zu benutzen, die er mir vor einiger Zeit geschenkt hatte. Ich fand den Geruch etwas penetrant, zu viel Vanille, aber heute war ein zweifach besonderer Tag.

Ich stieg in den schwarzen Spitzenbody, den ich extra bestellt hatte, und vermied es, mich darin im Spiegel zu betrachten. Seit den Schwangerschaften vor so vielen Jahren hatten mein Körper und ich uns in einer

Art Burgfriede arrangiert. Ich ignorierte, dass die Kilos heute an mir klebten wie früher die Kinder, er verschonte mich mit demütigenden Forderungen nach Diäten oder Sport.

Meine Mutter scherzte gern, dass Frauen sich im Alter für Pest oder Cholera entscheiden mussten, entweder dick und faltenfrei oder schlank und verschrumpelt. Mia hielt dagegen, dass dieser Ausspruch schlimmstes *body shaming* war, woraufhin ihre Großmutter mit der Zunge schnalzte und ihre Naivität rügte. Mia hatte natürlich recht. Aber der Stachel saß tief.

Ich verließ das Bad in Jeans, Bluse und Blazer, zubbelte auf dem kurzen Weg in die Küche aber bereits derart an den kneifenden Metallbügeln des Bodys herum, dass ich überlegte, mich wieder umzuziehen. Ich könnte meinen Körper schließlich auch später noch, im Bad vom Büro, in die Grenzen dieses hübschen Hauchs quetschen. Andererseits würde mich die Unbequemlichkeit den ganzen Tag über an die Vorfreude auf den heutigen Abend erinnern. Wer schön sein will und so weiter.

Ich drückte den Lichtschalter in der Küche und erschrak. Michael hockte auf einem Barhocker am Tresen.

»Himmelherrje! Was machst du hier im Dunkeln? Warum bist du schon auf?« Ich ging zu ihm, schlang meine Arme um seine Schultern und küsste ihn. »Guten Morgen, alles Gute zum …«

»Herzlichen Glückwunsch.« Michael erhob sich und gab mir einen Kuss auf die Stirn. »Tut mir wirklich leid, aber ich muss los.« Er war bereits angezogen.

»Aber … ich wollte uns gerade Frühstück machen.«

Er zuckte mit den Schultern.

»Ich habe gar keinen Termin für heute Morgen eingetragen.«

»Hat sich kurzfristig ergeben.«

»Bei wem denn?«

»Neuakquise.«

»Fenster oder Markise?«

»Vielleicht beides.« Er schritt in den Flur, und ich sah, dass er bereits Schuhe trug. Nicht die schwarzen Stiefel, sondern die neuen braunen. Dazu den marinefarbenen Kurzmantel und einen hellgrauen Schal statt wie sonst die rote Funktionsjacke. Ich justierte die Metallbügel des Spitzenbodys. Gute Entscheidung. Nicht nur ich hatte mich mit der Buchung im Gourmetrestaurant des Vier Jahreszeiten Hotels aus dem Fenster gelehnt, auch Michael schien etwas für heute Abend zu planen.

»Dann sehen wir uns um neunzehn Uhr am Jungfernstieg?«

Michael hob die Hand, öffnete die Haustür und verschwand. Keine zwanzig Sekunden später hörte ich den klobigen SUV aus der Ausfahrt schnarren.

Zurück in der Küche brühte ich schwarzen Tee auf, entschied mich für Kluntje und Sahnewölkchen, setzte mich auf das Sofa im Wohnzimmer und schaute zu, wie der Garten erwachte. An Eisbadetagen schien ein ganz besonderer Zauber über den hohen Fichten, der weiten Rasenfläche und den ausladenden Rhododendren zu liegen. Fast schon etwas Märchenhaftes. Der Wald des Klövensteen drängte sich so dicht an das Grundstück mit dem Bungalow heran, dass es manchmal schien, als reichte ein Happs, und die Bäume verschlängen jeden Meter, den wir ihm so mühsam abgerungen hatten. Wahrscheinlicher aber war, dass all die freigesetzten Endorphine meinen Blick verklärten.

Ich verzichtete auf Rühreier und frühstückte wie immer Haferflocken, jetzt, da Michael sich schon auf den Weg gemacht hatte, als mein Handy vibrierte. Jannis schickte Glückwünsche in den Familienchat. Ein Selfie von sich mit einem Sektglas an der Reling des Eisbrechers, auf dem er gerade irgendwo in der Region um Spitzbergen das Verhalten von Ruderfußkrebsen für seine Doktorarbeit untersuchte. An seinem Schnäuzer klebten Eiszapfen. Ich schrieb eine Antwort, aber er war bereits wieder offline.

Von Glückshormonen beseelt, beschloss ich, mit dem Fahrrad ins Büro zu radeln. So könnte ich später auch auf die umständliche Busfahrt von Schenefeld zur S-Bahn verzichten.

Ich schlüpfte gerade in die Winterjacke, als Mia anrief.

»Happy birthday to you, happy birthday to you ...«

Sie sang nicht schön, aber leidenschaftlich, schmetterte die Zeilen mit einer Inbrunst, die mich grinsen ließ.

»Danke, mein Schatz!«

»Alles Liebe, Mama! Dein Geschenk ist im Briefkasten. Viel Spaß beim Rätseln und bis heute Mittag.«

Sie legte auf, und ich öffnete überrascht die Haustür. Im Briefkasten steckte ein großer Umschlag mit rotem Glitzer, etlichen Metallherzchen, vermutlich neunundvierzig, und einem selbst gemalten Kreuzworträtsel. Gut gelaunt machte ich mir noch einen Tee und setzte mich in die Küche.

1. Frage: Was war das Tollste an unseren Kindergeburtstagen?

Die Wasserbomben, das war leicht. Mia und Jannis hatten beide im August Geburtstag. Sie liebten es, wenn ich mich als Zielscheibe zur Verfügung stellte und sie mich mit ihren Freunden abwerfen durften.

2. Frage: Welches Kleidungsstück würdest du nie tragen?

Ich lächelte. Jogginghosen. Die Erziehung meiner Mutter saß tief. Keine Jeans am Wochenende, niemals Wohlfühlklamotten. Kleidung war mächtig; Uniformen verwandelten Menschen in Soldaten, Korsetts rangen Frauen nieder, in Jogginghosen verlor man die Kontrolle über sein Leben. Ich liebte Seidenblusen, die nur mit der Hand gewaschen werden durften. Sie brauchten eine Sonderbehandlung, glänzten mit einer Selbstverständlichkeit auf den Bügeln meines Kleiderschranks, von der ich hoffte, dass sie beim Tragen auf mich abfärbte.

Die Lösungsbuchstaben meiner Antworten auf Mias Fragen ergaben den Satz: Schau in der Truhe im Flur nach. Unter dem Deckel des wuchtigen Erbstücks von Michaels Eltern, in dem wir Gummistiefel und Gartenschuhe aufbewahrten, fand ich ein Fotoalbum. Mia hatte Babybilder von mir eingescannt, Klassenfotos, die mich mit langen Zöpfen zeigten, Schulporträts, meine Abi-Abschlussrede nach der Zeugnisverleihung, die meine Mutter scheinbar irgendwo ausgegraben hatte, etwas steife Aufnahmen unseres Hochzeitswalzers kein Jahr später, die schönsten Kinderbilder von ihr und Jannis.

Ich weinte vor Rührung.

Sehr viel später als gewöhnlich machte ich mich auf den Weg. Ich nahm die Route durch den Wald, an den Fischteichen vorbei, raus auf die Felder, strampelte über landwirtschaftliche Wege, an unbeweideten Pferdekoppeln und Kuhwiesen entlang, passierte Zäune, Gräben und Reiterhöfe. Die Sonne wagte sich zögerlich an ein milchiges Licht. In den braunen Ackerfurchen glitzerte Eis. Meine Wangen brannten vom frostigen Wind. Die Metallhäkchen des Bodys drückten in meine Vulvalippen.

In Schenefeld, dieser seltsamen schleswig-holsteinischen Kerbe in der Hamburger Stadtphysiognomie, bog ich in das kleine Gewerbegebiet ab, fuhr über den Hof des Baustoffhandels und parkte schließlich vor dem zweigeschossigen Flachdachgebäude mit dem mittig angebrachten Schriftzug Janssen Fenster & Markisen.

Jeden Morgen, wenn ich das lachsfarbene Schild mit den abblätternden Buchstaben sah, schwor ich mir, noch einmal mit Michael darüber zu sprechen, ein neues anfertigen zu lassen. Wir könnten das alte Schild zu Hause in der Garage aufbewahren oder es an die Schuppenwand nageln. Egal. Aber als Standortzeichen für die Firma, als Marker für einen Familienbetrieb und Hinweis auf Qualitätsarbeit hatte es ausgedient.

Hannes wäre sicher meiner Meinung gewesen. Als hanseatischer Kaufmann galt sein Blick stets der Zukunft, nie einer nostalgisch verklärten Vergangenheit.

Michael vermisste seinen Vater.

Ich kettete das Fahrrad an und wunderte mich, dass aus keinem der beiden Büroräume Licht auf den Bürgersteig fiel. Die Haustür war verschlossen. Ich sperrte auf, passierte die Stufen hinab ins Souterrain mit den Sanitäranlagen und stieg die Treppe hinauf zu den Ausstellungsräumen und Büros. Da Janssen Fenster & Markisen vor allem für gewerbliche Kunden arbeitete, verzichteten wir auf jeglichen Chic. Die Büros langweilten in schlichtem Grau, die Ausstellungsräume präsentierten Fenster- und Markisenmodelle mit Baumarktcharme. Auf diese Weise warben wir angeblich für unser Preis-Leistungs-Verhältnis und den Firmengrundsatz »Janssen – Qualität vom Fachmann«. Ich hatte noch nie verstanden, auf welcher Ebene hochwertige Fenster mit einer stilvollen Ausstellung oder behaglichen Büros konkurrierten, aber in diesem Punkt blieb Michael genauso stur wie früher sein Vater. Selbst drei Jahre nach Hannes' Tod gestalteten sich Gespräche über Veränderungen schwierig. *Never change a running system.* Vielleicht hielt unsere Ehe auch deshalb auf den Tag genau seit neunundzwanzig Jahren.

Ich schaltete Licht und Computer an, setzte in der kleinen Küche eine Kanne Tee auf und wunderte mich erneut über die morgendliche Stille. Hamza, Matteo und Adrian arbeiteten seit zwei Wochen auf einer Großbaustelle in der Hafencity, Milan lag noch immer mit einer Grippe flach, aber Ahmad und Simon sollten heute Vormittag eigentlich im Lager aufräumen, was um diese Uhrzeit bereits einige Tassen Kaffee erfordert hätte. Doch das Geschirr pausierte noch immer in der Spülmaschine. Wo blieb Laura? Letztes Jahr hatte ich den Lilienstrauß auf meinem Schreibtisch schon auf der Treppe gerochen. Heute glänzte hier alles so aufgeräumt, wie ich es gestern hinterlassen hatte.

Ich schluckte meine Enttäuschung mit dem ersten Schluck Tee hinunter und begann, E-Mails zu beantworten. Ich schrieb Rechnungen, korrigierte Preislisten, fand heraus, dass Simon und Ahmad bereits seit gestern Nachmittag mit der Installation neuer Fenster in einem Bürogebäude in Henstedt-Ulzburg beschäftigt waren, und rätselte weiter, wo Laura blieb. Sie arbeitete seit vier Jahren bei uns und unterstützte mich beim Officemanagement. Michael hatten die erhöhten Personalkosten lange umgetrieben, aber Laura bewies im stressigen Sommergeschäft viel Coolness. Die Kunden mochten ihre nordisch klare Art. Ich empfand immer etwas mütterlich für sie, vielleicht, weil sie nur vier Jahre älter war als Jannis.

In meiner nächsten Teepause rief ich Laura an, erwischte aber nur die Mailbox. Ich las die Glückwünsche meiner Eltern auf WhatsApp. Sie hatten das Foto eines rot-gelben Tulpenstraußes geschickt, den sie mir morgen Abend bei einem Glas Wein überreichen wollten. Zwei alte Schulfreundinnen hatten ebenfalls Nachrichten geschickt, genauso wie eine Cousine, meine Schwiegermutter und beide Tanten.

Ich wollte gerade noch einmal bei Laura anrufen, als sie ins Büro stolperte.

»Morgen …«

Laura plumpste auf den Drehstuhl am Schreibtisch mir gegenüber, schleuderte ihre schwarze Handtasche neben die Tastatur und wühlte sich aus dem Daunenmantel. Ihre Wangen glühten apfelbäckchenrot in einem bleichen Gesicht. Den hohen Pferdeschwanz hielt ein Gummiband, das die Gesichtshaut zu straffen schien.

Sie sah mich an, und ihre Augen begannen zu stieren. »Alice … verdammter Mist!« Sie sprang auf, riss die Handtasche an sich und stürmte aus dem Büro.

Verwirrt schaute ich ihr hinterher.

Laura polterte die Treppe hinunter, aber es drangen weder das typische Wischen der Bürstendichtung noch das sonore Klicken der Haustür nach oben. Stattdessen tönte Rascheln von unten aus den Toiletten herauf. Kurz darauf ein dumpfes Rumpeln.

Danach Stille.

»Laura?« Ich ging zur Treppe. »Ist alles okay?«

Keine Reaktion.

Ich stieg die Stufen hinab, hielt aber auf dem Absatz inne. Ich wollte ihr nicht die Freude an einer Überraschung verderben, die sie vielleicht gerade vorbereitete.

»Laura?«

Ihr Schweigen tönte in meinen Ohren. Ein unheilvoll hohler Hall. Ich spähte durch das Glas der Haustür, hinter dem das Asphaltgrau der Straße mit dem Betongrau der Gebäude, dem Stahlgrau des Himmels verschwamm.

»Laura?« Ich redete, während ich die letzten Stufen hinunter zu den Sanitäranlagen nahm. »Was ist los? Kann ich dir irgendwie helfen? Sag Bescheid, wenn …«

Sie lag auf den Kacheln vor den Toilettentüren. Neben ihr ein halb ausgepackter Strauß weißer Lilien. Es roch penetrant nach einer Mischung aus Honig und Urin.

»Laura!«

Ich sank auf die Knie, fühlte kalten Schweiß auf Lauras Wangen. Ihre Lider flatterten.

»Laura? Kannst du mich hören?«

Ich scannte ihren Körper, den blauen Rollkragenpulli, die Jeans, deren oberster Hosenknopf offen stand, die hellen Boots. Kein Blut, keine Verletzung.

»Laura …«

Sie war bewusstlos. Ich hatte keine Ahnung, was ihr fehlen könnte.

Hastig sprang ich auf, rannte die Treppe hoch ins Büro, schnappte mein Handy, flog die Stufen wieder hinunter, kniete mich erneut neben Laura, die sich noch immer nicht rührte, und wählte den Notruf.

Dann geschah alles auf einmal.

Noch während ich mit der Frau in der Notrufzentrale telefonierte, öffnete Laura die Augen. Ich wollte sie gerade ansprechen, als Michael neben uns auftauchte. Er schrie, stürzte zu Laura, umfasste ihren Kopf, hob ihren Oberkörper an und wiegte sie in seinen Armen. Lauras Lippen zuckten, sie flüsterte etwas, das ich nicht verstand. Ich versuchte am Telefon zu erklären, was geschah, fand aber nicht die richtigen

Worte. Barsch fuhr Michael in einen meiner gestammelten Sätze. »Sie ist schwanger! Sie sollen sich verdammt noch mal beeilen!«

Ich starrte auf Lauras Bauch, die nicht erkennbare Wölbung, meinen Mann, der meiner Kollegin über die Wange strich, sie beruhigte, alles gut, die Lilien im Packpapier, die er zur Seite gestoßen hatte, um Platz neben Laura zu finden, alles gut, die Frau in meinem Ohr redete auf mich ein, alles gut. Alles gut.

Die Sanitäter untersuchten Laura, während Michael am Waschbecken lehnte und ich mich in den Vorflur drückte. Sie vermuteten eine Kreislaufschwäche, empfahlen wegen der Schwangerschaft aber einen Check-up im Krankenhaus. Michael stützte Laura, als sie die Treppen hinauf zum Krankenwagen gebracht wurde. Ich tappte hinterher, wattige Schritte, die kaum den Boden zu berühren schienen.

Als Laura im Krankenwagen auf die Trage gelegt wurde, erklärte Michael, er würde mit dem Auto hinterherfahren, um später vom Krankenhaus wieder wegzukommen.

»Alles wird gut«, sagte er, nestelte mit fahrigen Bewegungen an der dünnen Decke, die die Sanitäter über Laura ausgebreitet hatten, und legte seine Stirn an ihre. Michael schloss die Augen. Öffnete sie wieder. Streichelte Laura über die Wange. Dann küsste er sie.

Der Krankenwagen fuhr ab und ließ uns zurück.

Es dauerte, bis das Gesehene sich in meinem Kopf zu Gedanken formte. Wie bei diesem alten Fernsehratespiel, Dalli-Klick, wo ein Bild schrittweise enthüllt wurde, so lange, bis auch der letzte Ratende es durchschaute.

Ich starrte ins Leere, die Umrisse der Gebäude verschwammen, Nebelschleier schienen die Welt zu entrücken. Allein Michaels Silhouette setzte sich als dunkler Fokus ab. Mit dem Rücken zu mir schob er die Hände in die Taschen des Mantels, den er vor kaum drei Stunden zu Hause übergezogen hatte. Er spannte um die Schultern. Ich hatte ihn darauf hingewiesen, als wir vor vier Wochen gemeinsam Weihnachtsgeschenke in der Innenstadt shoppten und Michael sich diesen Mantel als Gabe von mir unter dem Baum wünschte. In Konfektionsgröße fünfzig. Die trug er schließlich schon immer. Sein ganzes erwachsenes Leben lang. Seit wir uns kannten, mein Mann und ich. Mein Ehemann seit neunundzwanzig Jahren, auf den Tag genau. Mein Michael. Der gerade meine Kollegin geküsst hatte.

»Es tut mir leid«, sagte er. »Du hättest es nicht so erfahren sollen.«

Ich fragte mich, ob seine Entschuldigung einzig und allein den Umständen galt oder ob es ihm auch ein wenig um unsere Ehe ging. Um all die gemeinsamen Jahre. Um uns. Um mich.

»Ist es von dir?«

Er nickte. »Ich muss jetzt ins Krankenhaus. Lass uns später reden.«

Michael stieg ins Auto und floh.

Ich weiß nicht, wie lange ich auf dem Parkplatz ausharrte und dem SUV hinterherschaute. Es war wie bei einem dieser zeitgebundenen Fotos, die mit langer

Belichtung arbeiteten und die Rücklichter des Wagens als eine leuchtende Spur vor allumfassendem Grau abbildeten, wie eine Fährte, der es zu folgen galt.

Das Zittern meiner Hände in winterlicher Kälte weckte mich. Mein Körper sendete Notsignale zur Rettung, genau wie heute Morgen im Eisfass.

Ich stakste die Treppe hinauf ins Büro, fuhr den Computer runter, zog mich an, schaltete das Licht aus, verließ das Gebäude, schloss ab, folgte automatisierten Abläufen. Die ganze Zeit über versuchten meine Lippen, sich aufeinander zuzubewegen, aber sie hakten in der Schwebe zwischen Sprechen und Denken fest und fanden keinen Weg zur Artikulation. In meinem Kopf: Totenstille. Vielleicht fühlte es sich auch nur so an. Vielleicht sprangen und wirbelten und rotierten die Gedanken in Wahrheit auch so schnell, dass ich einfach keinen von ihnen zu fassen bekam. Im Ergebnis blieb es sich gleich.

Ich zwang mich, den Blick nach außen zu richten. Wahrzunehmen, was ich tat. Doch als ich mich umschaute, hatte ich Schenefeld längst hinter mir gelassen und radelte durch die Felder. Feiner Nebel schwebte über den Weiden. Die Landschaft wirkte surreal. Kein Strauch sah den anderen, jeder Grashalm war für sich allein. Nur einzelne Baumkronen stachen wie Schiffbrüchige aus einem Meer.

Ich trat in die Pedale. Meine Füße kreisten mit den Kurbelarmen um das Kettenrad, schnell, schneller. Auf den Wegen tauten die zarten Eisschichten auf den Pfützen, sodass Dreck und Glätte sich abwechselten. Ich schlingerte durch menschenleeres Niemandsland. Der Wald baute sich dunkel am Horizont auf.

Als ich die ersten Bäume erreichte, rann der Schweiß bereits über meinen Rücken, an den Korsettdrähten des Bodys hinunter, bis zum Po. Ich keuchte, strampelte gegen die Gedanken an. Wurzeln bogen sich mir entgegen, Gestrüpp riss an meinen Ärmeln. Ich erhob mich, trat jetzt im Stehen. Durchpflügte Laubhaufen, flog über Kuhlen. Webte mich im Slalom um die Bäume. Schnitt einen Haken vor einem herabgefallenen Ast. Schlingerte, verkeilte das Vorderrad, balancierte, rutschte. Stürzte vorne über den Lenker und riss das Fahrrad mit mir die Böschung hinab in den Teich.

Ich prustete, versuchte, die verhedderten Beine zu entwirren, schnappte nach Luft und erkannte, dass der Teich am Ufer nicht annähernd so tief war, wie ich immer vermutet hatte. Das Fahrrad lag seitlich im Wasser, der rechte Griff ragte aus einer zerbrochenen Eisscholle. Ich hockte daneben, bis auf den schwarzen Spitzenbody durchnässt. Der Schock verschleierte den Schmerz, sodass ich nicht feststellen konnte, ob ich mich ernsthaft verletzt hatte. Ich betrachtete meine behandschuhten Hände, hob die Füße, tastete in meinem Gesicht nach Blut, nichts. Schließlich schob ich mich hoch, stützte eine Hand am Lenker ab, richtete mich auf und stakste aus dem schmoddrigen Wasser.

Ich setzte den Rucksack ab, fingerte nach dem Handy, um Michael anzurufen – und brach mitten in der Bewegung ab.

Mein Mann betrog mich mit meiner jungen Kollegin,

die ein Kind von ihm erwartete. Das konnte doch nicht sein. Was für ein Klischee. Michael. Uns ging es doch gut. Keine Ehe fühlte sich nach neunundzwanzig Jahren an wie in den ersten Wochen. Dafür hatten wir uns etwas aufgebaut. Ich stutzte. Hatte Laura sich neulich wirklich den Magen verdorben? Oder degradierte mich mein Carepaket aus Haferflocken, Anis-Fenchel-Kümmel-Tee, Elektrolytlösung, Zwieback und Blumen zu einer peinlichen Witzfigur? Verlangte der Architekt der Großbaustelle in der Hafencity wirklich, den Fortschritt der Arbeit mit Michael persönlich zu besprechen? Wollte Michael wirklich cleveres Networking betreiben, indem er regelmäßig mit ihm essen ging? Ich war so blind.

Im Wald um mich herum knackte es. Zweige brachen unter der Last des gefrorenen Wassers. Ich zitterte. Schon wieder. Kurz überlegte ich, das Fahrrad aus dem Teich zu fischen. Es war ein klassisches Hollandrad, das wir während eines Urlaubs direkt beim Hersteller in den Niederlanden gekauft hatten. Michael fand die Idee charmant.

Ich riss meinen Rucksack vom Boden und stapfte los. Die Metallbügel des Bodys hatten sich beim Sturz verbogen und quetschten meinen Busen in Richtungen, die der Schwerkraft widersprachen. Ich versuchte, sie durch das Futter der Winterjacke zu justieren, aber meine Finger fühlten sich taub an. Hastig schritt ich um den Teich herum zu dem schmalen Pfad, der an den hinteren Zäunen der Nachbarn vorbei zur Wedeler Au und nach einigen Hundert Metern in unseren Garten führte. Ich stieß das Tor zwischen den Rhododendren auf, eilte über den gefrorenen Rasen und die Terrasse zum Eingang. Mit bebenden Fingern nestelte ich nach dem Schlüssel im Rucksack, vibrierte Halm und Bart ins Schloss und stolperte ins Haus. Noch im Flur zerrte ich Mantel, Mütze, Handschuhe, Blazer, Bluse, Jeans und Stiefel seltsam steif von mir. Ich ließ alles liegen und taumelte in die Küche. Mit der großen Haushaltsschere durchtrennte ich die Träger des Bodys, setzte noch einen weiteren Schnitt zwischen den Brüsten an und schälte mich aus der schwarzen Spitze.

Irgendwann hockte ich geduscht mit einer Decke auf dem Sofa und nippte an einem heißen Tee. Ich dachte jede Sekunde des vergangenen Jahres durch, in der mir hätte auffallen müssen, was sich direkt vor meinen Augen abspielte. Hatte Michael wirklich nur ein fürsorglicher Chef sein wollen, als er die betrunkene Laura am Ende des Sommerfests nach Hause fuhr, während ich mit Hamza und Simon noch aufräumte? War Laura im März wirklich eine Woche zu ihren Großeltern gereist, während Michael drei Tage auf der Messe Fensterbau Frontale in Nürnberg verbrachte? Ich wusste nicht, was ich noch glauben sollte. Mein Leben hatte seinen Wahrheitsgehalt eingebüßt. Alles eine große Lüge.

Ich starrte hinaus ins Grau, aus dem kein heller Tag mehr werden würde, und versuchte meine Gefühle zu ergründen. War ich traurig? Wütend? Schockiert? Ängstlich? Ja. Aber irgendwie auch nicht. Wenn ich ganz tief in mich hineinhorchte, spürte ich da nur den Widerhall meiner Gedanken in einem gänzlich leeren Raum.

Es rasselte an der Haustür. Mein Herzschlag verdreifachte sich. Sosehr ich Michael herbeisehnte, fürchtete ich doch, die ganze Geschichte mit allen abgeschmackten Details aus seinem Mund zu hören.

»Mama?« Mia rauschte ins Wohnzimmer. Sie pfefferte Tasche und Schlüssel auf den Sessel, lief aus ihrem Mantel raus wie ein Model auf dem Catwalk und stürzte sich auf mich. »Ach, Mama.« Sie schluchzte. Ihre braunen Locken, eine Mischung aus Michaels krausblondem und meinem dunklen, pferdemähnendickem Haar, wippten ruckartig.

»Hat Papa dich angerufen?«

»So ein Arschloch!«

»Mia …«

»Was?« Sie stieß sich von mir ab und rieb mit den Fingern über die tränennassen Wangen. »Verteidige ihn ja nicht! Wie konnte er uns das antun?«

Sie weinte, und ich erkannte, dass es auch darum ging, was das Ganze für sie bedeutete. Für sie und Jannis. Unsere Kinder. Die den Thron väterlicher Liebe bald mit einem weiteren Wesen teilen müssten.

»Was hat er dir gesagt?«

»Dass er was mit Laura hat! Seit dem Sommerfest vorletztes Jahr! Das sind eineinhalb Jahre! Ich kann es echt nicht fassen!« Sie sprang auf, lief zum Büfett und kam mit dem Hammershøi-Küchenrollenhalter von Kähler zurück, den Michael mir zu Weihnachten geschenkt hatte. Klares dänisches Design aus Eichenholz mit einem geriffelten Keramikkopf.

Mia riss ein Stück Papier ab, schnäuzte sich und betrachtete den Halter auf dem Sofatisch. Sie griff danach, schraubte den Keramikkopf ab und schleuderte ihn quer durch das Wohnzimmer zurück in die Küche, wo er mit einem schnarrenden Klirren auf den Fliesen zerbarst. »Was für ein beschissenes Geschenk! Eigentlich hätten wir es da schon wissen müssen!«

Ja, dachte ich. Oder zu einem x-beliebigen anderen Zeitpunkt während der vergangenen neunzehn Monate und drei Tage seitdem Michael offenbar mit Laura schlief. Warum nur hatte ich nichts bemerkt? Wie hielt Laura es aus, sich jeden Tag im Büro erneut an den Schreibtisch mir gegenüberzusetzen? Was dachte Michael, wenn wir Sex hatten? Wer schaffte es, so lange eine Lüge zu leben?

Mia umarmte mich wieder, streifte die Stiefel ab und kuschelte sich zu mir unter die Decke. »Es tut mir so leid, Mama.«

Mutterliebe tropfte aus mir heraus wie bei einem leckgeschlagenen Tank. »Er bleibt dein Vater, Schatz. Daran ändert sich nichts.«

»Hör auf, ein gutes Wort für ihn einzulegen!« Mia schnaubte. »Ich werde wahrscheinlich irgendwann zwischen Michael, dem tollen Vater, und Michael, dem Arschloch-Ehemann unterscheiden können. Aber noch nicht jetzt!«

Ich küsste meine wunderbare Tochter auf die Stirn und entschied, es Michael dem Arschloch-Ehemann zu

überlassen, seinen Kindern von dem neuen Geschwis-
terchen zu erzählen. Mias Mitgefühl strengte mich
auch ohne diesen Nebenkriegsschauplatz an. Ich war
die Mutter, Trost spenden Teil meiner Kernkompetenz.
Aber ich fand gerade keine Kraft in mir. Weder für Mia
noch für mich.

Abends lenkten wir uns mit bestellter Pizza, Wein
und einem Film ab, in dem Carey Mulligan als Rache-
engel Männer heimsuchte, die Frauen misshandelten.
Mias Wahl.

Ich versicherte ihr, dass sie nicht bei mir schlafen
musste, dass ich es allein im Ehebett aushielt, und war
froh, als sie sich in ihr ehemaliges Kinderzimmer zu-
rückzog.

Im Schlafzimmer hingen eine von Michaels Jeans,
sein blau gepunktetes Hemd und ein T-Shirt über dem
Stuhl auf seiner Bettseite. Schwarze Socken krumpelten auf dem Boden. Neben einem halb leer getrunkenen
Glas Wasser lag *Im Grunde gut* von Rutger Bregman
auf dem Nachtschrank. Ich hatte Michael das Buch
zu seinem Geburtstag im Oktober geschenkt, aber er
konnte meine Begeisterung für diesen wundervoll posi-
tiven Blick auf die Menschheit nicht nachvollziehen.
Eine dünne Staubschicht schimmerte auf dem Cover.

Passierte es jetzt?

Ich horchte in mich hinein. Suchte nach Tränen,
Wut, Verzweiflung. Nach Angst. Aber da war nichts.
Gar nichts. Musste der Schock sein. War das nicht die
erste der fünf Trauerphasen? Alles zu leugnen? Oder
waren es sieben?

Eigentlich sollte ich mich fragen, wie es jetzt weiterging. Mit meiner Arbeit in Michaels Familienunternehmen. Unserem Haus. Ich brauchte einen neuen Job, mit fast fünfzig. Wie sollte das gehen? Wohnungen in Hamburg waren teuer. Wie sollte ich mir das leisten?

Die Fragen fühlten sich fremd an. So, als würden sie nicht zu mir gehören, sondern zu einer anderen Frau in einem anderen Leben.

Ich hob Michaels Socken auf und legte sie in den Wäschekorb, roch an Hemd und T-Shirt und legte beides dazu. Die Jeans schien sauber zu sein. Ich hängte sie an einen leeren Bügel. Vor dem Kleiderschrank sank ich auf den Boden und streckte mich auf der Stelle aus, wo kurz zuvor die Socken geknautscht hatten.

Ich werde entheiratet, dachte ich. Entliebt wurde ich wohl schon.

~

*D*as Badezimmer glänzte bereits, als ich die Fensterbänke im Wohnzimmer wischte. Ich hatte mir online ein Tuch bestellt, das die Blätter von Zimmerpflanzen besonders sanft entstaubte. Die Monstera dankte es mir mit dunkelgrünem Schimmer. Ich saugte die Küche, reinigte die Dunstabzugshaube, putzte die Lampenschirme, startete die Geschirrspülmaschine. Die von Frost bepuderzuckerte Welt luscherte durch die Fenster. Ich stemmte mich gegen die Zeit, die so schnell verrann, dass nach unserem kurzen Chat nur noch zwei Stunden blieben, bis Michael hier wäre. Mia hatte schon früh zu einem wichtigen Seminar aufbrechen müssen, was mich erleichterte. Trotzdem fühlte ich mich wie damals in der Schule, wenn man eine Hausarbeit noch nicht begonnen hatte, der Abgabetermin aber längst verstrichen war.

Als ich nichts mehr zum Putzen fand, stellte ich den Wasserkocher an. Er knackte. Ich öffnete den Deckel, schaute hinein und entdeckte Risse in der dünnen weißen Kalkschicht auf dem Boden.

Statt Tee zu trinken, schüttete ich Essigreiniger in den Wasserkocher und setzte mich mit einem Glas Wasser auf das Sofa. Vor dem Fenster: viel draußen. Ich dachte daran, wie Michael und ich das Haus vor knapp dreißig Jahren zum ersten Mal besichtigt hatten. Es war noch nicht offiziell auf dem Markt. Michaels Vater hatte den Tipp von einem Großkunden bekommen. Er sagte, Beziehungen schaden denjenigen, die keine haben. Ein Zyniker. Michael küsste damals meinen täglich wachsenden Babybauch und malte unsere Zukunft am dunklen Waldrand in den schillerndsten Farben. Wir weihten jeden Raum mit einer anderen Sexstellung ein. Sogar den Hauswirtschaftsraum. Vor allem den Hauswirtschaftsraum. Dort stand schon die Waschmaschine, es gab einen Hocker, Regale, den alten Tisch ... Ich nippte an meinem Wasser. Mein Ehegedächtnis war ein Snob. Es wollte sich nur an die guten Dinge erinnern.

Ich hörte ein Rascheln an der Tür. Identifizierte die Art, wie der Schlüssel sich im Schloss drehte und die Tür mit der linken Schulter aufgestoßen wurde als Michaels. Registrierte, dass er die Schuhe nicht mit einem Plong unter die Garderobe pfefferte, sondern sie scheinbar ordentlich von Hand nebeneinander platzierte wie ein Gast.

»Alice?« Er betrat die Küche, schaute ins Wohnzimmer hinunter und nickte. Mit dem Schlüsselbund in der Hand und noch immer im Mantel stieg er besockt die zwei Stufen hinab und setzte sich auf den Sessel mir gegenüber.

»Wie geht es Laura?«

»Gut. Dem Baby auch.«

Ich nickte. Das hier war absurd. Michael trug einen Pulli, den ich ihm gekauft hatte. Seine Jeans hatte ich Dutzende Male gewaschen. Ich war dabei, als seine Mutter ihm die Uhr an seinem Handgelenk nach Hannes' Beerdigung feierlich überreichte. Ich kannte jede Delle an Michaels nicht mehr jungem Körper, wusste, dass die Narbe am linken Knie von einem Sturz während eines Kreta-Urlaubs herrührte, hatte Tausende Male die Stoppeln seines Dreitagebarts gestreichelt, interpretierte den leicht fettigen Haaransatz vermutlich korrekt als fehlenden Conditioner (die Spezialwaffe für sein noch immer volles blondes Haar stand in der Dusche in unserem Badezimmer) und ahnte, dass er keine Boxershorts trug, weil er es verabscheute, an zwei Tagen hintereinander dieselbe tragen zu müssen, sodass er sicher lieber unten ohne in die Jeans gestiegen war. Trotzdem saß ein Fremder vor mir, der es nicht wagte, den Blick zu heben, aus Angst, meinem zu begegnen.

»Ich nehme ein paar Anziehsachen mit. Über alles andere müssen wir dann mal in Ruhe reden.«

»Ist es dir hier gerade zu laut?«

Er rollte mit den Augen.

Ich hasste alles an dieser Situation. Wie wir hier saßen. Wie er mich nicht anschauen konnte. Wie er herumdruckste. Wie er tat, als wäre sein Umzug von mir zu Laura eine Klamottenfrage. Wie ich vor Aufregung zitterte. Wie kalt es draußen war.

Die Stille hielt an. Musste ich wirklich fragen? Konnte er nicht einfach von selbst mit dem Erzählen beginnen? Michael klimperte mit den Schlüsseln in seiner Hand.

»Seit wann?«

Er verstand sofort, räusperte sich. »Da war doch vor zwei Jahren mal dieses Flimmern vor meinen Augen. Schwarze Streifen, du weißt schon. Ein paar Mal. Irgendwie hat das was verändert. Ich habe damals gedacht, was ist, wenn das wirklich was Schlimmes ist? Wenn ich mein Augenlicht verliere? Wäre das okay, weil ich schon so viel gesehen und alles erlebt habe, was ich immer wollte? Oder gibt es da noch Dinge in meinem Leben, die ich unbedingt sehen will.«

»Und dann hast du dich dafür entschieden, noch einmal den Körper einer jungen Frau anzuschauen? Ernsthaft?«

»Nein!« Er fuhr sich durch die Haare. Eine Geste, die seine Worte Lügen strafte. »So ist das nicht gewesen. Du verstehst das nicht. Ich denke, ich war einfach offener für bestimmte Dinge.«

»Für aufregenden neuen Sex?«

»Nein! Herrgott! Laura ist so viel mehr als das! Du kennst sie doch! Hast sie immer gemocht! Sie ist tough!« Sein Blick zuckte durch den Raum. »Aber auch sanft und besonders, wirklich reif für ihr Alter.« Er schien nach innen zu schauen. »Sie hat so etwas Fürsorgliches an sich, geradezu nährend ...« Er nickte. »Laura tut mir gut. Sie ist eine Seelenverwandte.«

Ich schnaubte. »Wenn Laura Nahrung für deine Seele ist, was bin dann ich? Eine Beilage? Verzichtbares Basilikum?«

Er stand auf. »Ich kann nicht mit dir reden, wenn du so bist.«

»Wie bin ich denn? Verletzt? Traurig? Weil mein Mann mich nach neunundzwanzig Jahren für eine Jüngere verlässt und ich plötzlich in einem überstrapazierten Klischee lebe? Echt? Ist ja seltsam.«

»Ironie steht dir nicht.«

»Und dir steht mit fünfzig kein Baby, das nicht dein Enkelkind ist!«

»Super, Alice, toller Kommentar, bringt uns hier echt weiter.« Michael stieg die zwei Stufen zur Küche hinauf. »Aber okay, sprechen wir es ruhig aus: Ich bin ein schlechter Partner. Ist es das, was du hören willst? Ich allein habe versagt, ich trage die Schuld am Ende unserer Ehe, ich bin der Böse. Wenn du dich mit dieser doch sehr beschränkten Sicht auf die Dinge besser fühlst, bitte. Ich gehe jetzt packen.«

Er ließ den Schlüsselbund in die Manteltasche gleiten, schritt durch die Küche und verschwand im Flur. Ich hörte die Schranktüren im Schlafzimmer klappern, lauschte einem Rascheln und Poltern und Rumoren, das sehr viel wütender klang, als es Michaels Worte hätten vermuten lassen. Im Badezimmer schepperte es. Michael stapfte durch den Flur, ich hörte den Reißverschluss eines Koffers, das Rollen der Räder auf den Fliesen in der Diele, das Schnappen der Haustür. Dann nichts mehr. Michael war gegangen, ohne sich zu verabschieden.

Ich blieb noch eine Stunde im eindunkelnden Wohnzimmer sitzen, dann nahm ich das volle Glas Wasser, schüttete den Inhalt über dem Sessel aus, auf dem Michael gehockt hatte, und legte mich aufs Sofa.

Wieso hatte Michael nicht einfach eine Bohrmaschine mit allen verfügbaren Aufsätzen kaufen können, um der Ohnmacht des Alterns zu begegnen? Von mir aus auch ein Motorrad oder einen roten Ferrari, selbst wenn uns das finanziell ruiniert hätte. Mit Klischees gegen das Klischee! Aber nein, er suhlte sich nicht einfach in seiner Midlife-Crisis, er trieb diesen Abklatsch eines bescheuerten Mythos auf die Spitze und zeugte ein Kind! Mit einer jungen Frau! Der Inbegriff seiner im vollen Saft stehenden Männlichkeit. Verdammt!

Ja, wir alterten. Es war nicht länger zu leugnen. Ich menstruierte unregelmäßig, meine Gelenke schmerzten, nachts weckten mich Hitzewallungen, Fett sammelte sich um Bauch und Hüften, Falten gruben sich in meine Haut, die Wechseljahre hatten mich fest im Griff. Ging es darum? Hielten meine neunundvierzig Jahre Michael seine eigene Sterblichkeit vor Augen? Hoffte er, sich an Lauras Jugendlichkeit nähren zu können, vampirgleich? War es deshalb an der Zeit, mich auszutauschen?

Es klingelte, und ich zuckte zusammen. Mein Herz stolperte über seine eigene Geschwindigkeit. Dann erinnerte ich mich, dass Michael einen Schlüssel besaß.

Ich trottete durch die dunklen Zimmer zur Haustür.

»Mäuschen!« Mein Vater umschlang mich mit seinen von der Arbeit als Maurer gestählten Armen. Er roch wie immer nach seinem liebsten Parfum, Moschus, Minze, Lavendel, Sandelholz und ein bisschen Meer. Selbst mit neunundvierzig Jahren fühlte sich das an wie nach Hause kommen. Ich schloss die Augen und inhalierte seinen Duft.

Meine Mutter zwängte sich an uns vorbei und tätschelte mir den Rücken. »Ich stell mal die Blumen ins Wasser.«

Erst jetzt sah ich den Strauß roter und gelber Tulpen. Geburtstagsblumen. Nichts schien weiter weg zu sein als der gestrige Tag.

Mein Vater löste sich von mir. »Ich gehe mal kurz raus Schnee schippen, was? Ist ja gefährlich so eine glatte Auffahrt.«

»Das brauchst du nicht, Papa. Michael …« Ich stockte.

»Wir haben mit Mia gesprochen«, rief meine Mutter aus der Küche.

Papa schubberte meinen Oberarm, lächelte halbseitig und hastete nach draußen. Frauengespräche nannte er es, wenn Mama und ich uns unterhielten. Nicht sein Terrain. Als Jannis auf die Welt kam, hatte er sich geweigert, den Kinderwagen seines ersten Enkelkindes zu schieben. Erst nach viel Zusprache überwand er sich und mochte es später sogar. Aber wahrscheinlich hätte es weiterer dreihundert Enkelkinder bedurft, um ihn dazu zu bringen, auch nur einmal eine Windel zu wechseln.

Ich seufzte, die Ära unserer verbalen Schlachten lag weit hinter uns, ging zu meiner Mutter in die Küche und setzte Wasser für einen Tee auf.

»Männer in der Midlife-Crisis«, sagte sie und stopfte die Tulpen mit derartiger Verve in die Vase, dass ein paar Blätter einrissen. »Ich dachte, eure Generation hätte diese Nabelschau überwunden. Frauen werden schließlich auch älter und kommen damit klar.«

»Ehrlich gesagt, weiß ich nicht, ob das stimmt.«

Sie schaute auf. »Wir altern, glaub mir. Ich spüre es deutlich.«

Ich lächelte. »Ich weiß nicht, ob *ich* damit klarkomme.«

Sie hörte auf, die Tulpen zu malträtieren. »Du hast auch eine Affäre?«

»Nein! Und um deine nächste Frage gleich mitzubeantworten: Ich bin nicht schwanger.«

Sie schnaubte und widmete sich wieder den Tulpen.

Ich setzte mich auf einen der Barhocker. »Was ich meine, ist, dass ich nicht zufrieden bin. Ich habe den Eindruck, dass in den vergangenen Jahren … das klingt jetzt vielleicht schräg, aber ich habe das Gefühl … als hätte ich einen größeren Überblick, als würde ich die Welt besser durchschauen.« Ich schüttelte den Kopf. »Na ja, zumindest einen Teil davon, den, der nichts mit mir zu tun hat ... keine Ahnung. Ich dachte, es liegt am Alter ... Michael meinte vorhin, er hätte sich im vergangenen Jahr gefragt, ob das hier alles ist oder ob er sich noch mehr vom Leben erhofft. Wir haben nie darüber gesprochen ... aber das habe ich mich auch schon gefragt.«

»Ja, nur machst du dir Gedanken, während seine Antwort dieses junge Ding ist. Tja ... Männer können sich einen Ausbruch halt leisten.« Sie knickte versehentlich einen Tulpenkopf ab und kniff die Lippen zusammen. Gemeinsam mit den abgebrochenen Blattresten beförderte sie alles in den Müll. »Na ja, du wirst schon sehen. Nach ein paar Wochen kommt er zurück. Dann müsst ihr natürlich reden und die Dinge aufarbeiten, haben wir damals auch, das ist unerlässlich, aber dann, na ja, ist halt auch nur eine Phase und die Zeit heilt alle Wunden.«

»Wie meinst du das, ihr habt das auch gemacht?«

Meine Mutter stellte drei Becher und die Kanne auf die Kücheninsel, schüttete schwarzen Assam in das Teesieb und goss heißes Wasser darüber.

»Wenn bloß Jannis hier wäre.« Sie seufzte.

»Ich bin froh, dass er auf dieser Erde gerade nicht weiter weg sein könnte und von dem ganzen Drama wenig mitbekommt. Schlimm genug, dass Mia mittendrin steckt. Was meinst du mit: Ihr habt das auch gemacht?«

»Jannis könnte dich unterstützen ... im Haus, meine ich, wo du jetzt ganz allein hier bist, mit dem Schnee und allem.«

»Mama.«

»Ich mein ja nur. Ein Mann im Haus ...«

»Mama!«

Sie stützte sich auf der Kücheninsel ab und senkte den Kopf. »Du ... warst noch klein. Zehn, fast elf Jahre alt. Papa musste für einen Auftrag nach Gelsenkirchen ...« Sie kniff erneut die Lippen zusammen. »Sie hieß Gertraud ... Gerti. Es hielt nur wenige Wochen. Papa und sie haben sich eine Wohnung genommen in Gelsenkirchen und sind zusammengezogen, sie konnte ja schlecht bei ihrem Mann und den Kindern bleiben. Es hat wohl schon beim Einrichten der Wohnung gekracht. Kurz darauf war der Spuk vorbei.«

»Mama ... das ... das ... ich hatte ja keine Ahnung. Warum wusste ich das nicht?«

»Hätte ich mich bei meiner zehnjährigen Tochter ausheulen sollen?«

»Es tut mir ... so leid.«

Sie zuckte mit den Schultern. »Ist lange her.«

»Wie bist du damit klargekommen?«

»Manchmal liegt die Rettung einer Ehe in der Fähigkeit zu vergeben, nun ja, oder wegzusehen.« Sie entfernte das Sieb aus der Teekanne.

»Das meinst du nicht ernst.«

Sie wedelte mit der Hand. »Jaja, alte Tugenden, kommen heute nicht mehr so gut an.«

»Tugenden? Das war Wegsehen noch nie!«

Sie schnaubte.

Ich versuchte, ruhig zu bleiben. »Habt ihr euch denn noch geliebt?«

»Eine Ehe ist so viel mehr als ein romantisches Ideal. All die gemeinsamen Jahre, das schmeißt man doch nicht einfach weg!«

»Warum nicht, wenn ihr beide unglücklich wart?«

»Weil man sich das auch leisten können muss!« Dunkles Wasser pitscherte auf die Kücheninsel. Mama hatte mit dem Tee gekleckert. »Wie hätte ich als Geschiedene und Alleinerziehende denn damals eine Wohnung finden sollen? So eine wollte doch niemand. Und wovon hätten wir auch leben sollen? Von meiner Fähigkeit, Gemüse einzulegen? *Meine Frau muss nicht arbeiten!* So lautete die Maxime in den 70ern. Dein Vater war stolz, dass er genug verdiente, um eine Familie ernähren und ein Haus bauen zu können. Und ich war zu sehr Kind meiner Zeit, um das Gefängnis zu erkennen, das ich verliebt und freudestrahlend betrat.«

Sie hob den Becher, nippte am Tee, verzog das Gesicht und spuckte heftig ins Spülbecken aus. Ich hatte den Essigreiniger im Wasserkocher vergessen.

FEBRUAR

*I*ch war eine Frau am Boden, die keine Frau am Boden sein wollte. Ich lag auf den Wohnzimmerdielen, gleich unterhalb des Fernsehers. In den vergangenen Wochen verspürte ich öfter das Bedürfnis, mich einfach an Ort und Stelle abzulegen. Manchmal Beine und Arme weit von mir gestreckt, häufiger embryonal eingerollt. Meist wurde es schnell kühl.

Wie so häufig war ich auch jetzt durchaus gewillt aufzustehen, nur konnte ich die Energie dafür nicht aufbringen. Es gab eine Zeit in meinem Leben, da hatte ich geglaubt, wenn ich nur das zwölfteilige Teeservice »Ostfriesische Rose« besäße, das inzwischen seit etlichen Jahren im Schrank verstaubte, weil wir alle lieber aus großen Bechern tranken, dann würde mein Leben in geordneten Bahnen verlaufen.

Nun ja.

Ich stemmte mich wackelig über die Seite hoch und fühlte mich wie die Kinder, als sie sitzen lernten. Eine Hand Halt suchend an der Wand abgestützt, machte ich einen ersten Schritt und schneckte schließlich in die Küche.

Ich wusste, dass ich mich in meiner Einsamkeit verkapselte. Ich sollte aktiv sein, mich nicht so gehen lassen. Aber ich stand ja schon nach jeder schlaflosen

Nacht um sieben Uhr auf, duschte, zupfte die borstigen Härchen am Kinn heraus, die seit einigen Jahren sprossen, ganz egal wie oft ich sie an den Wurzeln packte, schminkte mich, schlüpfte in feine Unterwäsche, enge Jeans und Seidenbluse und räumte eine Stunde lang das blitzblanke Haus auf.

Dann gönnte ich mir einen Tee, setzte mich auf das Sofa und tat so, als wollte ich lesen.

Wenn ich Glück hatte, umgarnte mich der Schlaf, der in der Nacht nicht hatte zu mir finden können, wie ein verschmähter Liebhaber. Manchmal schien er jedoch selbst auf Abwegen zu sein, was mich ja nun wirklich nicht mehr überraschen konnte, und ich sank irgendwo auf den Boden und starrte hellwach die Decke an. Dabei versuchte ich, nicht an Michael zu denken. Daran, wie wir früher mit den Kindern im Garten Verstecken gespielt hatten. An unsere sonntäglichen Ausflüge über die Elbe ins Alte Land und an den kilometerlangen Strand von St. Peter Ording oder an die Ostsee zum Schwimmen. An die vielen Sommerabende auf der Terrasse mit Wein und guten Gesprächen. Daran, wie zärtlich er sein konnte. Wie weich seine Aufstehlippen waren.

In der Küche entschied ich, Nudeln zu kochen. So wie gestern. Und vorgestern. Vorvorgestern. Und den Tag davor, wie auch immer man den nannte, ohne es mit den Vorsilben zu übertreiben. Kohlenhydrate machten glücklich. Zudem sättigten sie, sodass ich nicht allzu schnell wieder etwas Neues zubereiten musste.

Ich öffnete die Speisekammer und fand in der Schachtel mit den Tomaten meinen Haustürschlüssel. Nach dem Einkauf neulich musste ich wohl vergessen haben, ihn aufzuhängen. Wahrscheinlich hatte ich da gerade den Brief von Michaels Anwalt gelesen. Er hatte die Scheidung eingereicht. Ich legte den Haustürschlüssel beiseite, griff nach den Tomaten und einigen Blättern Basilikum von der Kräuterbank und zuckte zusammen.

Seelennahrung. Laura. Und ich, das Basilikum.

Obwohl ich wusste, dass Michael mich verraten hatte, uns, unsere Liebe, unsere Idee von einem gemeinsamen Leben, konnte ich mich nur schwer gegen den Gedanken wehren, auch Laura Schuld zu geben. Ich wollte nicht das zweifelhafte Bild der rachsüchtigen Ex bedienen, bitte keine weiteren Klischees in meinem Leben, danke, zumal ich Laura mochte, aber wie hatte sie es all die Monate lang geschafft, mir eine hilfsbereite Kollegin zu sein, eine nette Gesprächspartnerin, ja, fast eine Freundin. Wie ging das? Warum hatte Michael sich nicht von Anfang an fair verhalten? Mir gegenüber, aber auch was Laura anging. Trotz aller Emotionen oder vielleicht genau deshalb. Ich liebte Michael, verachtete ihn aber mit jeder Minute, die ich ihn weiter liebte, mehr, was überhaupt keinen Sinn ergab.

»Mama?« Mia stapfte in nassen Stiefeln und mit einer Einkaufstasche durch den Flur.

Ich wischte mir die Tränen aus dem Gesicht. »Zieh bitte die Schuhe aus, Schätzchen.«

»Ist alles okay?«

Ich schaute von meinen Tomaten auf.

»Die Haustür stand offen und davor lag diese festgefrorene Tüte.«

»Oh.« Ich nahm ihr die Lebensmittel ab und stellte die zu Klumpen erstarrte Mozzarella, zwei geplatzte Wasserflaschen, knisternde Chipstüten und brettharte Schokolade in der Spüle ab. »Habe ich wohl vergessen.«

»Mama …« Mia enterte mit ihren tropfenden Stiefeln die Küche und nahm mich in den Arm. »Du musst dir Zeit nehmen und dich ausruhen. Ist alles ganz schön viel im Moment.«

»Und was soll ich mit der Zeit machen, die ich mir nehme?« Ich knallte das Messer auf das Brettchen. Tomatensaft spritzte. »Ich habe meinen Ehemann verloren, meinen Job und auch das Haus wird wohl noch dran glauben müssen. Ich tigere seit Wochen wie in einem Käfig von Zimmer zu Zimmer.« Ich schnaufte. »Ganz ehrlich? Eigentlich denke ich, es ist das genaue Gegenteil: Ich muss mir keine Zeit *nehmen*, ich muss mir Zeit *geben*. Für andere Dinge, irgendetwas. Ich brauche Beschäftigung, sonst drehe ich noch durch!«

Mia nickte. »Okay …« Sie zog das Wort in die Länge, ging zurück in den Flur und schnippte die dreckigen Schuhe unter die Garderobe. »Du musst hier raus, verstehe ich. Am besten irgendwohin, wo die Sonne scheint. Dann mach das doch.«

»Ha!« Ich dachte an das Gespräch mit meiner Mutter, daran, dass Männer sich einen Ausbruch leisten konnten.

Michael und ich führten getrennte Konten. Es gab ein Firmenkonto und ein Geschäftskonto, für beide war er verantwortlich, dazu ein Haushaltskonto, das ich im Blick behielt. Größere Anschaffungen zahlten wir aus dem Geschäftskonto, unser tägliches Leben übernahm das Haushaltskonto, auf das Michael mir monatlich mein Gehalt überwies. Für einen Urlaub unter Palmen würde es also gerade reichen, aber ich verdiente ja nichts mehr, obwohl Michael den Dauerauftrag für mein Gehalt bislang nicht storniert hatte, gerade erst kam die Abrechnung für Februar. Aber ich hatte keine Ahnung, wie es finanziell weitergehen sollte. Unter keinen Umständen würde ich Michael um Geld bitten!

»Eine schöne Idee, Schätzchen, aber das kann ich mir nicht leisten.«

»Haustausch.«

»Wie bitte?«

Mia schwang sich auf die Abstellfläche des Büfett und ließ die Beine baumeln. Müsste ich mir meine Tochter in unserem Haus vorstellen, dann säße sie genau dort.

»Hat mir eine Kommilitonin erzählt. Ihre Eltern machen das immer, früher als Familie, heute als Paar. Über eine Plattform im Netz. Sie tauschen mit Menschen irgendwo auf der Welt das Haus, können also kostenfrei wohnen, genauso wie die anderen bei ihnen. Da gibt es doch auch diesen alten Film. *Liebe braucht keine Ferien.*«

»Und ich lerne dann Jude Law kennen.«

Mia lachte. »Vielleicht auch Kate Winslet.«

»Wäre mir lieber.« Ich schnitzte weiter an meinen Tomaten.

»Das ist doch eine super Idee, Mama! Du tauschst unser Haus gegen eines in Italien. Oder vielleicht sogar in Australien. Ob du hier Lebensmittel kaufst oder dort, ist ja egal. Du kommst mal raus und kriegst Abstand zu allem.«

»Sicher.«

»Ich meine das ganz ernst!«

Ich seufzte. »Mir ist gerade nicht nach allzu viel zumute, wie du schon sagtest, ist alles ein bisschen viel. Ich bin froh, wenn ich meinen Alltag hier geregelt bekomme. Einen Haustausch zu planen, liegt jenseits meiner Möglichkeiten.«

»Aber prinzipiell wärst du nicht abgeneigt …«

»Schätzchen … ich weiß nicht mal, was ich eigentlich mit den Tomaten anstellen wollte, die ich gerade schneide. Australien, ja selbst Italien erscheint mir derzeit ähnlich machbar wie die Umkehr des Klimawandels.«

Mia lächelte.

～

𝓔s war ein Natursteinhäuschen. Das letzte in einer von drei Reihen aus je vier kleinen Häusern. Heller Granit, weiße Sprossenfenster, schwarze Dachschindeln und eine Gaube im Satteldach. Den Gemeinschaftshof bedeckte Kies, in einigen Vorgärten blühte es üppig. Innen dominierte die unverputzte Natursteinmauer ein kleines Wohnzimmer mit grünem Sofa und roten Stühlen an einem hölzernen Esstisch. Es gab ein gelbes Bad, eine weiße Küche, ein rosafarbenes Schlafzimmer und einen Arbeitsraum mit bis unter die Decke reichenden, vollgestopften Regalen. Hübsch, alles in allem. Bunt. Im ersten Stock unter dem Satteldach mit der Gaube wohnte jemand anderes, sodass im Steckbrief von Vivians Wohnung auf der Haustauschplattform kein Foto davon auftauchte. Stattdessen schrieb sie:

Dear Alice,
ich bin ganz aufgeregt. Ich bin neu auf der Haustauschplattform. Ich suche eine Unterkunft in Hamburg für mehrere Monate. Ich bin Bildhauerin und werde meine Skulpturen im Botanischen Garten ausstellen und auch Steinmetzkurse geben. Ich habe ein Stipendium bekommen, aber das deckt nicht alle Kosten. Ich finde die Idee mit dem Haustausch toll, und dein Haus sieht super aus! Wenn du also Lust auf Guernsey hast – let's do it!
Best wishes,
Vivian

Guernsey. Ich hatte den Namen schon mal gehört, wusste aber nicht, ob es ein Ort in Frankreich oder England war. Oder doch ganz woanders. Zudem musste ich *stonemason* googeln, Steinmetz. Vivian hatte auf Englisch geschrieben. Ich verstand sonst alles, war Englisch doch mein einziges Abiprüfungsfach mit vierzehn Punkten gewesen. Ich liebte den britischen Akzent, dieses Edle, Nasale, leicht Angesnobte. Während meiner Schulzeit hatte ich Shakespeare im Original gelesen und sogar mal überlegt, Übersetzerin zu werden, bevor die Nacht mit Michael passierte. Ich schaute Filme immer auf Englisch und hatte an der Volkshochschule im Laufe der Jahre mehrere Konversationskurse belegt. *Stonemason* war mir allerdings noch nie untergekommen.

Mia hatte den Link zur Haustauschplattform, auf der sie unser Haus mit Fotos und kurzen Texten vorgestellt hatte, mit den Worten geschickt: Kate Winslet heißt Vivian Bell.

Auf unserem (meinem!) Profil stand, dass ich allein reisen würde und einen Haustausch irgendwo auf der Welt für mehrere Monate suchte, am besten ab sofort. Vivian war die Erste, die sich gemeldet hatte.

Ich googelte Guernsey.

Es war die zweitgrößte der britischen Kanalinseln, zu der sich neben der Hauptinsel Jersey noch Alderney, Sark, Herm und einige kleinere, meist unbewohnte Eilande und Klippen gesellten. Wikipedia erklärte, dass die Gruppe auch als Normannische Inseln bezeichnet wurde, da sie im südwestlichen Teil des Ärmelkanals näher an der französischen als an der englischen Küste lag. Politisch galten die Inseln jedoch als gesonderte Rechtssubjekte, gehörten weder zu Frankreich noch zum Vereinigten Königreich, sondern unterstanden als Kronbesitz zusammen mit der Isle of Man in der Irischen See direkt King Charles. Der Golfstrom floss vorbei und sorgte für ein mildes, fast mediterranes Klima.

Ich wusste, Mia meinte es gut. Sie hatte in der vergangenen Woche täglich angerufen, war viermal spontan auf einen Kaffee hereingeschneit. Ich wollte nicht, dass sie sich sorgte, andererseits, wenn man sich nicht sorgte, wenn der Vater die Mutter betrog und ein Kind mit einer anderen zeugte – wann dann.

Ich seufzte.

Guernsey. Dort würde es sicher freundlicher aussehen als in unserem dunklen Garten mit den Rhododendren, die die Blätter einrollten gegen die Kälte. Das Wetter schlug seit Tagen Kapriolen, schwankte zwischen Regen, Hagel und Schnee. Der Natur waren die Farben abhandengekommen, alles schien ausgewaschen und verlaufen zu sein.

Von meiner Position auf den Dielen neben dem Sofa liegend, wandte ich den Kopf und schaute auf die Terrasse mit dem Eisfass. Seit meinem Geburtstag, unserem Hochzeitstag, dem Tag unserer Trennung – wie viele dramatische Ereignisse eines Lebens passten gemeinsam in die immer gleichen vierundzwanzig Stunden? – hatte ich nicht mehr gebadet. Ja, mein Körper schmerzte, aber auch mit bester Selbstreflexion konnte ich nicht sagen, was die Qual verursachte: die Wechseljahre, der Winter, Michael, Laura, das Baby, mein Teichsturz mit dem Fahrrad, das Alter, meine Sorge um Mia, die sich ob der Gesamtsituation derart verantwortlich fühlte, dass sie drauf und dran war, unsere naturgegebene Beziehung umzukehren, was eigentlich erst so in dreißig Jahren anstand. Da ich nicht einschätzen konnte, woher meine Schmerzen rührten, wusste ich auch nicht, ob eisbaden helfen würde. Wozu also sollte ich mich quälen?

Ich dachte an Guernsey. Kate Vivian. Den Haustausch. Ich hatte keinerlei Bedenken, dass jemand Fremdes hier wohnen würde. In einem Hotelbett hatten vor mir schließlich auch schon andere Menschen geschlafen. Zudem entfernte ich mich gefühlsmäßig von unserem Haus. Jeden Tag einige Herzschläge weiter. Natürlich war das absurd, schließlich verließ ich diese vier Wände kaum, andererseits lag es vielleicht genau daran. Alles hier schrie Michael, Ehe, Kinder, Familie, Leben.

Trotzdem fühlte ich mich nicht bereit für einen Haustausch. Monate allein in einem fremden Land, auf einer unbekannten Insel. Was um Himmels willen sollte ich den ganzen Tag dort machen? Dazu kam: Akzeptierte ich, gäbe es kein Zurück. Vivian verließe sich auf mich, ich könnte nicht nach zwei Wochen alles abbrechen, weil mich Heimweh plagte.

Nein, ich war nicht bereit für einen Haustausch.

Aber ich war auch nicht bereit für eine Trennung gewesen.

2. QUARTAL

APRIL

Ich hasste es, im Dunkeln anzukommen. Kein Haus sah nachts einladend aus, kein Weg erschien ohne Licht gehenswert. Nächte erforderten Mut und Vertrauen. Den unerschütterlichen, unbedingten Glauben daran, dass die Sonne wieder aufgehen würde. Aber allein an einem Flughafen, nach einer mehr als dreizehnstündigen Reise mit zwei Zwischenstopps und etlichen Stunden im Transit, in fremder Umgebung mit einsetzender Dämmerung, die sich bestimmt zu undurchdringlicher Finsternis verdichtet hätte, bis ich Vivians Haus erreichte, konnte ich meiner Zuversicht beim Bröckeln zuschauen.

Endlich steuerte ein beigefarbener Wagen auf den kleinen Platz vor Guernseys Flughafengebäude. Nachdem alle anderen Passagiere des kurzen Flugs von Jersey hier herüber zügig in Busse und Autos gestiegen waren und mich bereits drei Security-Mitarbeiter gefragt hatten, ob ich Hilfe benötigte, konnte ich meine Erleichterung kaum verbergen, als Vivians Freundin aus dem Wagen sprang und mich begrüßte.

»Welcome to Guernsey! I am Brittany, nice to meet you.«

Ihr Englisch klang britisch, mit einem irgendwie entspannteren Akzent. Ich verstand sie gut, obwohl Brittany die nächste halbe Stunde ohne Unterlass redete und mir vor Erschöpfung einige Male die Augen zufielen.

Sie erzählte, dass ihre Tochter morgen sieben Jahre alt werden würde und ihre Mutter Kuchen gebacken hätte. Allerdings fuhr Oma Glenda kein Auto mehr, sodass sie zur Geburtstagsfeier mit dem Bus anreiste, weshalb Brittany jetzt schnell die Kuchen abholen müsste, bevor sie mich zu Vivians Haus brächte.

»Das macht dir doch nicht aus, oder? Ich setz dich an der Kaimauer ab, dann kannst du den Sonnenuntergang genießen, während ich schnell die Sachen abhole.«

An einer kleinen Parkbucht hielt Brittany an, hieß mich auszusteigen und brauste mit meinen zwei Koffern davon. Ich fühlte mich naiv und überrumpelt. Vor allem aber müde.

Ich lehnte mich an die dicke Natursteinmauer und versuchte es mit beruhigenden Gedanken. Wir waren auf einer vierundsechzig Quadratkilometer kleinen Insel mit sechzigtausend Einwohnern. Wo sollte sie schon hin mit meinen Klamotten?

Ich hob den Blick und sah mich um. Die dicke Mauer zog sich entlang der ganzen Bucht. Davor verlief eine schmale Straße, auf der nicht ein einziges Auto fuhr. Einige weiß getünchte Häuser gruppierten sich hinter akkurat geschnittenen Hecken. Es gab keine hohen Bäume, mein Blick glitt weit hinein ins flache Land. Alles wirkte ruhig, geradezu ausgestorben. Sonntag, 19.15 Uhr. Vielleicht lag es daran.

Als ich mich umdrehte und über die Mauer blickte,

auf die Meerseite, sah ich endlich Menschen. Dutzende Wattwanderer stapften in Gummistiefeln über den Meeresboden. Gegen die untergehende Sonne waren sie und die trockengefallenen Fischerboote kaum von den Felsen zu unterscheiden. Dafür leuchteten knallrote Bojen an wahnsinnig langen Ankerketten. Bei Flut sah es hier wohl anders aus. Es roch modrig nach Tang und Salz.

Ich beobachtete die Leute, Erwachsene und Kinder, die Eimer mit sich herumschleppten. Immer wieder bückten sie sich, hoben Felsbrocken an, schienen etwas zu suchen. Muscheln, nahm ich an.

Nicht weit von meinem Spähposten entfernt entdeckte ich eine ältere Frau mit blauen Haaren. Sie schimmerten dunkel, als wären schwarze Strähnen hineingeflochten, und glänzten im schwindenden Sonnenlicht. Die Frau sammelte allein, winkte ab und an jemandem, lächelte und schien so vollkommen glücklich im Moment zu ruhen, dass ich am liebsten zu ihr ins Watt gestakst und mich in ihre Arme gestürzt hätte.

»Traumhaft, nicht wahr?« Brittany stand plötzlich neben mir.

Ich schluckte die aufsteigenden Tränen hinunter und lächelte sie an. »Was sammeln alle?«

»*Ormer.*«

»Wie bitte?«

Sie googelte nach einer deutschen Übersetzung und hielt mir ihr Handy hin. Abalone oder Seeohr. Eine Art große Schnecke, die wie eine Muschel aussah.

»Wir braten, frittieren oder köcheln sie in einer

dicken Soße. Hat eine lange Tradition auf Guernsey. Allerdings darf man *ormer* nur zu bestimmten Zeiten sammeln: zwischen Jahresanfang und Ende April und nur bei Voll- oder Neumond und zwei Tage danach. Die *ormer* müssen mindestens neun Zentimeter lang sein, das wird streng kontrolliert. Und man darf beim Sammeln weder ganz noch teilweise im Wasser stehen.« Sie lachte. »Davon abgesehen sind wir ganz entspannte Leutchen.«

Wir kletterten zurück ins Auto, das jetzt nach Zucker und Äpfeln roch. Brittany schaukelte uns und die süße Fracht quer über die Insel durch schmale Gassen, von Hecken umsäumte Straßen und Hohlwege, in denen uns kein Lichtstrahl mehr erreichte. Irgendwann bog sie vor einer Kirche ab und hielt auf dem Kies neben einem Steinhäuschen.

»Vivians Reich.« Sie überreichte mir feierlich den Haustürschlüssel, wuchtete meine Koffer aus dem Auto und verabschiedete sich.

Ich schloss die Tür auf und brach in Tränen aus.

Nach dem ersten Schock des Ankommens erkannte ich mit verschwommenem Blick, dass alles wie auf den Fotos aussah. Es fühlte sich fast vertraut an. Vivians Zuhause wirkte einladend, farbenfroh und persönlich, aber nicht zu privat. Genau wie ich hatte sie offenbar großzügig umgeräumt und intime Dinge irgendwo sicher verwahrt.

Ich zog den Koffer durch das kombinierte Wohn- und Esszimmer, betrachtete kurz die Fotos an der blauen Flurwand. Vivian beim Bildhauen, zusammen mit Freunden auf einem Segelboot, ein älteres Paar, das sie wie die Toastscheiben eines Sandwichs umarmte, vermutlich ihre Eltern, Menschen, die Sektgläser in die Kamera reckten, noch mehr Menschen an einem Lagerfeuer, Menschen, die im Meer schwammen. Eine von ihnen hatte blaue Haare. Ich fragte mich, ob das Trend war hier auf Guernsey oder ob es sich tatsächlich um dieselbe Frau handelte wie vorhin am Strand.

Ich hievte mich und mein Gepäck ins Schlafzimmer mit der rosa gestrichenen Wand, streifte die Sneaker von den Füßen, packte nichts aus, putzte keine Zähne, löschte nicht einmal das Licht, sondern fiel der Länge nach wie ein Baum auf die breite Matratze.

Und schlief nicht ein.

Der Schlaf, mein widerspenstiger Liebhaber, fand den Weg zu mir auf Guernsey nicht. Ich schaltete das Licht aus, wälzte mich auf die Seite, öffnete den Knopf meiner Jeans, drehte mich auf den Rücken, zog die Bettdecke über die Beine, schwitzte, strampelte alles von mir, lag wach und lauschte den ungewohnten Geräuschen.

Eine Kirchturmuhr schlug. Irgendwo knackte ein Heizkörper, etwas surrte, vielleicht der Kühlschrank.

Ich schaltete das Licht wieder an und starrte auf einen Deckenventilator, von dem ein geflochtener Traumfänger mit großen braun gestreiften Federn baumelte. Vielleicht war ich nicht die Einzige, mit der der Schlaf spielte.

Ich raffte mich auf und sortierte meine Klamotten

in den antiken Bauernschrank. Vivian und ich hatten uns darauf geeinigt, die Kleiderschränke für die jeweils andere so gut als möglich leer zu räumen. Schließlich tauschten wir unsere Häuser bis in den Oktober hinein.

Ich stapelte Jeans und fein gestrickte Pullover in die Fächer, hängte Seidenblusen und Blazer auf Bügel. Michaels Lieblingsteile meiner Unterwäsche sortierte ich in eine der beiden Schubladen. Zufrieden betrachtete ich die Nuancen edler Naturtöne zwischen Schwarz, Grau, Beige und Weiß, die meine Outfits dominierten. Der perfekte Arbeitslook. Ich musste morgens beim Anziehen nie groß darüber nachdenken, was ich tragen würde, alles harmonierte. Das hatte mir meinen eng getakteten Alltag erleichtert, vor allem in den Zeiten, als die Kinder noch jünger waren. Nur, hier und jetzt, in Vivians poppigem Häuschen, erschien mir die Farblosigkeit meiner Sachen auf einmal wie ein Omen.

Ich räumte meinen leeren Koffer auf den Schrank und ging mit meinem Kulturbeutel ins Bad. Vivian setzte dem Weiß von Kacheln und Sanitärobjekten sonnenblumengelbe Wände und einen rosafarbenen Duschvorhang mit Karamellpunkten entgegen. Es erstaunte mich, dass die Zimmer mit all den Farben ästhetisch wirkten, ja geradezu mondän. Im Bad ergänzten Holzregale mit Farnen und ein runder, rahmenloser Spiegel die Einrichtung. Alles wirkte auf eine spielerische Art leicht.

Das Gleiche galt für die Küche. Den weißen Fronten begegnete Vivian mit dunkelblauen Wänden. Sie hatte alle Oberschränke abmontiert und stattdessen

Schwarz-Weiß-Fotos von Stränden, Klippen und Buchten aufgehängt. Obwohl der Eckschrank noch nicht einmal über ein Karussell verfügte, es keinen Geschirrspüler, geschweige denn eine Kaffeemaschine gab, schien die Küche einer Wohnzeitschrift entsprungen.

Ich setzte mich auf einen der roten Stühle am Esstisch und stöberte durch die Unterlagen, die Vivian mir herausgesucht hatte. Der Plan für die Müllabfuhr, wann der Schornsteinfeger kommen würde, wie die Nachbarn hießen, Brittanys Telefonnummer, eine Liste von Guernseys Sehenswürdigkeiten, eine Karte für die Bücherei, Bedienungsanleitungen für elektrische Geräte, ein Foto der Briefkästen vorne an der Mauer mit einem Pfeil über dem blauen, Empfehlungen für Supermärkte und Restaurants, das WLAN-Passwort und das scheinbar selbst gezeichnete Bild ihres Häuschens mit einem Gedicht:

Wherever we're going is Monday morning.
Wherever we're coming from is Mother's lap.
(Maxine Kumin, Our ground time here will be brief)

Ich hoffe, du gewöhnst dich schnell ein auf
Guernsey, liebe Alice!
xo Vivian

Vivian kam erst in drei Tagen in Hamburg an, weil sie vorab noch ihre Eltern besuchte, die seit einigen Jahren in London lebten. Mia würde sie abholen, ihr das Haus zeigen und alles erklären. Ich war froh, dass sich

Vivian, die wirklich entzückend zu sein schien, in so guten Händen befinden würde.

Im Kühlschrank entdeckte ich eine Flasche Sekt, die Vivian zur Begrüßung für mich gekauft hatte. Daneben stand ein selbst gemachter Auflauf, von dem ich mir etwas aufwärmte. Wir hatten beide in unserem jeweiligen Zuhause die Vorratsschränke mit Basics (Milch, Eier, Mehl, Toast, Salz und so weiter) aufgefüllt, um einander die ersten Tage in der Fremde zu erleichtern.

Ich schrieb Mia, dass das Haus toll war, und versuchte erneut, den Schlaf zu locken. Dieses Mal mit korrektem Abendritual inklusive duschen, um den Schmutz der Welt abzuwaschen.

~

Saint Martin war die südöstlichste Gemeinde auf Guernsey. An der Hauptstraße klemmten sich ein Podologe, Marks & Spencer Foods, ein Wellnesszentrum, ein Fachhandel für Bodenbeläge, ein Juwelier, ein Co-op-Supermarkt und ein Fahrradgeschäft zwischen die Wohnhäuser. Außerdem gab es drei Kirchen. Neben der aus dem zwölften Jahrhundert wohnte ich. Ihre Glocken läuteten alle fünfzehn Minuten. Ding-dong um Viertel nach. Ding-dong, ding-dong um halb. Ding-dong, ding-dong, ding-dong um drei Viertel. Ding-dong, ding-dong, ding-dong, ding-dong zur vollen Stunde, dann kam allerdings noch die jeweilige Anzahl der bisherigen Stunden des Tages als Geläut hinzu, was eine andere Glocke mit einem dumpferen, tönenderen

Klang übernahm, die relevanter zu sein schien, als gäbe es eine Hierarchie unter Glocken.

Ich machte jeden Morgen Vivians (mein) Bett, putzte die Zähne und zog mich an. Ich ging rüber zum Supermarkt, kaufte etwas für den Tag ein, aß. Irgendwann fiel mir auf, dass die Kirchenglocken sehr oft schlugen. Zwölf Uhr. Zeit für das Mittagessen. Ich kochte, aß. Verbrachte den Nachmittag. Bereitete mir etwas zum Abendessen zu, aß. Wiederholte die Rituale im Bad, legte mich ins Bett und wartete auf die viertelstündlichen Gongschläge, die mich aufzuziehen schienen wie eines dieser alten Blechspielzeuge. Am nächsten Tag funktionierte ich wieder.

Ich fühlte nichts. Keine Trauer, weder Wut noch Schmerz. Wahrscheinlich sollte mich das langsam ängstigen. Aber auch für dieses Gefühl brachte ich keine Energie auf. Wäre ich nach Indien gereist oder vielleicht nach Japan oder Uganda, hätte man meinen Zustand als Kulturschock bezeichnen können. Ein schreckhaftes Erleben der plötzlichen Andersartigkeit der eigenen Realität. Keine Ahnung, wie man meine Verfassung nannte.

Ich konnte mich nicht aufraffen, die Insel zu erkunden. Nach drei Tagen schaffte ich es nicht einmal mehr, zu kochen. Ich schmierte Sandwiches, kaufte Fertigsachen. Ließ meine getragenen Klamotten auf dem Boden liegen, verzichtete auf die Seidenblusen, zwei Tage später auch auf die Bügel-BHs.

Ich schrieb Michael verzweifelte Nachrichten: War gerade im Supermarkt und musste daran denken, wie uns einmal die Rotweinflasche auf die Kühltheke gefallen ist. Oder: Weißt du noch, wie wir in dem einen Bretagne-Urlaub einmal fast mit der Fähre nach Jersey rübergefahren wären? Schon seltsam, dass es mich jetzt nach Guernsey verschlagen hat. Oder: Hier ist es wirklich schön. Und: Ich vermisse uns.

Michael ignorierte meine Kontaktaufnahme meist. Antwortete er, erschütterte mich die betonte Höflichkeit seiner Worte.

Ich fühlte mich wie am Point Nemo, diesem am weitesten von jeglichem Land entfernten Punkt auf der Erde irgendwo zwischen Chile und Neuseeland. Dabei war ich nur bis zum Ärmelkanal gereist, auf dieses Inselchen, das zwar umständlich, aber dennoch zu erreichen war, doch es fühlte sich genauso weit weg von allem an.

Was bitte machte ich auf Guernsey? Ein ganzes halbes Jahr lang? Ich hatte mich trotz aller Zweifel von der Idee des Haustauschs mitreißen lassen, davon, Michael nicht begegnen zu müssen, aus den Augen, aus dem Sinn. Aber es funktionierte nicht. Meine Probleme waren mitgereist. Hier fand ich keine Ablenkung, alles konfrontierte mich täglich aufs Neue mit mir. Dabei brauchte ich nichts dringlicher als ein wenig Abstand. Urlaub von mir und meinem Leben.

Mia fragte in einem ihrer täglichen Anrufe, was ich schon alles von der Insel gesehen hätte. Ich dachte an den Supermarkt und haderte mit mir und den Lügen, die zu erzählen ich mich als gute Mutter gezwungen sah. Mia sollte sich nicht sorgen müssen.

»Ich gehe viel spazieren und erhole mich«, purzelten die Worte aus meinem Muttermund. »Die Insel ist wirklich traumhaft schön. Wie weit bist du mit dem Referat?«

Mia erzählte von der Kommilitonin, mit der sie sich zur Gruppenarbeit zusammengefunden hatte, aber es fiel mir schwer, ihren Ausführungen über die Vor- und Nachteile der Hamburger Cafés zu folgen, in denen sie sich zum Lernen trafen. Hamburg bedeutete Rissen bedeutete Zuhause bedeutete Michael bedeutete Laura bedeutete Baby bedeutete Scheidung bedeutete Hausverkauf bedeutete Guernsey bedeutete ich. Alles warf mich auf mich zurück, und ich konnte mich gerade nicht tragen.

»Schnapp dir doch mal Vivians Fahrrad. Da kommst du ein bisschen mehr rum. Gibt sicher einiges zu entdecken auf Guernsey. Was Vivian erzählt, klingt echt toll.«

Sicher hatte Mia recht. Rumkommen täte mir gut. Da es in mir gerade wenig zu entdecken gab, könnte ich die Erkundungstouren einfach nach außen verlagern. So müsste ich auch keine Lügen mehr erzählen.

Also hakte ich in den nächsten Tagen touristische Hotspots ab, als würde ich Sehenswürdigkeitenbingo spielen. Strände, Klippen, Buchten, Forts, Dolmen – BINGO. Hafen, Kirche, Denkmal, Wachturm, Straßen – BINGO.

Nach jeder durchwachten Nacht, in der ich auf die Gongschläge der Kirchturmuhr wartete, schlüpfte ich in enge Jeans und einen viel zu dünnen Pulli. Der Wind biss sich während der Touren durch die Maschen. Die Hose drückte in den Bauch. Meine Wangen brannten von den frühlingskalten Temperaturen, die Oberschenkelmuskeln vor Übersäuerung. Meine Finger umklammerten steif die Griffe des Rads, und ich strampelte und stöhnte.

Das Fahrrad quälte sich mit mir die achtzig Meter höher gelegenen Klippen im Süden hinauf, ruckelte über unbefestigte Wege, sauste in halsbrecherischen Kurven unter mir hinab in die Stadt, quietschte sich über den Asphalt zu den windgepeitschten Stränden im Norden. Es war so anstrengend. Gleichmäßig zu atmen, zu treten und mich dabei im Linksverkehr zu orientieren, erforderte all meine Konzentration. Während meine Ohren erfroren, rann Schweiß zwischen den Bügeln meines BHs hinab und das feine Spitzentop klebte nass an meinem Rücken. Ich sah nichts, hörte nichts, schmeckte nichts, roch nichts – aber alles an meinem Körper schmerzte. Immerhin.

MAI

𝒟as Haus symmetrierte vor einem wolkenlosen Himmel. Hellgrauer Stein, auf jeder der drei Etagen fünf Fenster mit weißen Gittern, in der Mitte eine imposante Tür mit Freitreppe. Das Sousville Manor fiel mit seiner Herrenhausgeometrie aus der Zeit und wirkte inmitten der struppigen Gärten wie ein bockiger Patriarch.

Ich friemelte mein Handy aus der Tasche und notierte die Metapher, um sie Mia erzählen zu können. Ein weiteres Detail, das mein vertrautes Muttersein festigte.

Der Kiesweg knirschte unter meinen Füßen, als ich das Haus umrundete und auf einen Wintergarten stieß, der ein Café beherbergte. Bunte Metallstühle gruppierten sich unter Palmen um einzelne Tische, aber es war noch zu früh für Gäste.

Ich entdeckte das Tor zum Park unter einer Kletterpflanze zwischen dem Café und einem großen Teich. Auf einem Briefkasten stand *Honesty Box,* und ich stopfte die gewünschten sieben Pfund in den Schlitz der Vertrauenskasse und betrat eine andere Welt.

Mit nur zwei Schritten fand ich mich plötzlich auf einem Rindenmulchweg wieder, der sich an einer hohen Natursteinmauer entlangschlängelte. Es roch betörend. Irgendwie süß. Nach Früchten. Aber auch buttrig. Auf meiner rechten Seite schob sich eine grüne Wand in den Himmel. Palmen, Farne, Bäume, Lianen. Die Sonne blinzelte zwischen feingliedrigen Blättern hindurch, die sich wie Sterne gegen das Licht abzeichneten.

Vivian hatte den subtropischen Park in ihrer Sehenswürdigkeitenliste empfohlen, aber das hier … mit dieser wilden Üppigkeit, den Tausenden von Grüntönen, dem Tauglanz und der Opulenz hatte ich nicht gerechnet.

Ich schwebte über den Pfad. Skulpturen luscherten aus dem Dickicht hervor. Ein Tigerkopf, die Bronzefigur eines tanzenden Paares, Schwalben im Flug, eine übergroße Blumenknolle aus Metall, das Gesicht eines Menschen auf einem dicken Baumstamm, komplett aus rostigen Centmünzen gefertigt. Dazwischen Blüten. Rosafarbene Trichter, hellgelbe Rispen, violette Kugeln, weiße Dolden. Ich duckte mich unter einem Ast hindurch, den jemand über den Weg gespannt hatte, um die hinabhängenden Halme eines gigantischen Bambus zu stützen, und fand mich inmitten eines asiatischen Waldes aus Riesengras wieder. Dicke Halme, grün und braun, mit den typischen Knoten alle paar Dutzend Zentimeter. Ich erwartete geradezu, einen Panda über das Laub purzelbäumen zu sehen.

Ein Bach plätscherte durch das Unterholz und verströmte kühle Frische. Ich schlenderte zu einigen als Brücke umfunktionierten Planken, lauschte dem tschilpenden Gedankenaustausch zweier Vögel und brach mit dem rechten Fuß durch das Holz.

Ich schrie auf. Mein rechtes Bein steckte bis zum Oberschenkel fest, der Sneaker saugte sich im Wasser unter mir voll nasser Kälte, auf dem linken Bein kniete ich, seltsam abgewinkelt. Ich stützte mich mit den Händen ab und zog mein Bein aus den morschen Brettern, aber die nach unten durchgebrochenen Splitter stellten sich auf, stachen mir in die Haut, und ich stoppte, zog die Ärmel meines Pullis lang, wickelte sie um die Finger, drückte gegen die Bruchstücke, hämmerte auf die Planken. Nichts half.

Also anders. Ich streckte mein linkes Bein aus, lehnte mich vornüber und landete bäuchlings auf den Planken. Mein rechtes Bein winkelte ich an, damit mein Fuß dem kalten Wasser entkam. Herausziehen konnte ich es noch immer nicht. Es war absurd. Sollte ich um Hilfe rufen? Ich hatte zu dieser frühen Stunde niemanden im Park gesehen. Wahrscheinlich fühlte ich mich nicht nur allein, ich war es auch.

»Hallo? Hört mich jemand? Hey!«

Nichts.

Meine Tasche lag vor mir auf dem Steg. Ich zog sie heran, kramte mein Handy heraus und fragte mich, wen ich anrufen sollte. Michael natürlich. Aber was könnte er schon ausrichten? Mit Hunderten von Kilometern, zwei Ländern, einem Kanal und einer Trennung zwischen uns.

Wie ging der Notruf hier auf Guernsey? Rechtfertigte meine Lage den Einsatz von Feuerwehr, Notarzt und Polizei? Wollte ich wirklich, dass eine Armada von uniformierten Menschen mich hier so fand? Vielleicht Brittany. Aber ich wusste nicht einmal, ob sie in der Nähe wohnte.

»Ach du Scheiße! Geht es dir gut?«

Die Stimme drang von irgendwo hinter mir über die Planken. Ich verrenkte den Hals und sah eine junge Frau im grünen Arbeitsoverall und Gummistiefeln am Ufer stehen. Sonnenstrahlen reflektierten von den Piercings in Nase und Ohren. Ihre schwarzen Haare spreizten sich in dicken, kinnlangen Strähnen vom Kopf ab. Sie wirkte amüsiert und entsetzt zugleich.

»Ich hol schnell den Werkzeugkoffer, bin gleich zurück.«

Ich rang mir ein Lächeln ab und winkte. Sie verschwand joggend hinter dem hohen Bambus.

Fünfzehn Minuten später hatten wir die Planken gemeinsam zersägt. Ich begutachtete mein rechtes Bein mit der zerrissenen Hose, einigen Schürfwunden und dem durchnässten Schuh. Fühlte sich okay an, so weit.

»Komm«, sagte meine Retterin, »trinken wir erst mal einen Tee.«

Sie hieß Elsie, war achtzehn, beendete im nächsten Jahr die Schule und jobbte in den Gärten von Sousville Manor, um ihr Taschengeld aufzubessern. »Die Arbeit ist okay, nicht so öde wie im Supermarkt, you know.«

Wir schoben uns auf Abkürzungen durchs Dickicht. »Nur die Besucher nerven manchmal.« Elsie vergrub die Hände tief in den Taschen ihres Overalls. »Wenn

70

ihnen mal wieder was in den Teich gefallen ist oder sie die Mülleimer überstopfen.« Sie grinste. »Oder wenn sie unsere Brücken zerstören.«

»Ha!«

Elsie prustete los, ihr Lachen ein raues Gurgeln in der Kehle. Sie duckte sich unter einer Befestigungsleine hindurch, wartete, bis auch ich sie unterquert hatte.

»Ich mag die Kinder, die sind cool. Neulich hat mich ein kleines Mädchen nach meinem drittliebsten Dinosaurier gefragt.«

Endlich lachte ich auch, und Elsie stimmte mit ein.

Sie wirkte ungemein tough. Mit einer jugendlichen Unbekümmertheit, die ansteckend wirkte. Die langen Wimpern und tiefblauen Augen erzählten zudem von einer Feinfühligkeit, die sich wahrscheinlich nur mit großer Anstrengung hinter einer draufgängerischen Art verbergen ließ.

Wir tranken Tee an einem der Metalltische vor dem Wintergarten-Café. Die Sonne wärmte in dieser windgeschützten Ecke angenehm. Ich zog Schuh und Socken aus, Elsie brachte mir einen einzelnen Gummistiefel und eine Decke. Als sie drinnen nach Plätzchen suchte, trat ein Mann vor mich.

»Was soll das?«

Ich hob die Hand, um die Sonne abzuschirmen und ihn besser erkennen zu können. Seine Silhouette schob sich groß, aufrecht und irgendwie grobknochig vor das Licht. Er trug eine Steppweste unter dem Jackett, dazu Jeans und Stiefel. Seine melierten Haare und der gesprenkelte Vollbart ließen mich auf ein Alter um die sechzig schließen. Weder verschränkte er die Arme, noch schob er die Hände in die Taschen. Er stand einfach nur da und schaute mich an, während die Welt sich um ihn herumzuwickeln schien.

»Entschuldigung.« Ich räusperte mich. Keine Ahnung, wofür ich mich entschuldigte. Ich holte Luft, wusste aber nicht, was ich sagen sollte.

»Guten Morgen, Mr Mahy.« Elsie kam mit einer Packung Shortbreads aus dem Café. »Schönes Wetter heute, isn't it? Könnte aber ein bisschen wärmer sein. Letztes Jahr um diese Zeit waren die Bluebells schon fast verblüht.«

»Das war früher. Die Bluebells standen letztes Jahr bereits im April in voller Pracht.«

Elsie reichte mir ein Shortbread und stopfte die Hände zurück in die Taschen ihres Overalls. Es schien, als hätte sie ganz bewusst die Entscheidung getroffen, nichts weiter zu sagen. Ein amüsiertes Lächeln zuckte in ihren Mundwinkeln, und sie presste die Lippen aufeinander, als müsste sie Creme darauf verteilen. Ich umklammerte das Shortbread.

»Ich wiederhole mich nur ungern.« Mr Mahy machte eine seltsam fahrige Bewegung mit der Hand, die sowohl mich als auch Elsie, aber auch die Gärten, Guernsey und die Welt umschloss. »Was soll das hier?«

Elsie schüttelte den Kopf. »Die arme Alice ist gerade durch den Steg hinten beim Bambus gebrochen. Zum Glück ist außer einer zerrissenen Hose und einem nassen Schuh nichts weiter passiert.«

»Der Steg?« Mr Mahy schaute in Richtung der

Gärten. »Ich hatte Nick aufgetragen, die Planken zu ersetzen!«

Elsie zuckte mit den Schultern. »Ist er wohl noch nicht zu gekommen.«

»Dann muss man mal Prioritäten setzen!« Mr Mahy sah mich an. »Ist alles in Ordnung?«

Ich nickte.

»Selbstverständlich erstatten wir den Eintritt ...«

»Vielen Dank.«

»... und laden Sie zu einem erneuten Besuch ein, damit Sie die Schönheit der Gärten auch als solche in Erinnerung behalten.«

»Das ist wirklich nicht ...«

Er hob die Hand. »Bitte. Das gebietet unsere Gastfreundschaft.«

~

Am nächsten Tag fuhr ich erneut nach Sousville Manor, um den Gummistiefel zurückzugeben. Ich war früh dran. Der Schlaf hatte sich die ganze Nacht außerhäusig herumgetrieben. Vielleicht lag es an der Aufregung gestern, an meinen ersten richtigen einheimischen Kontakten, an Elsie, die mich Mia vermissen ließ, mehr noch als sonst. Und wenn man wach lag, lange, bis weit nach Mitternacht, hineingeriet in diese Zeit zwischen den Tagen, in die blauen Stunden, wenn die Glückshormone niedrig waren, dann stimmte alles, was sie über Verlassene sagten.

Es war noch früh, als ich die Grande Rue hinunterstapfte. Nicht einmal die Pendler pendelten schon. Ich hatte gehofft, den Gummistiefel einfach vor die Tür des Cafés stellen zu können. Aber das große Eingangstor war geschlossen. Ich hatte gestern nicht einmal realisiert, dass es überhaupt existierte.

»Guten Morgen.«

Ich spähte durch die geschwungenen Eisenstäbe des Tors. Die Dämmerung trieb das Licht nur langsam vor sich her, sodass ich einen Moment brauchte, um Mr Mahy zwischen den Rhododendren und Kamelien ausfindig zu machen.

»Sie bringen mir meinen Schuh zurück.« Er schlenderte in Richtung Tor. »Ich fühle mich wie Aschenputtel.«

»Vielleicht eher wie einer der Brüder, die Zehen oder Ferse abschneiden, um hineinzupassen.« Ich hielt den Gummistiefel in Größe achtunddreißig in die Höhe.

Er lachte, öffnete den schweren Riegel, der das Tor von innen verschloss, und zog den rechten Flügel auf. Ich streckte ihm den Gummistiefel entgegen.

»Wollen Sie sich die Gärten nicht anschauen?«

»Ist denn schon geöffnet?«

»Nun, ich lasse Sie gerade hinein, oder nicht?«

Mr Mahy schloss das Tor hinter mir, und wir spazierten um das Haus herum.

»Meine Familie lebt seit dem zwölften Jahrhundert auf der Insel. Unser Name fand erstmalig zur Einweihung einer der frühesten Kirchen Erwähnung. Und das Haus ...« Er zeigte auf eine schwer lesbare Inschrift über dem Sturz des Eingangs oberhalb der Treppe. »... wurde 1585 errichtet. Natürlich haben wir es zwischenzeitlich renoviert.« Er lächelte. »Es gibt eine lange Geschichte von Johns und Edwards, die die Geschicke der Familie und die des Hauses mit ganz unterschiedlichen Erfolgen leiteten. Im 18. Jahrhundert ...«

Mr Mahy dozierte über Sousville Manor und die Männer, die es prägten. Es wäre sicher einfacher gewesen, den Veränderungen am Haus ohne die ganzen Johns und Edwards zu folgen, aber Mr Mahy schien viel an seinen Vorfahren zu liegen. Er erzählte von Duellen, Fehden, Familiendramen. Ich war dankbar für meine Vorliebe für historische Filme, die ich allesamt auf Englisch schaute, sodass ich den Vokabeln dieser Geschichtsstunde folgen konnte.

Wir hatten bereits die Hälfte der Gärten durchschritten, als Mr Mahy zu den Ereignissen während der deutschen Besatzung der Insel kam.

»Sir Edward de Sousville weigerte sich beharrlich, elektrisches Licht im Haus zu installieren. Er führte allerlei bauliche Schwierigkeiten an, die Kosten natürlich und die problematische Beschaffung der Rohstoffe während des Kriegs, sodass Sousville Manor nie als Stützpunkt der Deutschen diente, weil es ihnen schlicht zu ungemütlich war.«

Mr Mahy kicherte, was bei einem Mann wie ihm, der so auf Etikette und Traditionen zu achten schien, nicht nur in den Erzählungen, sondern in seiner ganzen Erscheinung, ungemein intim wirkte. Ich lächelte, und er strahlte mich an, als sein Handy klingelte.

»Entschuldigen Sie bitte, ich muss das kurz annehmen.«

Er nickte mir zu und ging einige Schritte zur Seite.

Ich schaute mich um und stellte fest, dass ich bis zu diesem Teil der Gärten gestern gar nicht gekommen war. Baumfarne sprossen rund um uns herum wie geschrumpfte Palmen. Darunter grünes Allerlei. Wir waren Gulliver in Lilliput. Alles hier schien seltsam klein, oder außerordentlich groß oder sogar beides, wozu auch zwei Steinskulpturen von winzig kleinen Vogelschwärmen beitrugen. Die Gärten verströmten einen magischen Charme.

»Bitte entschuldigen Sie.« Mr Mahy lief zurück an meine Seite. »Ich muss leider aufbrechen. In dem reizenden Gespräch mit Ihnen habe ich ganz die Zeit vergessen.« Er lächelte. »Wir könnten morgen Abend essen gehen und weiterreden, ja? Um neunzehn Uhr hier?«

Er entfernte sich bereits einige Schritte, während er sprach. Ich fühlte mich überrumpelt, zumal mein Anteil an unserem Gespräch mir eher marginal erschien, aber vielleicht würde sich das ja morgen Abend umkehren, ich sollte ihm wohl eine zweite Chance einräumen, außerdem brauchte ich neue Geschichten für Mia, also nickte ich.

Mr Mahy wartete bereits, als ich am nächsten Abend um kurz vor sieben mit dem Rad über die Kiesauffahrt von Sousville Manor holperte.

»Sie sind pünktlich. Schön.«

Er trug einen dunkelblauen Anzug samt Einstecktuch und wirkte ausgesprochen distinguiert. Ich war froh zur Seidenbluse einen Blazer übergezogen zu haben.

»Sie fahren nicht wirklich mit einem normalen Fahrrad über unsere Insel?«

Ich schaute auf Vivians Rad, bei dem weder der dritte Gang noch das Licht funktionierten, dafür aber das hintere Schutzblech klapperte.

»Gleich die Straße hoch ist ein Geschäft, das E-Bikes vermietet. Ich lasse Ihnen eines reservieren. Sie werden die Schönheit Guernseys viel eher genießen können, wenn Sie nicht ständig mit dem Wind und dem Gelände kämpfen müssen.«

Er wartete meine Antwort nicht ab, sondern schritt bereits um den Wintergarten herum. Ich folgte ihm. Auf einem Parkplatz hinter dem Haus hielt er mir die Tür eines Landrovers auf, und ich stieg in ein derart sauberes Auto, dass ich überlegte, ob er es heute Nachmittag frisch mit der Fähre geliefert bekommen hatte.

»Wohin fahren wir?«

»The Shore, das beste Restaurant der Insel. Ich muss Nicks Missgeschick mit den morschen Planken ja wettmachen.« Er lächelte. »Woher kommen Sie eigentlich aus Deutschland? Ich war in Berlin und in München und natürlich in Biberach an der Riß.«

»In Biberach ...«

»Sie sind nicht vertraut mit Guernseys Geschichte?«

Mr Mahy nahm die Kurven mit Schwung und navigierte zügig durch die schmalen Straßen. Er erzählte vom Kriegsgefangenenlager Lindele, in das die deutsche Wehrmacht alle nicht auf Guernsey geborenen britischen Bewohner ab 1940 deportierte. »Meine Mutter verlor dadurch ihre beiden besten Freundinnen.«

»Das tut mir sehr leid.«

Er nickte. »Heute gibt es eine Städtepartnerschaft zwischen Guernsey und Biberach. Das ist schon einmalig. Ich war dort und habe mir alles angeschaut.«

Wir erreichten ein malerisch auf den Klippen gelegenes Haus. Den Eingang stützten Säulen, rundherum leuchtete gelber Ginster. Einige Kiefern hatten sich dem stetig vom Meer heraufströmenden Wind gebeugt und fahnenförmige Kronen gebildet. Gleich hinter ihnen ging es steile achtzig Meter hinab zum Wasser. Eine Böe stieß Tränen in meine Augen, schubste mich zur Seite und zerzauste meine Haare.

Mr Mahy lachte. »*Syele gavlé, filye fardè, sôn dê byòtè ben vite pâsè!*«

»Wie bitte?«

»Ist ein altes Sprichwort auf Sercquiais, dem Dialekt, der auf Sark gesprochen wird.« Er deutete auf eine lang gestreckte Insel am eindunkelnden Horizont. »Bedeutet in etwa: Ein Makrelen-Himmel und eine zurechtgemachte Frau sind zwei Arten von Schönheit, die nicht lange halten.«

»Charmant.«

Er lachte erneut. »Es mag ein Klischee sein, aber deshalb ist es nicht weniger wahr.«

»Das Problem mit Klischees ist nicht, dass sie unwahr sind. Sie sind unvollständig. Sie machen eine Variante einer Geschichte zur einzigen Wahrheit.«

Er sah mich an. Zum ersten Mal, wie mir schien.

»Gehen wir hinein«, sagte er. »Es wird kühl.«

Der Restaurantmanager begrüßte mich, insbesondere aber Mr Mahy, herzlich. Er geleitete uns persönlich zu einem Tisch in einem kleinen Erker und parlierte dabei über Wetterprognosen und ein Fest, das am nächsten Tag stattfinden sollte.

Die weiße Tischdecke, das silberne Besteck, die hellgrauen Teller, die kleine Vase mit einer einzelnen rosafarbenen Kapmargerite, das alles wirkte ausgewählt hübsch. Genauso wie der Rest der reduzierten, edlen Einrichtung in Naturtönen. Mit meiner schwarzen Seidenbluse und dem taupefarbenen Blazer fügte ich mich geradezu camouflageartig ins Gesamtbild.

Wir setzten uns. Vor den Fenstern glühte ein Meer aus Blüten im Licht der untergehenden Sonne. Rosafarbene Kapmargeriten, gelbe Wolfsmilch, rote Geranien, Bluebells. Gleich dahinter fielen die Felsen zu einer Bucht mit Sandstrand ab, Gischt schäumte ans Ufer, die Böschungen sprenkelte gelber Ginster.

»Du meine Güte, ist das wundervoll!«

»Ich sitze immer hier«, sagte Mr Mahy. »Es geht nichts über eine Aussicht im Leben.«

Ich lächelte. Es stimmte.

Ein Kellner fragte nach unseren Getränkewünschen und reichte die Speisekarten.

Mr Mahy öffnete die lederne Mappe und schlug sie gleich wieder zu. »Wir nehmen den Grauburgunder vom letzten Mal und natürlich die Langusten.«

Der Kellner nickte, nahm die Speisekarten wieder

an sich und verschwand. Es reizte mich, ihn zurückzurufen und etwas gänzlich anderes zu bestellen.

»Sie bleiben also einige Monate lang auf Guernsey, erzählte Elsie. Da werden wir uns sicher öfter sehen. Sagen Sie gerne James.« Er lächelte.

»Alice.«

Wir stießen an, und James nahm den Faden unseres gestrigen Gesprächs wieder auf und erzählte von Guernsey. Er schien tief verwurzelt zu sein in der Geschichte der Insel, nicht nur was seine eigene Familie betraf. Er hatte ein kleines Buch über Guernseyer Straßennamen geschrieben und liebte die hiesigen Legenden.

»Unsere Kamelien waren früher einmal alle weiß. Sie färbten sich erst rot, nachdem ein junger Gelehrter das Mädchen, das er liebte, rettete und dabei selbst zu Tode kam.« Er ließ den Blick durch den Raum und über die anderen Gäste schweifen. Zwei Männer nickten ihm zu, er senkte kurz das Kinn. »Und die Guernseylilie wurde von Feenmännern auf die Insel gebracht. Sie kamen, um sich Frauen auszusuchen, die sie heirateten und mit in ihr Reich nahmen. Als Trost für die Familien hinterließen sie nach Schokolade duftende Blumen, die im Herbst aussahen wie mit Gold bestäubt. Unsere Guernseylilien.«

»Und die Frauen wollten mit ins Feenreich?«

James breitete die Arme aus und lachte. »Wer will das nicht?«

Er lehnte sich zurück, trank und aß und agierte, wie ich ihn mir in seinem Wohnzimmer vorstellte. Zufrieden, entspannt, sich seiner selbst bewusst.

Er gab mir Tipps zu den schönsten Stränden, den besten Museen und hübschesten Küstenabschnitten. Er erzählte vom Erbe seiner Familie und wie er Sousville Manor zu einer öffentlichen Parkanlage umgebaut hatte. »Es ist ein so herrliches Anwesen, und ich fand, dass es als wichtiger Teil der Guernseyer Geschichte unbedingt für alle zugänglich sein sollte.«

Nach zwei Stunden fühlte sich alles in mir verdichtet und gesättigt an. Nach einem letzten Absacker fuhr James mich nach Hause.

Er hielt vor Vivians Haus, stieg aus, öffnete mir die Autotür und küsste mich auf beide Wangen. »Ich hatte einen wunderbaren Abend mit dir, liebe Alice. Lass uns das bald wiederholen. Morgen findet das große Frühlingsfest auf Sousville Manor statt. Sei mein Gast.«

Früh am nächsten Morgen tönte ein Schrillen durch das Haus, und ich verschüttete einen Teil des Teepulvers, das ich gerade in ein Sieb füllen wollte. Bislang hatte noch niemand bei mir oder Vivian geklingelt. Ich zog einen Pulli über mein Seidennachthemd und öffnete die Tür.

»Guten Morgen.« Ein Mann in Jeans und Poloshirt lächelte mich an. Er streckte mir einen Beutel entgegen. »Hier drin ist das Ladekabel und ein Schloss. Es wäre super, wenn Sie einmal kurz Probefahren würden, damit ich sehen kann, ob der Sattel richtig eingestellt ist. Ihr altes Rad habe ich hinten auf den Hof gestellt.«

Ich starrte ihn an. Dann fiel mein Blick auf ein blaues E-Bike mit kleinen, dicken Reifen und einer schwarzen

Kiste als Gepäckträger. »Sie bringen mir am Sonntag ein Fahrrad?«

Er lächelte ein wenig gequält. »Sogar zwei, um genau zu sein.«

James. Ich nickte. »Geben Sie mir einen Moment, ich ziehe nur schnell etwas über.«

Ich schlüpfte in Jeans und Turnschuhe, ließ mir das E-Bike erklären, nahm Aufladekabel und Schloss entgegen und verabschiedete den Mitarbeiter des Fahrradladens, als die Kirchturmglocken ihr viermaliges Geläut und zusätzliche acht Schläge absolvierten. Schlaf schien auch kein Freund von James zu sein.

Ich googelte das Frühlingsfest, das am Nachmittag mit allerlei Darbietungen auf Sousville Manor stattfinden sollte. Bei der Gelegenheit würde ich James das E-Bike vor die Tür stellen und sein Angebot ablehnen. Ich wollte nicht in seiner Schuld stehen.

Für eine Testfahrt kam mir das E-Bike allerdings gerade recht. Eine neue Geschichte für Mia. Nach dem Frühstück radelte ich los.

Es ging ganz leicht. Die Hügel Guernseys begradigten sich unter mir, der Wind hörte auf, sich mir entgegenzustemmen, und säuselte stattdessen als zischende Begleitmusik in meinen Ohren. Ich saß ganz aufrecht. Hob das Kinn und sah mich um.

Da waren die schmalen Ruettes Tranquilles, von Natursteinmauern und Wallhecken gesäumte Wege, die Reitern, Radfahrern und Fußgängern Vorfahrt gewährten. Die weißen und blauen Bluebells in den Mauerritzen. Landwirtschaftliche Straßen inmitten von Feldern und Wiesen, durstige Seggen und aufrechte Disteln. Einzelne Höfe, denen hohe Windflüchter Schutz schenkten. Das E-Bike schien die Insel zu verändern.

Das war natürlich Quatsch. Wahrscheinlich war einfach endlich der Zeitpunkt gekommen, um Momente ohne Gedanken an Michael zuzulassen. Wobei auch das nicht der Wahrheit entsprach. Ich dachte ständig an Michael. Nur erlaubte ich jetzt einzelnen Minuten, mich abzulenken. Allein schon, um Mia davon berichten zu können.

Ich flog querfeldein über Guernsey. Stundenlang, wie mir schien. Bog immer in die Straße ab, die einladender wirkte, und erreichte doch irgendwann die Küste. So war das wohl auf einer Insel.

Ich erkannte die Straße, an der ich an meinem ersten Abend auf Brittany gewartet hatte, und fuhr zur Kaimauer. Der Himmel war so reinblau, als hätte man ihn geschrubbt und abgespült. Der Kontrast zu all den Ecken, Spitzen und Vorsprüngen der dunklen Felsen an der Küste wirkte scharf, wie von einem Laser ausgeschnitten. Es roch noch immer nach Salz und Algen.

Durch ein Tor in der Mauer konnte ich in die steinige Bucht schauen. Ebbe. Wie neulich. Nur die *ormer* suchenden Menschen fehlten. Vielleicht war Sonntagmorgen nicht die richtige Zeit. Trotzdem hielt ich kurz Ausschau nach blauen Haaren.

Zurück auf dem E-Bike zuckelte ich entlang der Küstenstraße in Richtung Süden. Eine Landschaft aus Ginster, Gras, Strandhafer und Schwarzdorn wuchs zwischen einzelnen weiß getünchten Häusern. Am

Horizont ragte ein runder Turm in den Himmel, einer dieser mehrstöckigen Beobachtungposten aus Beton, die die Deutschen während des Krieges errichtet hatten.

Ich passierte eine Bushaltestelle, schlängelte mich einen zugewachsenen Weg hinauf und landete an einem Parkplatz. Hinter den Autos wanderten einige Leute zwischen den von der Ebbe freigelegten Felsen zu einem grünen Hügel, den bei Flut sicher Wasser umspülte.

Das musste Lihou sein, die kleinste der bewohnten Kanalinseln. Vivian hatte sie in ihrer Sehenswürdigkeitenliste mit drei Ausrufezeichen markiert – absolutes *Must see*. Eine Gezeiteninsel, die nur bei Ebbe zu Fuß über einen Damm zu erreichen war.

Ich kettete das E-Bike an und machte mich auf den Weg.

Am Anfang des Walls warnte ein Schild wegen der starken Strömungen davor, den Weg zu betreten, wenn er unter Wasser stand. Gleich daneben klebte ein Zettel mit den täglichen Zeitfenstern für einen gefahrlosen Besuch. Von den aktuell gültigen zwei Stunden war eine bereits verstrichen. Ich schaute hinüber zu den Leuten zwischen den Felsen und marschierte los.

Anfangs lief ich über einen etwas höher gelegenen, grob gepflasterten Weg. Braune Algenbüschel knäuelten sich zu dunklen Farbtupfern auf den hellen Steinen. Es roch modrig und salzig. Zu beiden Seiten falteten sich flache Felsen. Viele sahen aus, als hätte jemand mit einem Messer Sollbruchstellen markiert, die sich als dunkle Furchen über das rötliche Gestein zogen. Dazwischen Geröll, Kies, Muscheln, Algen und Wasser. Lihou selbst schien wenig mehr als ein grüner Hügel mit einem grauen Haus zu sein.

Als der Damm nach einer Weile endete, stapfte ich weiter über groben Kies und runde Steine auf dem Meeresboden. Eine Familie kam mir entgegen, ein älteres Paar und ein Mann mit Fernglas. Die Felsen schoben sich jetzt schräg wie Bartstoppeln aus dem Boden, alle in eine Richtung strebend.

Irgendwann setzte sich der gepflasterte Weg fort, die Felsen an den Seiten wuchsen bis zur Höhe meiner Hüften und ich musste über ein Dickicht aus nassen Algen waten. Wasser sickerte in meine Sneaker. Guernsey schien Lehrgeld in Schuhen einzufordern.

Auf Lihou glitschte ich den Strand entlang, über Seetang und runde Steine, und war wirklich froh, als ich die Grasfläche vor dem grauen Haus erreichte. Meine Füße schwammen in den Turnschuhen.

Ich blickte zurück zum Parkplatz mit dem Beobachtungsturm. Guernsey versteckte sich hinter einem diesigen Schleier, der zerklüftete Meeresgrund glich einer Mondlandschaft. Die Küste schien viel weiter entfernt als einen zwanzigminütigen Fußmarsch.

Ich nahm den Weg links am Haus vorbei, ein mit Seilen abgesteckter Pfad aus flachgetretenem Gras. Auf Lihou brüteten etliche Vogelarten, angeblich sogar Papageientaucher, deshalb bat ein Schild darum, die markierten Flächen nicht zu verlassen.

Ich machte mich auf, um einen schnellen Blick über

dieses kleine Eiland und das dahinterliegende Meer zu erhaschen.

Lihou war wie ein zu zwei Seiten abfallender Grat, nirgends schien es gerade Flächen zu geben, keine Bäume oder Sträucher. Nur sattgrünes Gras und leuchtend pinkfarbene Strand-Grasnelken. Ich passierte die Ruinen einer Abtei und erreichte die zum Meer blickende Seite der Insel. Die Felsen brachen hier in größeren Höhen, hatten schon fast etwas Klippenartiges. Gelbe Flechten überzogen das Gestein an Land, die von der Ebbe freigelegten Brocken schimmerten rötlich.

Plötzlich schrie jemand. »Achtung!«

Ich drehte mich in Richtung der Stimme, erkannte gerade noch, wie etwas auf mich zuraste, ein großes Ding, eine Art überdimensionierter Hula-Hoop-Reifen aus Metall, sprang zur Seite, fand in den nassen Schuhen keinen Halt, strauchelte und landete in den Grasnelken.

Ein Mann rannte den Hügel hinab, warf mir einen schnellen Blick zu, sprang über das Seil, das den Vogelschutzbereich markierte, lief weiter, setzte zu einem beeindruckenden Sprint an und griff nach dem Reifen, kurz bevor er auf den Felsen zu zerschellen drohte.

Er drehte sich zu mir um, winkte, kam zurück, den Reifen im Schlepptau. Ich rappelte mich auf.

»Hey, ist alles in Ordnung?« Er stoppte vor mir, musterte mich von vorne, schaute ein wenig um mich herum, schien mich auch von hinten zu inspizieren. »Du bist nicht verletzt.«

Er stand zu nah, ich konnte ihn riechen. Ein Duft von Kaffee, Minze und noch etwas anderem.

»Nein, bin ich nicht.« Ich trat einen Schritt zurück.

Er war jung, vielleicht Mitte dreißig, trug Jeans, Chucks und ein weißes Leinenhemd mit kurzen Ärmeln, das an seinem Körper schlackerte. Tattoos wanden sich um Hände und Arme. Die vielen waagrechten Falten auf seiner Stirn sahen aus wie fliegende Vögel und bildeten zusammen mit den raspelkurzen Haaren ein seltsames Gegengewicht zu dem runden Gesicht mit hochgeschwungenen Lippen, dunklen Brauen und blauen Augen. Er sah aus, wie ich mir als Teenagerin Jay Gatsby zurechtgeträumt hatte, den literarischen Helden meiner ersten Selbstbefriedigungsfantasien.

Ich errötete.

Er grinste. »Da haben wir ja echt Glück gehabt.«

Ich hob fragend die Augenbrauen.

»Mein Cyr Wheel ist heil und du siehst auch gut aus.« Er lehnte sich in den Metallreifen. »Ich heiße Louis.«

Ich lachte. Was für ein Aufschneider. »Hi, Louis, ich bin Alice und muss jetzt zurück, bevor die Flut kommt. Mach's gut.«

»Dürfte knapp werden.«

»Wie bitte?« Ich blickte zum Meer, konnte aber keinen Unterschied ausmachen. »Wenn ich mich beeile, passt das schon.«

Ich joggte los, ein wenig eierig in meinen nassen Schuhen. Zurück über den Grasweg, an den Ruinen der Abtei vorbei, zum grauen Haus, auf den Steinstrand.

Atemlos starrte ich auf den überschwemmten Damm. Das Wasser brach in kleinen Wellen. Gischt plätscherte über die Felsen. Man konnte den Pfad auf dem Meeresboden noch erkennen, aber die Bucht wirkte bereits wie ein anderer Ort.

»Denk nicht mal drüber nach.« Louis stellte sich neben mich. Wie war er so schnell hergekommen? Er schnaufte kein bisschen. »Die Strömungen sind echt heftig und die Felsen messerscharf.«

Fassungslos schüttelte ich den Kopf. »Das gibt es doch gar nicht! Ich bin gerade eben erst hier rübergelaufen!«

Louis zuckte mit den Schultern.

Wütend starrte ich ihn an. »Ich bin wirklich gut organisiert! Die Lebensmittel in der Speisekammer etikettiere ich und für Urlaubsreisen schreibe ich Packlisten. So etwas passiert mir nicht!«

Es war absurd! Ganz spontan hatte ich mich auf den Weg zu dieser Insel gemacht, eigentlich nur, um Mia davon berichten zu können, vielleicht auch, weil ich mich an die Ausrufezeichen auf Vivians Liste erinnerte, aber vor allem wegen James und dem E-Bike, das ich nur fuhr, weil ich durch eine Holzbrücke im Park von Sousville Manor gebrochen war und Elsie mich zum Tee eingeladen hatte. Was für eine Verkettung seltsamer Umstände.

»Kann ich nicht einfach bei der nächsten Ebbe zurücklaufen?«

Louis legte sein komisches Rad auf den Steinstrand und zerlegte es in fünf Rundbögen. »Nachts ist der Damm geschlossen.«

»Es gibt gar keine Schranken.«

»Lebensgefahr ist eine natürliche Barriere.«

Er schulterte die Einzelteile.

»Gibt es ein Boot?«

»Zu starke Strömungen. Außerdem nisten die Vögel an den Ufern.«

»Diese Insel ist ein Gefängnis!«

Er lachte. »Ich habe schon Oase der Ruhe gehört, Rückzugsort und etliche Varianten von Wellness. Gefängnis ist mir neu.«

»Ich stecke hier ohne mein persönliches Hab und Gut fest. Das erfüllt jede Definition eines Gefängnisses.«

»Was hältst du von einem Tee?«

Ich seufzte und trottete hinter Louis her zum Haus. Wir wackelten über den groben Kies am Ende des Strands, hangelten uns an einer eingezäunten Uferfläche vorbei und schritten schließlich durch ein Tor in der hohen Steinmauer, die das Haus umschloss. Bojen und Fender baumelten an den knorrigen Ästen eines Baums hinter dem Eingang. Ein Mahnmal maritimer Missgeschicke. Ich könnte meine nassen Sneaker dazuhängen.

Wir durchquerten den grasbewachsenen Innenhof, erklommen eine Treppe, und Louis öffnete die Haustür.

»Sarah?«

Er rief noch einmal, und ich folgte ihm über den

Bastteppich, der einen Großteil des Linoleumparketts im Flur bedeckte. Es roch nach Essen, nasser Wolle, Schweiß und Essigreiniger.

Eine ältere Frau erschien auf der Treppe. »Du hast das Ding endlich auseinandergenommen.« Sie trug Jeans, Brille, gerötete Wangen und einen Stapel Bettlaken. Ihre grauen Haare hatte sie zu einem langen seitlichen Zopf geflochten. Mit hochgezogenen Augenbrauen musterte sie mich. »Und du bist?«

»Eine Gefangene.« Louis grinste. »Gestrandet auf einem einsamen Eiland, gebannt durch die Kräfte des Meeres, gezwungen eine Nacht ohne jegliches Hab und Gut auszukommen.«

Ich verdrehte die Augen. »Mein Name ist Alice. Tut mir sehr leid, dass ich Umstände bereite.«

Sarah wischte meinen Einwand mit einer Geste beiseite, drehte sich um und stieg die Treppe wieder hinauf. »Du hast Glück. Wir haben zwei Tage Pause, bevor die nächste Schulklasse kommt. Es gibt jede Menge Platz.«

Louis nickte. »Diese Definition fehlte noch: Du hast das Glück, eine Nacht mit mir auf dieser wundervollen Insel zu verbringen.«

Ich stöhnte.

Louis lachte.

Er führte mich durch den Flur in eine Art Wohnzimmer mit vier dunkelbraunen Ledersofas, einem Kamin und einer Bücherwand. Gleich dahinter öffnete sich der Raum in einen verglasten Erker.

»Setz dich. Ich hole uns Tee.«

Ich plumpste in einen Korbsessel. Was für ein Wochenende! Erst James, dann das E-Bike, jetzt dieser Typ. Was für Geschichten für Mia.

Wahrscheinlich sollte ich mich entspannen. Nichts Schlimmes war geschehen. Ich hatte ein Dach über dem Kopf und etwas aufgedrehte, aber durchaus charmante Gesellschaft. Kein Grund, mit der Situation zu hadern, ich konnte sowieso nichts ändern.

Ich befreite meine Füße von den nassen Schuhen und Socken und lehnte mich zurück.

Vor den Fenstern schäumten Wellen über spitze Felsen, das Wasser rannte gegen das Land an. Dahinter die Küstenlinie Guernseys inmitten horizontweiter Nordsee. Möwen segelten über dem Meer, ihre Silhouetten schwarz gegen die Sonne. Soweit ich wusste, sahen Gefängnisse nicht so wundervoll aus.

Louis brachte eine Kanne Tee, platzierte einen Teller mit Gurkensandwiches auf dem Beistelltisch und sank in einen Ohrensessel.

»Ist zwar noch keine Zeit für *Afternoon Tea*, aber als Belgier jucken mich britische Rituale eh nur bedingt.« Er goss Tee in die Tassen.

»Du bist erst der zweite Belgier, den ich in meinem Leben kennenlerne.«

»Lass mich raten – der erste war Hercule Poirot?«

Ich lachte. »Mit dem sind es drei. Und wenn ich zu meinem früheren Mitschüler noch diesen Schauspieler aus der Thomas Hardy Verfilmung dazuzähle, komme ich sogar auf vier.«

»Beeindruckend.«

Louis erzählte, dass er aus Brügge kam und der Bruder des besten Freundes seines Vaters ihm ermöglicht hatte, auf Lihou zu wohnen. Klüngel, dachte ich, aber mir fiel das englische Wort nicht ein. Das Haus hier wurde seit vielen Jahren vom Lihou Charitable Trust geführt, der es vor allem für Schulklassen und Jugendgruppen öffnete, um sie Natur und eine gewisse Art von Ursprünglichkeit erleben zu lassen. Sarah war als *housekeeper* angestellt.

Ich aß mein viertes Gurkensandwich. Die Stille, die Abgeschiedenheit, dieses Losgelöstsein vom Rest der Welt entspannte mich. Auch Louis wirkte nicht mehr so bemüht. Ich lächelte ihn an. »Und was machst du hier?«

Er erhob sich. »Ich zeige es dir.«

Ich lief barfuß hinter ihm her, zurück durch das Wohnzimmer und den Flur, unter der Treppe hindurch in einen Anbau. Louis öffnete die letzte Tür am Ende eines schmalen Ganges. Ich betrat den Raum und sah mich ungläubig um.

In Louis' Zimmer versammelten sich Welten. Leinwände mit großformatigen Porträts, grob mit dem Spachtel gemalt, dramatisch und rau. Daneben Bilder mystischer Unterwasserlandschaften voller Treibgut: Algen aus Mikroplastik, Korallen aus Fischernetzen, Kelp, dessen Stängel Zigarettenstummel bildeten. Alles mannshoch und ausufernd, jede freie Fläche des Raums bedeckend. Auf dem Boden verstreut: Pinsel, eingetrocknete Farbtuben, Kopfhörer, Werkzeug, Stifte. Dazwischen überall lose Blätter. Durch die Vorhänge zweier hoher Fenster fiel fahles Licht und umwob alles mit einem feinen Geflecht aus Magie.

»Du bist Künstler.«

Louis stakste mit großen Schritten in den Raum hinein. »Ein Klischee, oder? Der chaotische Künstler.«

»Ich hab's nicht so mit Klischees.«

»Nein?« Er schaute mich an. Neugierig. Aufrichtig, wie mir schien. »Ich auch nicht.«

Wir standen einander gegenüber, eingehüllt in einen Geruch aus Farbe, Lösungsmittel und Landschulheim, nur das Chaos trennte uns.

Louis lächelte. »Würdest du gerne meinen Lieblingsplatz auf Lihou sehen?«

Ich nickte.

Er ging an mir vorbei aus dem Zimmer, öffnete die gegenüberliegende Tür, ein Raum mit einem Bett, zwei Kommoden und einem Kleiderständer, kramte in einer der Schubladen, zog etwas Blaues und Grünes heraus, trat zu mir in den Flur und sagte: »Dann komm.«

Wir verließen das Haus über den Hinterausgang am Anbau. Louis vorweg, ich barfuß hinterher. Sein weißes Leinenhemd flatterte am Rücken wie ein Segel, und ich wünschte, er würde gleich abheben, mich unter den Arm klemmen und nach Hause fliegen, zurück durch die Zeit, hinein in mein altes Leben. Seine Energie schien Sonnensysteme erschaffen zu können. Ich fühlte mich zu adrett, zu pragmatisch, zu nett, zu anständig, viel zu erwachsen in seiner Gegenwart.

Wir marschierten über den Grat der Insel, entlang

einer niedrigen, alten Steinmauer. Auflandiger Wind fuhr in Wellen über das Gras, das sich demütig duckte. Erst an den hohen Felsen im Westen, dort, wo Louis und ich uns begegnet waren, drehte er sich zu mir um und reichte mir das blaue Stoffbündel.

»Eine Badehose?«

»Ich besitze leider keinen Bikini. Du kannst ja deinen BH anlassen. Trocknen wir später. Ich dachte, eine Badehose sei angenehmer als ein Slip.«

»Du willst schwimmen?«

Er zog sein Hemd aus und stopfte es in eine Felsspalte. »Baden trifft es eher.« Louis zog Chucks und Hose aus, ich drehte mich um. Er lachte. »Ich gehe schon mal vor. Nimm am besten den Weg hier vorne links, das geht am leichtesten.«

Ich sah zu, wie er in grünen Badeshorts die zerklüfteten Felsen hinunterkletterte. Sie falteten sich hier in unebenen Terrassen mit teils scharf zulaufenden Kanten, und Louis hangelte sich Meter für Meter im Zickzack hinunter zu einem tiefblauen Pool, der sich wie ein Auge zwischen den Steinen öffnete. Das Wasser kräuselte sich mit jeder Windböe, und ich fror bereits beim Zuschauen. Obwohl die Sonne schien, waren es sicher kaum fünfzehn Grad. Über die Wassertemperatur wollte ich gar nicht erst nachdenken.

Louis winkte vom Pool zu mir herauf. »Komm!« Er setzte sich auf einen Vorsprung, die Beine im Wasser.

Ich wusste nicht, was mir mehr widerstrebte: mich vor Louis und seinem jungen, sehnigen Körper zu entblößen oder in eiskaltem Wasser zu schwimmen.

»Alice!« Louis glitt in den Pool. Es waren vielleicht dreißig Meter von einem Ende bis zum anderen und er durchpflügte das Wasser mit kräftigen Zügen. Zurück am Vorsprung schaute er zu mir empor. »Wir haben nicht viel Zeit. Die Flut kommt. Du musst dich jetzt entscheiden.«

Ich hasste Zeitdruck. Genauso wie Hektik. Meine Neigung zu einem gemächlicheren Rhythmus hatte mich täglich herausgefordert, als die Kinder noch kleiner waren. Eigentlich erstaunlich, dass mir das E-Bike so viel Spaß machte. Oder dass ich mich so schnell für einen Haustausch entschieden hatte. Entsprach beides nicht meiner Art. Genauso wenig wie auf einer Gezeiteninsel zu stranden.

Ich trat hinter den Felsen, in dessen Spalt Louis seine Kleidung gestopft hatte, und zog mich aus. Auf einem schwarzen Schild im Stein stand *Venus Pool*. Ich zwängte meinen Pulli und die Jeans mit meinem Slip zu Louis' Sachen. Die blauen Badeshorts passten nicht. Der Gummibund war wahrscheinlich okay, aber die Hosenbeine zu schmal für meine Oberschenkel. Ich zerrte meine Klamotten aus dem Spalt, zog den schwarzen Spitzenslip wieder an und griff nach der Jeans. Ich betrachtete die dunkelblaue Hose in Größe zweiundvierzig und fragte mich, wem ich hier eigentlich etwas beweisen wollte.

In den Sommern von Mias Teenagerzeit hatte ich ihr in einem täglichen Mantra gepredigt, dass jeder Körper, der einen Bikini trug, ein Bikini-Body war. Ich wollte, dass sie ihren Körper annahm, ihn von innen heraus betrachtete, ihn wertschätzte für das, was er täglich leistete. Mia sollte sich gut um ihren Körper kümmern, ihn gesund halten, nicht optimieren oder lieben, einfach nur akzeptieren.

Mir war das nie gelungen.

»Alice?« Louis tauchte hinter dem Felsen auf. »Alles okay?«

Ich stand im hellen Licht des Tages in Unterwäsche vor einem fremden Mann und fragte mich, wie genau sich *okay* definierte. Es fühlte sich an, als müsste ich die Jeans gegen ein Magnetfeld zurück in den Felsspalt schieben, so langsam bewegte ich mich. Die Welt schien aus Scham zu bestehen, ein unüberwindbares Kraftfeld. Ich umklammerte meine Hose, spürte den Schutz des Stoffs vor meinem nackten Bauch und sah mich außerstande, sie zu falten und wegzulegen.

Also.

Öffnete ich die Finger.

Die Jeans glitt an meinen Beinen hinab auf den Boden.

Nach dem Abendessen kauerten Louis und ich in Decken gehüllt auf Sesseln im Erker. Vor uns glitten Mauersegler mit schmalen, sichelförmigen Flügeln über die Brandung und schmetterten ihr schrilles *srieh srieh* den mit der Ebbe auftauchenden Felsen entgegen. Steinwälzer, bunte Schnepfenvögel, suchten unter den Steinen nach Muscheln. Und tatsächlich flatterte kurz ein Schwarzkehlchen vorüber, das auf Englisch den sehr viel hübscheren Namen *stonechat* trug.

Wir suchten die Uferböschung mit Ferngläsern nach

Vögeln ab, zogen immer wieder die reichlich zerfledderte Mappe des Hauses über *Lihou Wildlife* zurate, hantierten mit Google Übersetzer und wetteiferten um neue Tiersichtungen. Dazu tranken wir einen auf Guernsey gekelterten Cidre, den Sarah zum Bohneneintopf spendiert hatte. Sie war bereits mit einem Thriller zu Bett gegangen, um die Ruhe vor dem Ansturm der nächsten Schulklasse zu genießen.

Ich fühlte mich wohlig erschöpft.

Nach dem Bad im *Venus Pool* war ich in nasser Unterwäsche quer über die Insel zurück zum Haus gerannt. Louis hatte keine Handtücher mitgenommen. Der Wind biss kälter als das Meerwasser, aber ich legte mein stolzes Lächeln erst unter der Dusche ab, als heißes Wasser das Taubheitsgefühl mit spitzen Pieksen aus meinem Körper vertrieb. Ich wusch BH und Slip und hängte meine Unterwäsche auf die Heizung eines Schlafraums gleich neben Louis' Zimmer.

»Was war das eigentlich für ein Reifen, den du heute Nachmittag bei dir hattest?«

»Ein Cyr Wheel, so was wie ein Rhönrad, aber eben nur mit einem Reifen.«

»Neben der Malerei ist dein Broterwerbsjob also Zirkusartist?«

Louis lachte. »Schön, dass du das in Betracht ziehst.«

Er erzählte, dass er als Locationscout für eine Filmproduktionsfirma arbeitete und gerade ein Projekt abgeschlossen hatte. »Eine Miniserie für Netflix über einen Roadtrip durch Frankreich. Eine Frau mit Panikattacken trifft auf einen Mann mit Bienenköniginnen.

Coole Story. Ich war bei der Motivsuche viel in der Provence unterwegs.«

»Und jetzt machst du Urlaub?«

Er schwieg einen Moment, dann zuckte er mit den Schultern. »So in der Art. Ich brauchte eine Pause. Zu Hause, also da ... egal. Es war einfach zu eng.«

»Und dieses Fleckchen Erde ist ja so weitläufig.«

»Wie der Zufall manchmal so spielt.« Louis lächelte. »Warum bist du hier?«

Ich schaute aus dem Fenster auf die Küstenlinie Guernseys, deren Umrisse im Dunkel verschwammen. Die Nacht pirschte sich über das Meer heran.

»Mein Mann hat eine junge Kollegin geschwängert. Ich habe einem Haustausch nach Guernsey zugestimmt, um aus Hamburg wegzukommen.«

Louis schüttelte den Kopf. »Ts, ts, ts. Vom eigenen Ehemann gehörnt. Das ist nicht nett. Aber wenigstens hast du jetzt Meerblick.« Er schirmte die Augen ab und spähte zum Wasser.

Ich weiß nicht, was mich mehr schockierte. Die Beiläufigkeit, mit der er den Bruch in meinem Leben mit einer Aussicht aufwog, oder das fehlende Entsetzen im Repertoire meiner Gefühle. *Horned by a husband.* Es klang fast poetisch.

»Und was machst du nun mit diesem Reifen?«

Louis grinste. »Gib mir zehn Minuten und dann komm raus auf die Terrasse.« Er legte mir seine Decke um die Schultern und verschwand.

Keine Ahnung, ob es wirklich am Alter lag, daran, dass Louis' Körper das Gewicht der Welt fast fünfzehn

Jahre kürzer getragen hatte als meiner, aber ich fühlte mich nach diesem Tag eigentlich müde genug, um schlafen zu gehen.

Stattdessen hüllte ich mich einige Minuten später in beide Decken und schlich durch den Flur zum hinteren Ausgang. Von der Terrasse her tönte Musik. Eine wehmütige Melodie, am Klavier vorgetragen. Ich öffnete die Tür und erschauerte.

Louis hatte Tische und Stühle zu einem großen Kreis verrückt. Überall flackerten Teelichter, der Wind säuselte zum melancholischen Sound aus der Boombox. In der Mitte, in Licht aus Samt gehüllt, drehte sich Louis im Reifen. Er stand innen auf dem unteren Rand, hielt sich oben fest und kreiselte auf der Stelle. Sobald er sein Gewicht verlagerte, neigte sich das Rad und beschrieb einen großen Bogen, dem Louis irgendwann nachgab, sodass er teils kopfüber an den Stuhlreihen vorbeitanzte, denn genau so wirkte es, wie die Choreografie eines sinnlichen Reigens.

Ich setzte mich auf einen Tisch hinter dem Stuhlkreis, eingewickelt in die Decken, und ließ mich von Louis' Darbietung betören.

Es sah so einfach aus. Seine Bewegungen flossen mit der Drehung des Reifens, elegant und schwerelos. Er löste eine Hand, reckte den Arm, beschrieb einen Bogen, tanzte wieder auf der Stelle, löste sich mit einem sanften Schubs vom Reifen, der nun allein kreiste, während Louis sich auf allen vieren durch ihn hindurchdrehte, bis er ihn wieder einfing, sich auf den Rand stellte, die Beine spreizte und sich erneut drehte.

Ich hätte ihm ewig zuschauen können. Der Moment hüllte mich ein, die Decken umwickelten mich, die Nacht legte sich um die Welt, die Musik umspann die Zeit, das Meer rauschte um die Insel. Mir fehlte nichts, ich war hier und zum ersten Mal seit diesem furchtbaren Jahresbeginn fühlte ich mich zugehörig. Es war nur ein kurzer Augenblick, aber daraus zog das Glück ja seinen Zauber, aus dieser beiläufigen Vergänglichkeit.

Louis hielt nach einigen weiteren Minuten schnaufend inne, verbeugte sich und ließ den Reifen auf dem Boden ausschwingen.

»Vielleicht kein Zirkusartist«, sagte ich, »aber ein Mensch zwischen Magie und Akrobatik.«

Er lächelte keuchend.

Wir räumten die Terrasse auf und verabschiedeten uns für den Tag.

Obwohl Lihou nur zu Fuß zu erreichen war, fand mich der Schlaf mühelos.

~

Am nächsten Morgen erschien Louis nicht zum Frühstück. Sarah kredenzte ein *full english breakfast* und gesellte sich zu mir. Ich hatte in der Nacht wie ausgeschaltet acht Stunden lang in derselben Position geschlafen, sodass mein rechter Arm schmerzte. Ich kreiste mit der Schulter und massierte meinen Unterarm. Ein Gefühl aneinanderschabender Knochen und überdehnter Sehnen. Ich konnte dem Älterwerden bislang wenig abgewinnen.

»Meine Schwester ist Osteopathin.« Sarah schenkte mir Tee ein. »Ihre Berührungen helfen, wenn das Leben sich wacklig anfühlt. Sie stellt einem die Füße wieder fest auf den Boden.« Sie lächelte. »Natürlich behandelt sie auch Schulterschmerzen. Sie wohnt in Jerbourg, im l'Aubaine. Du kannst es gar nicht verfehlen.«

»Danke. Aber so schlimm ist es nicht.«

Wir sprachen über meinen Haustausch und Sarahs Alltag auf Lihou. Sie lebte hier nur saisonbedingt, eigentlich wohnte sie in einer kleinen Wohnung in St. Peter Port. Nach Jahren als Souschefin eines Restaurants im trubeligen London empfand sie die Ruhe und Abgeschiedenheit auf ihrer Heimatinsel als Geschenk.

Louis erschien weder zu meiner dritten Tasse Tee noch zur fünften. Irgendwann erklärte Sarah, dass der Damm jetzt wieder begehbar wäre und ich mich auf den Weg machen könnte.

»Weißt du, was mit Louis ist?«

Sarah zuckte mit den Schultern. »Künstler?«

Ich bedankte mich für ihre Gastfreundschaft, ging unter der Treppe hindurch in den Anbau und klopfte bei Louis, um mich zu verabschieden. Eine Art Rascheln drang durch die geschlossene Tür, etwas schabte und scheuerte, leise. Ich klopfte noch einmal, aber Louis öffnete nicht. Kurz überlegte ich, die Türklinke herunterzudrücken und reinzuplatzen, entschied mich aber dagegen. Trotz des seltsam verwunschenen gestrigen Tages – so gut kannten wir einander nicht.

Der Rückweg über den Meeresboden fühlte sich vertraut und doch fremd an. Die Felsen brachen an denselben Stellen zwischen Sand, Steinen und Muscheln hindurch, aber das Meer hatte die Algenbüschel ausgetauscht und Hindernisse an neuen Orten erschaffen. Ich kletterte einige Umwege, um meine getrockneten Schuhe zu schonen. Schließlich erreichte ich Guernseys Ufer, stapfte über den Rasen hinauf zum E-Bike und machte mich auf den Weg.

Es war ein windstiller Tag. Ich ließ Lihou unter Wolken zurück, während ich selbst umwölkt von den Ereignissen der letzten Tage nach Sousville Manor fuhr.

Das hellgraue Haus thronte aufrecht inmitten des üppigen Grüns, camouflagte die oberen Stockwerke aber in einem ebenso grauen Himmel. Ich schob das E-Bike um den Wintergarten von Sousville Manor herum. Das Café war geschlossen. Ein Schild erklärte den Montag zum Ruhetag.

Alles sah aus wie beim letzten Mal, nichts deutete darauf hin, dass hier gestern ein Fest stattgefunden hatte.

Ich ging zurück zur Hausfront, umrundete das gesamte Gebäude, konnte aber weder am Eingangsportal oberhalb der Freitreppe noch an einer der drei Seitentüren eine Klingel entdecken. Ich klopfte überall, aber niemand öffnete.

Schließlich stellte ich das Fahrrad ab und stapfte durch die Gärten. Jemand hatte die Brücke, durch die ich gebrochen war, instandgesetzt und ein Brett über dem Loch festgeschraubt. Es wirkte genauso provisorisch wie die seltsame Vorrichtung, die den Bambus davon abhalten sollte, mit seinen abgeknickten Trieben den Weg zu blockieren oder das verrottende Netz, das die Früchte einer Zierkirsche eher symbolisch davon abhielt, in den Teich zu plumpsen. Sanierungsstau nannte man das wohl. Kein Gärtner in Sicht.

Ich schnappte mir das E-Bike und parkte es direkt vor der Tür des Cafés, verriegelte Ketten- und Rahmenschloss und wickelte die Schlüssel in einen Kassenzettel vom Co-op, den ich in den Tiefen meiner Tasche fand. Auf die Rückseite kritzelte ich *James Mahy* und warf das kleine Päckchen in den Briefkasten.

Der Weg zurück zu Vivians Haus führte entlang der Hauptstraße und stieg stetig an. Nach der ersten Kurve hielt ich inne und beschloss in die entgegengesetzte Richtung hinunter nach St. Peter Port zu gehen. Ich könnte in der Stadt den Bus zurücknehmen, vorher neue Schuhe kaufen und irgendwo Mittagessen. Außerdem wäre das die Möglichkeit, ein Stück auf dem Küstenpfad zu gehen, ein weiterer Punkt auf Vivians Sehenswürdigkeitenliste.

Ich überquerte also die Straße, schlängelte mich durch ein Wohngebiet und gelangte zu einem kleinen Wäldchen.

Kaum erreichte ich die ersten Bäume, breitete sich der Waldboden vor mir zu einem blauen Teppich aus.

Niedrige Blumen mit Dutzenden lilafarbenen Glöckchen, die den Hain in mythisches Licht tauchten. Die Küste fiel hier ab zum Meer, sodass die Bluebells ganze Hänge hinauf und hinab zwischen den Stämmen der Bäume blühten. Ich stapfte in immer neuen Schlaufen auf einem gewundenen Pfad um sie herum und konnte mich kaum sattsehen an der eingefärbten Landschaft.

Irgendwann öffnete sich der Weg und auf der landwärts gerichteten Seite schob sich die efeuumwachsene Natursteinmauer eines Wohngebiets in die Höhe. Ein Band aus Bluebells umspielte den Sockel wie der puschelige Saum eines Kleids. Auf der anderen Seite: das Meer. Eine felsige Bucht mit kleinem Sandstrand und gelben Hängen voller Ginster. Wunderschön.

Mein Leben fühlte sich auf einmal so leicht an. Traurig, ja. Aber unangestrengt. Es gab keine Verpflichtungen. Niemand, den ich bekochen musste. Niemand, der ein sauberes Bad erwartete. Niemand, der bereits Pläne für den Tag geschmiedet hatte, sodass Kompromisse gefunden werden mussten. Niemand, der wöchentlichen Sex als Grundpfeiler einer stabilen Ehe betrachtete. Ich war allein inmitten dieser überwältigenden Pracht. Und obwohl es sich einsam und bedrückend hätte anfühlen können, war da nichts als ein seltsamer Friede in mir.

Hinter der nächsten Biegung erhaschte ich einen ersten Blick auf den südlichen Pier des Hafens von St. Peter Port, an dessen Ende der Cornet Rock mit seiner alten Festung ins Meer ragte. Eine Fähre näherte sich der schmalen Hafeneinfahrt, doch mein Blick blieb an etwas Glänzendem auf der Rückseite meiner Landzunge hängen. Ich schob die Hand vor die Augen und entdeckte in den Felsen zwei Pools, die im Sonnenlicht glitzerten. Niedrige Betonmauern ermöglichten tideunabhängiges Baden, aber sicher überschwemmte das Meer sie bei Flut, sodass sich das Wasser stetig austauschte. Ich dachte an den Venus Pool auf Lihou, konnte mich wegen des Dramas davor aber gar nicht richtig an die Zeit im Wasser erinnern. Spitze Felsen und Kälte. Das war alles.

Der Pfad führte oberhalb der Pools entlang, und ich sah, wie zwei Frauen mit Badekappen schwammen. Das Wasser konnte kaum mehr als fünfzehn Grad haben, aber sie zogen ruhig und konzentriert ihre Bahnen. Es sah wundervoll aus, friedlich, ich spürte die Sehnsucht auf meinen Schultern hocken.

Jenseits der Pools endete der Pfad in etlichen Treppenstufen, die bis hinunter zur Hafenstraße reichten. Es herrschte reger Verkehr, aber mit seinen nicht einmal zwanzigtausend Einwohnern war Guernseys Hauptstadt eher Idylle als Metropole.

Ich lief die Uferpromenade entlang, vorbei an meist dreistöckigen Häusern, die sich wie Bauklötze übereinander am Hang stapelten, bis hin zur Altstadt. Verkehrsinseln mit violetten Azaleen, roten Tulpen, Palmen und Agaven gaben Hinweise auf den Golfstrom, der an den Kanalinseln vorbeizog.

An der Town Church bog ich in die High Street ab und machte mich auf die Suche nach einem Schuhladen.

Kleine Geschäfte mit hübschen Fensterfronten reihten sich hier in einem Mix aus *very british* und *très francais* aneinander. Überall hingen üppige Blumenkästen, die ein Bewässerungssystem miteinander verknüpfte. Es gab keine Fast-Food-Restaurants, kaum große Ketten, was die Stadt auf sehr angenehme Art aus der Zeit fallen ließ. Leider gab es auch kein schönes Schuhgeschäft.

Ich liebäugelte gerade vor einem Schaufenster mit dem Kauf gestreifter Gummistiefel, als ein Mann aus dem Laden trat.

»Alice!« James lächelte mich an.

»Oh, hi … Wie war das Fest? Ich habe es leider nicht geschafft, weil … es war … na ja, also eine Verkettung ziemlich absurder Umstände, obwohl …«

Er lachte. »Lass uns einen Kaffee trinken gehen.«

James lotste uns durch die Gassen zu einem kleinen Bistro. Die dunkelblauen Fensterfronten wirkten englisch, die gemütlichen Korbstühle unter tiefen Markisen eher *parisienne*. Ich merkte erst jetzt, wie viel Hunger ich hatte, und aß auf James' Empfehlung hin ein Galette mit wilden Pilzen und zum Nachtisch Guernsey Gâche, eine Art Rosinenbrot mit Butter und Clotted Cream.

Er grinste.

»Was?«

James schüttelte den Kopf. »Ich mag Frauen, die essen.«

»Da erstaunlicherweise jede Frau isst, magst du also alle Frauen.«

»Ich präzisiere: Ich mag Frauen, die nicht nur Salatblätter essen.«

»Was hast du gegen Salat?«

»Nichts.« Er rollte mit den Augen.

»Aber du magst nicht, wenn Frauen Salat essen.«

Er kniff die Augen zusammen. »Ich mag diesen Diätwahn nicht.«

»Aber dünne Frauen magst du schon lieber als dicke.«

Ich weiß nicht, warum ich das sagte. Alles an James schien mich zu provozieren. Sein Hemd, die Weste, das Jackett, die Chinos, dieser ganze englische Landlord-Look.

Er erhob sich. »Lass uns das Thema wechseln. Du scheinst aufgewühlt zu sein. Ich gehe schon mal zum Tresen und zahle.«

»Ich kann mein Essen selbst zahlen.«

Er beugte sich zu mir. »Das verstehen wir unter Gastfreundschaft.«

Er ging zur Kasse, lachte mit der Kellnerin und kam zurück, als ich die letzten Krümel Guernsey Gâche vom Teller pickte.

»Du bekommst noch einen Kaffee. Ich muss los zu einem Termin. Bis bald, Alice.« Er nickte mir zu und verschwand.

Die Spitzen eines schlechten Gewissens pieksten mich, weil ich so unhöflich gewesen war, dass James die Flucht ergriffen hatte. Dabei war er es, der sich benahm, als wäre er aus einer Fünfzigerjahre-Kulisse gefallen.

»Ihr Kaffee.« Die Kellnerin stellte eine Tasse auf den Tisch.

»Bitte, könnte ich einen Tee bekommen? Ich trinke keinen Kaffee.«

~

*O*bwohl die Nacht mich mit tiefem Schlaf verwöhnte, quälte ich mich am nächsten Morgen ins Bad und massierte meine noch immer schmerzende Schulter. Ich hatte aufregende, geradezu jugendlich spontane Tage hinter mir, aber meine Knochen schmirgelten aneinander, als stünde mein achtzigster Geburtstag bevor, nicht der fünfzigste. Je älter ich wurde, desto weniger schienen mein Selbst und mein Körper übereinzustimmen. Die Kluft vergrößerte sich täglich. Irgendwann stünde ich einer Fremden gegenüber.

Die Glocken läuteten zum achten Mal, als ich beschloss, einen Selfcare-Tag einzulegen, wie sonst oft sonntags. Beine rasieren, baden, Haarkur, Duftkerzen, Maniküre, Pediküre, Gesichtsmaske, eincremen, Fingernägel lackieren, frisieren, schminken. Zu Hause hatte ich mich am Ende eines solchen Tages immer in schicke Klamotten geworfen, und wir waren Essen gegangen oder ich hatte etwas Besonderes gekocht. Aber Michael war nicht hier. Und der Gedanke an Bügel-BH und Stringtanga nervte. Außerdem müsste ich für die Beautyprodukte nach St. Peter Port fahren.

Ich überlegte, mich einfach auf dem Fußboden im Wohnzimmer abzulegen.

Doch als ich das Lichtspiel der Sonnenstrahlen auf

den Dielen betrachtete, die Sprenkel, die umeinanderhüpften, die glitzernde Helligkeit, da hörte ich auf einmal, wie das Meer mich rief.

Ich packte eine Badetasche, marschierte zum Fahrradladen, handelte einen monatlichen Preis für ein E-Bike aus und brauste hinunter zum Hafen.

Der Fahrtwind tobte durch meine Haare und trieb Tränen in die Augen, aber ich wollte nicht langsamer treten.

Irgendwo auf dem letzten, kurvigen Abschnitt, die steile Le Val des Terres hinab durch einen kleinen Wald, da spürte ich auf einmal, wie sich etwas in meinen Empfindungen veränderte. So hatte ich mich früher oft rund um den Eisprung gefühlt. Irgendwie verwegen. Alles schien dramatischer zu sein, bunter, als würde ich die Welt durch ein Prisma betrachten. Ich war stark genug, etwas nur für mich zu tun, ganz allein, weil ich Lust darauf hatte. Während meiner Teenagerzeiten ging ich an solchen Tagen allein ins Kino oder setzte mich in einem überfüllten Café an einen Einzeltisch, einfach, weil ich es konnte. Hey, Welt, hier bin ich! Schau mich an! Ich existiere! Genau so fühlte ich mich jetzt. Als wäre es der fünfte Akt in einem Drama shakespeareschen Ausmaßes, dass ich allein an die Küste zum Schwimmen fuhr. Vielleicht lag es an den Wechseljahren. Schon erstaunlich.

Ich erreichte La Valette, radelte am Gent's Pool vorbei und am Horseshoe Bathing Place, es waren nämlich eigentlich vier Badestellen, und schloss das E-Bike vor dem Eingang zum Ladies' und Children's Pool ab.

Vivian hatte geschrieben, dass man die alten Pool-Namen beibehalten hatte, heute aber jeder überall schwimmen durfte. Kostenfrei.

Ich zog mich in den makellos sauberen Umkleidekabinen um, duschte und ging hinaus auf die Plattform.

Drei Frauen zogen bereits ihre Runden im Wasser. Zwei Mütter mit Kindern aßen Snacks auf einer der breiten Stufen, die zwischen den Felsen zum Wasser führten. Sonst hatte es an diesem Dienstagmorgen niemanden hierhergezogen. Es war sonnig, aber kühl. Der Wind schlich wie eine Katze über die Betonmauern.

Ich trippelte um das Becken herum zum Einstieg. Als meine Zehen das Wasser berührten, wäre ich fast zurückgezuckt. Fünfzehn Grad. Wenn überhaupt. Ich dachte an mein Eisbad auf der Terrasse und entspannte mich. Die drei Frauen kraulten in Badeanzügen durch den Pool. Das konnte ich auch.

Tapfer stakste ich die Stufen hinunter, immer tiefer hinein in die Kälte. Als das Wasser meinen Bauchnabel erreichte, tunkte ich Hände und Handgelenke hinein, spürte dem Widerstand nach, zählte bis drei und stieß mich von den Stufen ab. Ich nahm das Meer zwischen meine Beine und schwamm.

Da ich nie gelernt hatte zu kraulen, blieb ich beim Brustschwimmen. Untertauchen, strecken, auftauchen, einatmen. Die ersten Bahnen nahm ich hektisch, viel zu schnell, immer darauf bedacht, der Kälte davonzuschwimmen. Im Eisfass verharrte ich nur kurz, hier musste ich mich frierend bewegen.

Nach einigen Zügen lief es besser, und ich reihte mich neben den Frauen ein in das stetige Durchmessen des Beckens. Der Pool war so groß, dass ich die Wellen ihrer Bewegungen nicht spürte. Ich schwamm. Und mit jedem Zug kamen Gedanken und gingen wieder. Beständig und ruhig. Das Wasser, die Kälte, meine Bewegungen, der Widerstand. Alles war, wie es war. Weder gut noch schlecht. Ich wollte die Dinge weder bewerten noch benennen. So stellte ich mir Meditation vor. Einfach gar nichts müssen. Einen lang einstudierten Ablauf immerfort wiederholen. Es hätte langweilig sein können, war es aber nicht. Ich genoss die Schwerelosigkeit, die Kälte, die jeden Schmerz, jedes Gefühl einfror. Als ich nach fünfzehn Minuten aus dem Becken stieg, fühlte ich mich leicht und heiter.

Die Luft war wärmer als das Wasser, sodass ich nicht fror. Meine Haut kribbelte angenehm. Ich ruhte mich einen Moment lang auf den Stufen aus und genoss den Blick über den Pool und das Meer bis hinüber nach Sark. Dann zog ich mich an und radelte geradezu beschwingt bergauf nach St. Martin. Ich holte Brötchen beim Co-op und freute mich auf ein ausgedehntes Frühstück.

Als ich das Tor zu Vivians Haus passierte, sah ich Louis, der schlafend auf den Eingangsstufen hockte, den Kopf an die Haustür gelehnt.

Ich knirschte mit meinem E-Bike über den Kies und kettete es neben der hohen Kamelie hinten am Schuppen fest. Mit ihren dunkelgrünen Blättern und den vielen roten Blüten sah die Pflanze fast aus wie ein mit

Kugeln geschmückter Weihnachtsbaum. Nur die Palme daneben störte das Bild.

Vor dem Haus rappelte Louis sich auf. Er trug Chucks und eine sandfarbene Leinenhose, dazu einen meerblauen Hoodie und einen großen Beutel. Seine Augen glänzten ein wenig schlaftrunken.

»Guten Morgen.«

Ich fuhr mit einer Hand durch meine vom Salzwasser verklebten Haare. »Ich komme gerade vom Schwimmen.«

»Ich hatte neulich schon den Eindruck, als sei Wasser dein Element.«

Ich suchte nach Anzeichen von Ironie in seinem Gesicht, fand aber keine. »Wie hast du mich gefunden?«

»Sarah. Die Insel ist klein, da kennen sich alle irgendwie.« Er grinste. »Die Stichworte Vivian und Bildhauerin haben auch geholfen.«

Ich lächelte. »Und was ... ich meine, warum ...«

»Ich wollte dich wiedersehen.«

Das sagte er. Einfach so. Als wäre es das Normalste auf der Welt. Louis stand aufrecht, die Hände in den Hosentaschen, und sah mich an. Ich spürte die Nervosität am zu schnellen Schlag meines Herzens. Wie lange war es her, dass sich jemand um mich bemüht hatte? Meine Adresse auskundschaftete, ein Meer durchschritt, vor meiner Haustür ausharrte.

»Ich habe Brötchen gekauft. Hast du Lust auf Frühstück?«

Louis deckte den Tisch, während ich duschte. Einerseits wollte ich mich beeilen, es sollte ja nicht so aussehen, als würde ich mir besondere Mühe geben. Andererseits überlegte ich fieberhaft, was ich anziehen, wie ich mich schminken, was ich mit meinen Haaren machen sollte.

»Hast du keinen Kaffee?« Louis' Stimme tönte aus der Küche.

»Teetrinkerin.«

Er klopfte an die Badezimmertür. Ich wickelte mich in ein Handtuch, blieb aber am Waschbecken stehen.

»Ja?«

»Ohne Kaffee überstehe ich den Tag nicht. Ich fahre schnell zum Co-op und besorge welchen. Brauchst du noch was?«

»Nein danke.«

Ich sah durchs Fenster, wie er sich auf ein Rennrad schwang, das mir vorhin gar nicht aufgefallen war. Die Situation erschien mir so vertraut und gleichzeitig derart skurril, dass ich Mühe hatte, die Dissonanz zu verarbeiten.

Was wollte Louis von mir? Von einer fünfzehn Jahre älteren Frau mit zwei erwachsenen Kindern? Einer entliebten, bald entheirateten Ex? Das gab es nur in Filmen. Im echten Leben verschwanden Frauen jenseits der vierzig in einem gesellschaftlichen Niemandsland, wurden aus Serien und Fernsehsendungen getilgt und durften öffentlich erst wieder auftreten, wenn sie den Status einer backenden Großmutter erreicht hatten. In einem Artikel hatte ich gelesen, dass es ein unerforschtes Gebiet wäre, eine fünfzigjährige Frau in all ihrer Schönheit und Freiheit darzustellen.

Wahrscheinlich ängstigte mich die Zahl deshalb so sehr.

Ich schlüpfte in Jeans und Pulli, ließ die Haare lufttrocknen und verzichtete auf Make-up. Ich würde mich hier nicht lächerlich machen.

Louis kehrte mit zwei vollgepackten Einkaufstaschen zurück, als der Tee gerade durchgezogen war.

»Ich habe noch was zum Abendessen eingekauft.« Er verstaute die Lebensmittel im Kühlschrank. »Du magst hoffentlich Auberginen? Ich mache eine wirklich gute *Parmigiana.*«

Wollte er den ganzen Tag hierbleiben? Etwa über Nacht? Ich fühlte mich überrumpelt. Geschmeichelt, ja. Durchaus erfreut. Aber mehr als überrascht. »Ist der Damm heute so spät noch geöffnet?«

Er sah mich an. »Ich übernachte immer bei Sarahs Schwester, wenn ich hier bin. Sie hat ein kleines Gästehaus im Garten.«

Es war mir peinlich, dass er meine Gedanken durchschaute und mich nun sicher für unfreundlich und abweisend hielt. »Entschuldige.«

Er lachte nur.

Wir frühstückten den ganzen Vormittag. Louis inhalierte Kaffee wie Luft. Er erzählte viel, flog von Kindheitsabenteuern bei seinen Großeltern auf dem Land zu früheren Auftritten mit dem Cyr Wheel in einem lokalen Varieté, lachte über Missgeschicke und Fehleinschätzungen, plauderte und gestikulierte. Dazwischen fragte er nach Mia und Jannis, meinen Träumen als Teenagerin und dem Schwimmen.

Nach der dritten Kanne Kaffee sprang er plötzlich auf.

»Ich habe ganz vergessen, dass ich dir was mitgebracht habe!« Louis suchte seinen Beutel und zog einen Zeichenblock heraus. Er klappte ihn auf und reichte mir ein loses Blatt Papier. Es war eine Skizze. Eine Frau stand an einem Felsen, den Blick aufs Meer gerichtet. Es erinnerte mich ein wenig an die Frau mit dem Sonnenschirm von Monet. Nur ähnelte die Frau auf der Skizze mir.

»Du hast mich inspiriert. Daran werde ich als Nächstes arbeiten.«

»Ich ... Es ist wunderschön, Louis. Vielen Dank.«

Er lächelte. »Was hältst du von einer Radtour?«

Wir räumten auf. Louis spülte, ich trocknete ab. Dann schwangen wir uns auf die Räder.

Es ging durch die schmalen Ruettes Tranquilles. Wallhecken säumten die Wege, Natursteinmauern, leer stehende Gewächshäuser, knorrige Bäume und Bluebells. Die Sonne tauchte hinter den Wolken auf und malte durch die Äste und Blätter der Bäume komplizierte Schattenmuster auf den Asphalt. Zwischendurch öffnete sich die Landschaft, und wir glitten zwischen Feldern und Weiden hindurch. Einzelne Höfe reflektierten mit ihren weiß gekalkten Fassaden das Licht. Die hochgemauerten Schornsteine mit den zwei Keramikaufsätzen, die jedes Dach an den Giebelseiten begrenzten, verliehen den Häusern etwas zutiefst Englisches.

Vor einer sattgrünen Wiese in einer kleinen Senke

bog Louis ab. Er parkte das Rad neben einer Bank und strahlte mich an.

»Das hier ist eines meiner persönlichen Highlights der Insel. Die *Little Chapel*.«

Ich sah eine helle Miniaturkapelle auf einem kleinen Hügel. Sie war kaum mehr als vier Meter hoch. Umschlossen wurde sie von einer niedrigen Mauer, die wie die Ruine einer alten Burg wirkte. Davor glänzte ein weißer Lattenzaun, der an die Plantagenhäuser der Südstaaten erinnerte. Am Rand der extravaganten Szenerie richtete eine Madonnenstatue mit betenden Händen den Blick gen Gotteshaus.

»Es ist die kleinste offiziell geweihte Kirche der Welt. Ein Mönch hat sie Anfang des 20. Jahrhunderts gebaut.«

Louis schritt voran, drehte sich aber immer wieder zu mir um, als erwartete er eine bestimmte Reaktion. Ich fragte mich, welches wichtige Detail mir entgangen war, als wir uns einem Torbogen näherten, der versteckt zwischen Stechpalmen, Kamelien und Farnen den Weg hinauf zur Kapelle wies.

»Du meine Güte!«

Louis grinste. »Nicht wahr?«

Das Tor war über und über mit Porzellanscherben bedeckt! Weiße Bruchstücke mit blauen Linien, Herzen, Karos, Kreisen, Punkten, Blättern, Ornamenten. Je genauer ich hinschaute, desto faszinierender wurde es. Da war der Kopf eines Drachen neben einem korinthischen Kapitell, Trauben über dem Balkon eines Hauses. Braune Scherben begrenzten die blauen, grüne formten auf dem Bogen eine Art Palmwedel, in dessen Mitte gelbes Porzellan einen Stern bildetet. Erst jetzt erkannte ich, dass auch die Setzstufen der Treppe und tatsächlich alle Fronten, Vorsprünge, Erker und Verzierungen der Kapelle ebenfalls mit Scherben, Muscheln und Steinchen besetzt waren.

»Das sieht aus wie in einem Märchen!«

Louis lächelte. »Ich wusste, es würde dir gefallen.«

Wir duckten uns durch die schmale Eingangstür in den Altarraum. Im Licht, das durch die bunten Bleiglasfenster an den Seiten fiel, glitzerte das Perlmutt Hunderter Muscheln. Sie waren in Reihen angeordnet und liefen wie die Streben eines Gewölbes in der Mitte der Decke zusammen, wo sie eine Rosette bildeten. Die Porzellanscherben gruppierten sich nach Farben, bildeten türkisfarbene Kreuze, blaue Schlangenlinien, rosafarbene Dreiecke. Auf dem Altar blühten Hortensien in einer Schale, zu beiden Seiten brannten Kerzen und eine Marienstatue überblickte alles mit einem gnädigen Augenaufschlag.

»Erst dachte ich, dass es mich zu sehr an den Kitsch von Polterabenden erinnert«, sagte Louis. »Aber dann sah ich nur noch Schönheit, Ästhetik, Kreativität.«

»Und Mühe!«

»Vielleicht ist es weniger Arbeit, wenn es Spaß macht.«

»Ehrlich gesagt habe ich das noch nie geglaubt. Die Arbeit bleibt schließlich dieselbe. Aber sicher macht es zufriedener, wenn das, was man tut, Freude bereitet.«

Wir blieben ewig in der kleinen Kapelle. Ein paar Touristen quetschten sich an uns vorbei, Kinder rannten lachend über unsere Füße. Wir wiesen uns immer wieder auf Details hin, entdeckten einen Pferdekopf aus Porzellan, eine rote Vase in der Form eines menschlichen Herzens, begeisterten uns für modellierte Rosen, Häuser von Wasserschnecken und das Bild eines Hasen.

Ich genoss den Nachmittag. Louis war enthusiastisch, witzig, entspannt. Die Zeit mit ihm fühlte sich leicht an. Kurz kam mir Michael in den Sinn. Dann dachte ich an Laura und freute mich über Louis' Fingerspitzen auf meinem Arm, wenn er mir etwas zeigen wollte.

Gegen Abend machten wir uns auf den Heimweg. Louis kochte eine wunderbare *Parmigiana*, ich assistierte ihm. Wir lachten viel, unterhielten uns über Filme und Serien, Guernsey, den Haustausch. Louis erzählte, dass er Serien immer in eineinhalbfacher Geschwindigkeit schaute und sowieso generell zuerst die letzte Folge, um zu entscheiden, ob sich der Zeitaufwand für das gesamte Werk lohnte, was meiner Ansicht nach eine Sicherheit vortäuschte, die es im Leben einfach nicht gab.

Wir diskutierten und flachsten, und erst als wir später an Vivians kleinem Tisch saßen, unsere Teller sich schmutzig in der Küche stapelten und Louis Wein nachschenkte, da trat die Nacht langsam ins Schweigen. Die Stimmung wurde wehmütiger, aufgeladener, und ich war unsicher, welches Ende ich diesem Tag wünschte.

Irgendwann erhob sich Louis. »Ich mache mich mal auf den Weg.«

Er zog den Hoodie über, griff nach seinem Beutel und ging zur Tür. Dort standen wir einander im Rahmen gegenüber, drinnen und draußen.

»Vielen Dank für das Geschenk, Louis. Ich hatte einen wirklich schönen Tag.«

Er lächelte. Wir schauten einander an.

Schließlich flüsterte er: »Ich würde dich gerne küssen.«

Unwillkürlich griff ich nach dem Türrahmen. Von einem Moment auf den anderen fühlte ich mich vollkommen überfordert. Louis handelte nicht einfach, zog mich nicht an sich und presste seine Lippen auf meine, er überließ die Entscheidung mir, wartete auf meine Zustimmung. Ich musste aktiv Ja zu diesem Kuss sagen, sonst würde es ihn nicht geben. Das war toll und absolut richtig, gesellschaftlich erstrebenswert und mehr als sinnvoll – aber ich schämte mich. Ich musste aktiv werden! Das fühlte sich verboten an. Einerseits weil ich es nicht gewohnt war und andererseits, weil ich mich später vor mir selbst nicht damit rausreden könnte, dass ich es ja eigentlich gar nicht gewollt hatte, einen so viel jüngeren Mann zu küssen und Michael zu betrügen. Doch wie sehr betrog man jemanden, der sich gerade trennte?

»Gibt es niemand … niemand Jüngeren in Belgien?«

»Nein und nein. Weder in Belgien noch sonst wo.«

Louis schwieg einen Moment, und ich dachte, meine Frage hätte ihn verärgert.

Stattdessen lächelte er. »Weißt du, was mein schlimmster Albtraum ist? Highlander. Dieser alte Film mit Christopher Lambert. Er bleibt in der Geschichte immer gleich alt, gleich gut aussehend … na ja … während alle um ihn herum sich verändern und sterben. Das ewige Leben. Für mich ist das die Definition von Hölle. Ich mag Veränderungen. Deshalb bin ich auch kein Fan davon, dass Menschen versuchen, für immer so auszusehen wie mit sechzehn. Das Leben passiert, jeden Tag, und das ist gut so. Gott, ich würde sonst sterben vor Langeweile! Das hier …« Er hob seine Finger zu meinem Gesicht. »Darf ich?«

Ich nickte.

»Das hier …« Er fuhr mit den Fingern über die Falten, die von meiner Nase zum Mund liefen, streichelte die Fächerlinien an meinen Augen. »Das ist gelebte Geschichte. Jeder Millimeter an Tiefe eine Erfahrung. Jeder Schatten mit Sicherheit ein wilder Ritt.« Er trat einen Schritt zurück. »Schlaf gut, Alice.«

~

Ich wartete den ganzen nächsten Vormittag auf Louis. Seit ich zu den sieben Glockenschlägen der Kirchturmuhr erwacht war, fühlte ich mich kribbelig und erwartungsvoll. Alle zehn Minuten schaute ich aus dem Fenster. Ich wagte nicht einmal, mir Brötchen beim Co-op zu holen, voller Angst, ich könnte ihn verpassen. Doch Louis kam nicht. Nachmittags schaute ich eine mittelmäßige Serie in eineinhalbfacher Geschwindigkeit, verpasste aber entscheidende Textstellen und gab auf. Abends wärmte ich mir den Rest der *Parmigiana* auf, aß lustlos und ging früh ins Bett.

Hatte ich zu viel in den gestrigen Tag hineininterpretiert? Oder in sein Ende? Schreckte meine Frage Louis ab, nachdem er Zeit hatte, noch einmal darüber nachzudenken? Fand er mich anstrengend? Oder doch zu unbeholfen? Hatte er keine Lust, sich mit einer Frau abzugeben, die noch immer knietief im Morast der Gefühle ihrer sich dem Ende zuneigenden Ehe steckte?

Gott, ich war so bedürftig! Leichter an den Haken zu bekommen als ein Fisch in einem Fass. Ich sehnte mich derart nach Zuspruch und Beachtung, es war erbärmlich.

~

Am nächsten Morgen sprang ich irgendwann zwischen den siebten Glockenschlägen aus dem Bett. Ich packte meine Schwimmsachen und fuhr zu den Bathing Pools.

Es war voller heute, obwohl es so früh war. Vielleicht gerade deshalb. Eine graue Wolkendecke hing tief über der Insel. Das Wasser fühlte sich noch kälter an als beim ersten Mal. Ich schritt die Stufen des Beckens hinab, zögerte nicht und legte los.

Ich durchmaß das Meer mit kräftigen Bewegungen, holte weit aus, verdrängte das Wasser. Aber ich musste Slalom schwimmen, steckte immer mal wieder einen Fußtritt ein, es war einfach zu viel los. Jemand kraulte in meine Bahn und erwartete ganz selbstverständlich, dass ich auswich, was ich nicht wollte, aber ich fügte mich trotzdem, um einen Zusammenstoß zu vermeiden. Sofort schwamm ich schneller, versuchte, mich auf einer anderen Bahn durchzusetzen, aber die Wellen spritzten in mein Gesicht, und ich fand keinen Rhythmus.

Ich hielt eine ganze Weile lang durch, dann stieg ich aus dem Wasser. Obwohl das Schwimmen sich nicht annähernd so meditativ angefühlt hatte wie neulich, spürte ich doch dieses angenehme Perlen auf meiner Haut. Ich wickelte mich in das Handtuch, blieb noch eine Weile an die Felsen gelehnt sitzen und freute mich über die im Stein gespeicherte Sonnenwärme.

»Wundervoll, nicht wahr?« Eine ältere Frau zog die violette Badekappe von ihren weißen Haaren und setzte sich mit einigem Abstand neben mich.

»Ja, sehr.«

Sie lächelte, schloss die Augen und legte sich auf ihr Handtuch.

Ich entschied, dass ich weder meinen Tagesablauf noch meine Stimmung von der Anwesenheit eines Mannes abhängig machen wollte. Und ganz sicher nicht von seiner Abwesenheit. Mein Leben lag wegen eines Mannes, meines Mannes, in Schutt und Asche. Es musste nicht noch mit Füßen getreten werden.

Ich zog mich an, fuhr zum Co-op, kaufte Brötchen, fuhr nach Hause, duschte, frühstückte und machte mich erneut auf den Weg.

Ich radelte an den Steinhäusern St. Martins vorbei,

ließ zwei antike Viehtränken hinter mir, erfreute mich an der Pracht der Bluebells in den Gräben und passierte den Küstenwald oberhalb der Marble Bay. Ein paar mächtige Kiefern beugten hier ihre Kronen und sahen aus, als wären sie mitten in einer Böe erstarrt. Windflüchter.

Es war wenig los auf den Straßen. Eigentlich galt das für alle Wege auf Guernsey, vielleicht mit Ausnahme der furchtbar verwirrenden Kreisverkehre in St. Peter Port. Ich hatte mich daran gewöhnt, links zu fahren, auch wenn es auf den leeren Straßen meist keine Rolle spielte.

Ich durchfuhr eine lang gestreckte Kurve, vorbei an einem absurd phallischen Monument und näherte mich *lands end*. Jerbourg war der südöstlichste Zipfel der Insel. Eine Landzunge mit steilen Klippen, Sandstränden in schmalen Buchten und einer von Felsvorsprüngen zerklüfteten Küste.

Endlich ließ die Bebauung nach und die Landschaft öffnete sich. Breite Wiesen wellten sanft die Hügel hinab. Gelbgrüner Alisander leuchtete zu Tausenden über dem tiefblauen Meer, aus dem die Spitzen der kleinen Nachbarinsel Herm stachen. Boote malten weiße Linien auf das Wasser. Ein Himmel wie aus dem Tuschkasten. Ultramarin.

An eine Wiese grenzte eine Schwarzdornhecke mit einem *Hedgeveg*, einem kleinen Verkaufsstand, der auf selbst gezimmerten Regalen Äpfel, Eier, Scones und sogar Caramel Fudge anpries. Ein Kartenlesegerät lag neben der Vertrauenskasse. Ich schob das Rad ein Stück weiter zur niedrigen Natursteinmauer, um einen Blick auf das Grundstück zu erhaschen, und entdeckte ein rot geschindeltes weiß verputztes Häuschen mit den typischen zwei Schornsteinen. An der vorderen Fassade thronte ein viktorianischer Wintergarten mit wundervollen Verzierungen. Daneben ein Keramikschild: l'Aubaine.

Ich kettete das E-Bike an einen Laternenpfahl und schaute in den Garten. Üppige Wolfsmilchgewächse wechselten sich mit Bluebells und Ginster ab. Breite Hortensien trieben erste Blätter aus. Tausende weißer Gänseblümchen sprenkelten den Rasen, der rechts vom Haus in eine Streuobstwiese überging, an deren Ende der Blick hinunter auf das Meer glitt. Und auf ein reetgedecktes Gartenhäuschen.

Ich öffnete ein Tor in der Mauer und ging über den geschwungenen Weg zwischen Kirsch-, Apfel- und Pflaumenbäumen hindurch. Der Blick die Küstenlinie hinunter war atemberaubend. Louis lebte in einer Postkarte.

Da ich keine Klingel fand, klopfte ich an die rot lackierte Holztür. Niemand öffnete.

»Louis?«

Ich wollte Klarheit. Wollte beenden, was nicht einmal begonnen hatte, wollte mich selbst aus dieser lächerlichen gedanklichen Abhängigkeit befreien, wollte mit Louis sprechen, um ...

»Kann ich Ihnen helfen?«

Eine Frau kam auf mich zu. Sie trug eine orange gemusterte Gärtnerschürze über einem karierten Hemd, dazu Gummistiefel. Ihre langen grau-weiß-schwarzen Haare hatte sie lose hinter dem Kopf zusammengebunden, sie fielen wie eine wallende Mähne bis hinunter auf die Schulterblätter. Ihre Hände steckten in Gartenhandschuhen. Die Lippen waren rot geschminkt.

Ich schätzte sie auf etwa sechzig, konnte aber spontan keine Ähnlichkeit zu Sarah feststellen. Sie strahlte zwar auch Wärme und Empathie aus, allerdings vermischte sich diese Aura mit einer Ahnung von Autorität und Resolutheit, die mich sofort glauben ließ, dass es besser war, sie auf meiner Seite zu wissen.

»Entschuldigung. Ich wollte hier nicht so reinplatzen ...«

Sie hob die Hand. »Entschuldigen Sie sich nicht. Es gibt einen Weg. Den haben Sie benutzt.«

»Ja ...« Ich zog das Wort in die Länge. »Ich ... eigentlich bin ich auf der Suche nach Louis.«

Sie hob eine Augenbraue.

»Ich kenne seinen Nachnamen leider nicht. Er ist Belgier.«

»Louis ist gestern abgereist.«

»Ach so?«

Sie musterte mich, und ich befürchtete, nichts, was sie sah, würde ihrem kritischen Blick standhalten. Dabei wünschte ich mir in diesem Augenblick nichts sehnlicher.

Irgendwann lächelte sie. »Ich wollte mir gerade einen Tee machen. Möchten Sie vielleicht auch einen?«

»Sehr gerne.«

Sie zog die Arbeitshandschuhe aus, drehte sich um, und ich folgte ihr über die Terrasse zum Haus.

»Wenn Sie sich die Hände waschen wollen, das Bad ist da vorne links. Ich heiße übrigens Martha.«

Sie wies mir den Weg durch ein hutzeliges Wohnzimmer. Das Haus wirkte von außen viel größer. Es roch nach Holz, Bienenwachs und Brot. Ein currygelbes Cordsofa stand neben einem brokatverzierten Ohrensessel auf einem alten Teppich. An der Wand überquellende Bücherregale. Auch auf den Fensterbänken und dem Boden stapelten sich Bücher. Eine schwarze Katze strich um meine Beine, als ich durch eine schiefe Holztür in einen Flur mit Terrakottafliesen ging. Ein neu aussehender Reisstrohbesen lehnte neben der Haustür. Darüber Lithografien: ein Vollmond mit zwei Mondsicheln, ein Stern in einem Kreis, verzierte Masken, diese Göttin aus dem Hinduismus mit den vielen Armen, ein Jahresrad, Yin und Yang.

Ich wusch mir die Hände mit einer zart duftenden Sandelholzseife und setzte mich auf die Terrasse. Vielleicht lag es am spektakulären Ausblick, dem Duft des Hauses, der Ausstrahlung Marthas, dem angenehmen Wetter; ich fühlte mich ein wenig berauscht.

»Bist du länger auf der Insel?« Martha stellte eine dickbauchige Kanne Tee auf den Tisch. Dazu eine Etagere mit Scones, Marmelade, Clotted Cream und Sandwiches. Ob das immer in ihrer Küche für überraschenden Besuch parat stand?

»Ein halbes Jahr. Ich habe mit Vivian Bell die Häuser getauscht. Die Bildhauerin aus St. Martin.«

Sie nickte. »Und was machst du hier?«

»Nun ... Urlaub, denke ich.«

»Denkst du?« Sie goss Tee in die Tassen.

»Na ja ... ich gehe schwimmen, fahre Rad, gehe spazieren. Dinge, die man im Urlaub so macht.«

»Das mache ich auch alles, und ich lebe hier.«

Martha drückte mir eine Tasse in die Hand. Der Tee hatte genau die richtige Temperatur, genau die richtige Süße, genau den richtigen Geschmack. Er half.

Ich räusperte mich. »Mein Mann hat meine jüngere Kollegin geschwängert.«

Martha nickte. Trank einen Schluck. Schaute mich an. »Das ist sehr verletzend.«

Ich spürte die Tränen beim nächsten Blinzeln. Ich wollte nicht weinen, nicht schon wieder, nicht hier, nicht jetzt, nicht vor jemandem, den ich gar nicht kannte. Aber dieser eine Satz traf mich mitten ins Herz.

Es schien, als würde Martha wirklich Anteil nehmen, als sähe sie nicht die betrogene Ehefrau, sondern mich, Alice. Ich schluchzte. Martha reichte mir eine Serviette. Wie konnte ein so kurzer Satz einer Fremden einen derartigen Sturm in mir auslösen?

»Entschuldigung ... ich will gar nicht weinen.«

Martha schenkte Tee nach. »Es gibt nichts zu entschuldigen. Tränen können erleichtern.«

Ich schniefte. Eine getigerte Katze sprang auf Marthas Schoß, schmiegte sich an ihren Busen und forderte Streicheleinheiten. Martha kraulte ihre Ohren und setzte sie zurück auf den Boden.

»Der Haustausch mit Vivian ... ich habe zugestimmt,

um aus Hamburg wegzukommen. Ich brauchte Abstand. Von meinem Mann und unserem Leben.«

»Und wie klappt das?«

Ich zuckte mit den Schultern.

Martha biss in ein Sandwich.

»Und was machst du nun hier auf Guernsey?«

Es war eine einfache Frage. Schlicht wie ein knielanges schwarzes Kleid, das zu jedem Anlass passte. Ich könnte eine x-beliebige Touristin fragen, ein Schulkind, einen Verkäufer, alle würden eine Antwort finden.

Nur ich nicht.

~

In den nächsten Tagen ploppte immer wieder dieses Bild in meine Gedanken, bei dem jemand einen Berg hinaufstieg und alle paar Kuppeln tiefe Täler überwand. Zwei Schritte vor und einen zurück. Scheitern als Chance. Blablabla.

Ich war es so leid. Das ständige Grübeln, die Unsicherheiten, Trauer, Wut, Angst. Ich rollte den Berg hinunter, statt ihn wagemutig zu erklimmen.

Mia erzählte ausschließlich von tollen Ereignissen in ihrem Leben, wohl um mich nicht zu belasten. Sie sprach nie über Michael, obwohl die beiden inzwischen wieder Kontakt hatten, was ich allerdings nur durch zähes Nachfragen erfuhr. Jannis redete sich während unserer seltenen Telefonate damit raus, dass er viel zu weit weg war, um überhaupt etwas mitzubekommen. Und meine Eltern ... na ja.

Ich fühlte mich unausgeglichen. Streitlustig. Genervt

von meiner eigenen Naivität. Wie hatte ich nur glauben können, meine Ehe liefe gut? Oder dass Louis sich für mich interessierte und James meine forsche Art verkraftete?

Ich schrieb Michael eine Nachricht. Er sollte mein Gehalt bis zum Ende des Haustauschs weiter überweisen. Abfindung und so. Er antwortete, dass er meinen Heilungsprozess natürlich unterstützte, zukünftig aber nicht zwei Familien finanzieren könnte. Ich tippte *Arschloch* in den Chat, löschte die Buchstaben und erwiderte stattdessen: Dein Problem.

Als ich später nach dem Schwimmen an Sousville Manor vorbeifuhr, sah ich Elsie, die versuchte, eine mit Baumstammwurzeln bepackte Schubkarre über eine Planke auf die Ladefläche eines Pick-up zu balancieren. Ich lehnte mein E-Bike an die Mauer und lief zu ihr.

»Warte, ich fass mit an!«

Gemeinsam wuchteten wir die Ladung auf den Wagen.

»Danke.« Elsie stemmte die behandschuhten Hände in die Hüfte. Sie trug wieder den grünen Overall, dazu rosafarbene Strähnen in den schwarzen Haaren. »Du bist immer noch hier.«

Ich nickte schnaufend. »Gibt es noch mehr zu tun?«

»Dieser Garten ist die Definition von Arbeit.«

»Ich bin dabei.«

Sie musterte mich. Ich trug wie immer enge Jeans, Turnschuhe und einen fein gestrickten Pulli. Auf die Bluse verzichtete ich seit einigen Tagen. Mich nervten die Knöpfe. Außerdem zerkrumpelte der Stoff in meiner Tasche, wenn ich schwamm.

»Du kannst Nicks Overall tragen. Er arbeitet heute nicht.«

Ich holte das E-Bike und schob es neben Elsie und der Schubkarre zum Haus.

»Du hast Mr Mahy das E-Bike zurückgegeben und ein eigenes ausgeliehen?«

»Mhm.«

Sie lachte. »Spricht er noch mit dir?«

Ich wollte gerade Ja sagen, als mir das Treffen in St. Peter Port einfiel. »Keine Ahnung.«

Wir gingen zum Café, und ich zog mich in einem kleinen Kabuff für die Angestellten um. Es war noch zu früh für Gäste. Irgendwann könnte ich vielleicht mal zu den Geschäftszeiten herkommen und einen Tee trinken.

Elsie hatte eine zweite Schubkarre organisiert, und wir zuckelten im Gänsemarsch durch das Tor in die Gärten. Hinter der Bambusplantage lag eine kleine, komplett gerodete Fläche voller Baumwurzeln und Äste. Löcher klafften im Boden wie Wunden.

»Mr Mahy will den asiatischen Teil erweitern. Hanfpalmen, Gräser, Farne, dazu 'nen Ginkgo, sicher auch 'ne Magnolie und noch mehr dreckselenden Bambus. Hast du von dem schon mal die Rhizome ausgebuddelt? Viel Spaß!« Elsie stützte sich auf einen Spaten und sah mich an. »Bist du sicher, dass du das willst?«

»Und du?«

»Was meinst du?«

»Müsstest du nicht eigentlich in der Schule sein?«

Sie reckte das Kinn und grinste. »Ist nur Geschichte und Englisch heute. Das eine kann ich, das andere spreche ich gerade.«

Wir schufteten zwei Stunden durch, beluden die Schubkarren mit immer neuen Baumwurzeln und karrten sie gemeinsam zum Pick-up. Keine Ahnung, wie Elsie das allein hatte schaffen wollen. Nicks Overall klebte nass an meinem Rücken. Ich hatte nach dem Schwimmen nicht geduscht und meine Haut juckte unter einer schmierigen Schicht aus Salzkristallen, Dreck und Schweiß.

Irgendwann öffnete das Café, und die ersten Kinder hüpften über die Wege. Elsie schlug eine Pause vor. Wir setzten uns mit Tee und Sandwiches auf eine Bank am Teich und lauschten den schnatternden Enten. Die Sonne testete ihre Sommermacht.

»Bist du dieses oder nächstes Jahr mit der Schule fertig?«

»Nur noch elf Monate bis zum A-Level! Yeah!«

»Und dann?«

»London! Ich will Fotografie studieren und endlich was Sinnvolles lernen, you know.« Elsie spitzte die Lippen und biss von innen darauf herum. Schließlich sagte sie mit gespielt hoher Stimme: »*Ich bin euer Hündchen, und, wenn ihr mich schlagt, ich muss euch dennoch schmeicheln. Begegnet mir wie eurem Hündchen nur, stoßt, schlagt mich, achtet mich gering, verscherzt mich!*« Sie sah mich an. Ernst. »Das sagt Helena im

Sommernachtstraum zu Demetrius. Geschrieben vom gottgleichen Shakespeare. Lesen wir gerade in Englisch. Ist der größte Scheiß, den ich je gehört habe! Das soll sinnvolles Wissen sein?«

Ich lachte.

»Wie viele Autorinnen hast du während deiner Schulzeit gelesen?«

»Ähm ... puh, das ist lange her ...«

Elsie kniff die Lippen zusammen und sah mich erwartungsvoll an.

»Also ... ich erinnere mich an Annette von Droste-Hülshoff, *Die Judenbuche.*«

»Aus welchem Jahrhundert ist das?«

»Neunzehntes?«

»Wow, voll aktuell also. Willst du wissen, welche Autorinnen wir gelesen haben?«

Ich hob die Augenbrauen.

»Keine. Nicht mal Jane Austen oder die Brontës. Dafür musste ich schon drei Bücher von Victor Hugo lesen. Drei! Er hat hier im Exil gelebt, was immer wieder für Begründungen taugt, doch noch ein weiteres seiner unendlichen Werke durchzukauen.«

»Ich merke schon, du hast dir viele Gedanken zu diesem Thema gemacht.«

»Alice! *That's not the point!*« Elsie sprang auf. »Es geht nicht darum, dass ich mir viele Gedanken zu diesem Thema gemacht habe, sondern dass so viele Menschen es nicht tun!«

Wir arbeiteten weiter und kamen tatsächlich sichtbar voran. Aber um die Mittagszeit bröckelte unsere

Motivation. Elsie musste noch an einem Referat arbeiten, und wir beschlossen, es für heute gut sein zu lassen. Ich spürte die Dankbarkeit meines Körpers, als ich den Spaten aus der Hand legte. Wir gingen zurück zum Café, Elsie notierte die Arbeitsstunden in einem Heft, und wir zogen uns um.

»Wann arbeitest du wieder?«

Elsie schlüpfte in ein schwarzes Tanktop, zu dem sie dunkle Jeans, Doc Martens und ein kariertes Hemd trug.

»Morgen nach der Schule.«

»Findet Unterricht statt, den du magst?«

Sie grinste. »Mathe. Da seiert niemand problematisches Zeug.«

Ich lächelte. »Dann bis morgen. Ich wasche den Overall. Gibt es irgendwo noch andere?«

»Ich bringe dir einen mit.«

~

Der Schlaf zog in dieser Woche bei mir ein, und wir begannen Freundschaft zu schließen. Manchmal musste ich ihn sogar davon abhalten, zu lang zu bleiben. Die Arbeit in den Gärten von Sousville Manor schlauchte mich. Zudem schwamm ich jeden Morgen gegen meine steifen Gelenke an. Ich vermisste das Östrogenlevel meiner frühen Zwanziger, wo man mich nachts aus dem Schlaf reißen konnte und ich trotzdem einen passablen Spagat hinlegte.

Heute versuchte ich, meinen Geist auszuschalten und

achtsam mit meinem Körper umzugehen. Das hatte ich noch nie getan. Trotzdem kam und ging der Schmerz, wie er wollte. Manchmal blieb er länger, so wie unliebsame Gäste das gerne taten. Ich lenkte mich ab, versuchte keine Gedanken an Michael zu verschwenden. Genauso wenig wie an Louis oder die Zukunft.

Nach einer Woche hatten wir die Fläche hinter dem Bambushain von allen Ästen und Baumstämmen befreit. Nun galt es, den Boden für die neuen Pflanzen vorzubereiten. Dafür rupften wir Unkraut, buddelten Steine aus und begradigten den Grund.

»Ich hab gestern Abend übrigens Tiramisu gemacht.« Elsie rollte einen Felsbrocken in die Schubkarre. »Was hältst du davon, wenn du später zum Essen rumkommst?«

Ich riss ein Büschel Glöckchen-Lauch aus dem Boden, der aussah wie Bluebells in Weiß. Ich hatte gelernt, dass es sich um eine invasive Art handelte, die die heißgeliebten heimischen Bluebells unterdrückte. Die Guernsey Conservation Volunteers, eine Gruppe engagierter Einwohner, jätete jährlich Tonnen davon auf der ganzen Insel. Auch hier in den Gärten von Sousville Manor gedieh der Schädling prächtig.

»Solltest du nicht erst deine Eltern fragen?«

»Mein Dad freut sich über Besuch.«

»Und deine Mutter?«

»Ist tot.«

Ich hielt in der Bewegung inne, den Glöckchen-Lauch im Arm. »Das wusste ich nicht. Bitte entschuldige, Elsie.«

Sie zuckte mit den Schultern. »Gibt nichts zu entschuldigen.«

»Wann ist sie gestorben?«

»Vor acht Jahren. Krebs. Meine Tante ist für einige Jahre aus Leeds zu uns gezogen, um Dad zu unterstützen. Aber soll ich dir was sagen? Dass Geschwister in so hohem Alter noch zusammenleben, hat die Natur nicht vorgesehen. Alter, haben die sich angezickt!«

Ich lachte.

»Ernsthaft! Außerdem hatte Janet Phasen, in denen sie wegen jeder Kleinigkeit ausgeflippt ist, *you know*. Danach kam sie schluchzend in unsere Zimmer und hat sich überschwänglich entschuldigt. Das war fast noch schlimmer. Pubertät ist kacke. Aber Wechseljahre und Pubertät unter einem Dach? Scheiße mal Unendlichkeit!«

Ich dachte an Mia und Jannis und war zum ersten Mal froh, so jung Mutter geworden zu sein.

»Was ist jetzt? Kommst du?«

»Sehr gerne. Danke für die Einladung, Elsie.«

Ben Walker trug Jeans, Hemd und ein Lächeln, als er mich am Abend in der kleinen beigefarbenen Doppelhaushälfte in St. Sampson begrüßte. Das Viertel wirkte wie aus einem Wikipedia-Eintrag über englische Arbeiterviertel. Nur die französischen Straßennamen passten nicht ins Bild.

Ich überreichte Elsies Vater eine Flasche Wein, die ich im Co-op besorgt hatte, und hoffte, er würde schmecken.

»Bitte entschuldigt meine Verspätung. Ich hatte eine halbe Stunde für den Weg hierher in den Norden eingeplant, mich aber am St. Sampson Harbour komplett verfranst.«

»Linksverkehr im Kreisel?« Ben lächelte. »Damit hadern hier viele Touristen.«

»Das ist eine Herausforderung, absolut. Aber ich kämpfe noch mehr mit diesem merkwürdigen *Filter*-System. Was um alles in der Welt wollt ihr mir mit weißen Querstreifen, gelben Rauten und den Worten *FILTER-IN-TURN* sagen?«

Er lachte. »*It's a channel island special.* Aber eigentlich ist es ganz einfach. Es bedeutet, dass niemand Vorfahrt hat und man sich beim Fahren und Einfädeln abwechseln soll. Wir sind halt nett hier auf Guernsey.«

»Gut zu wissen.«

Ben lotste mich ins Haus. Die Einrichtung war Ikea. Auf dem Tisch standen Gläser aus der Vardagen-Serie, die besaßen wir auch, und eine Servierschüssel aus Holz, die mir ebenfalls bekannt vorkam. Die schwarzen Stühle am Esstisch hießen PS 2012. Ich hatte eine Weile mit ihnen für die Terrasse geliebäugelt, aber Michael waren sie nicht stylisch genug. Familie Walker kombinierte sie mit einem antiken Holztisch und grün geblümten Tapeten. Very british.

Elsie hantierte in der Küche herum. Sie begrüßte mich kurz, um gleich darauf mit einer großen Kelle Muscheln aus einem Topf zu schöpfen.

»Wow! Das sieht ja toll aus!«

Sie bettete die Muscheln in Teller und goss ein wenig

Sud darüber. »Optik nützt beim Essen nichts. Es muss schmecken.«

»Okay ... und das aus dem Mund einer angehenden Fotografin?«

»Eben!« Ben nahm Elsie einen Teller ab. »Was haben wir schon darüber diskutiert! Elsie kocht auf Sterneniveau, aber auf dem Teller sieht es oft aus wie Stampf.«

Ich lachte.

Elsie rollte mit den Augen.

Ein schlaksiger Teenager lehnte sich in den Türrahmen. »Dad, bitte! Keine Stampf-Diskussion. Ich hab Besseres zu tun, als doppelten Kochdienst zu schieben.«

Elsie grinste. »Alice, das ist mein nerviger kleiner Bruder Emmet, der schon zwei Praktika in Hotelküchen absolviert hat, uns aber viel zu selten mit seinen Künsten verwöhnt. Emmet, das ist meine neue Kollegin Alice.«

Er nickte mir zu. »Du bist also James Mahys Affront.«

»Wie bitte?«

»Emmet!«

Er formte die Hände zu Krallen und fauchte grinsend. »Niemand lehnt ein Geschenk von James Mahy ab und kommt davon. Das weckt den Jäger in ihm.«

»Was redest du nur für einen Blödsinn!« Ben strubbelte seinem Sohn durch die Haare. »Bitte entschuldige, Alice.«

Wir setzten uns an den Tisch auf die wirklich bequemen Ikea-Stühle. Die Muscheln schmeckten wundervoll und die fettigen Hände und unser Schlürfen passten zur entspannten Atmosphäre am Tisch.

Wir sprachen über Guernsey, den Haustausch, Vivians Skulpturen in den Gärten von Sousville Manor, die Elsie sehr mochte, ich aber noch immer nicht bewusst wahrgenommen hatte, ein Referat, das Elsie fertigstellen musste, Emmets Theateraufführung am Sonntag. Ben erzählte, dass er bei einer internationalen Bank in St. Peter Port arbeitete. Er kam ursprünglich aus Leeds, hatte sich damals bei einem Urlaub auf Guernsey in Elsies und Emmets Mutter verliebt und war geblieben.

»Hier lässt es sich gut leben«, sagte er, und sein Blick glitt einen Moment lang ins Nichts, was Elsie dazu bewog, ein wenig zu hektisch aufzuspringen, um das Tiramisu zu servieren.

Es war nur ein Augenblick, ein hauchfeiner Riss an einem lustigen Abend. Aber er erlaubte einen flüchtigen Blick auf das Leid, das sie während der vergangenen Jahre durchgestanden hatten.

Emmet zog sich nach dem Dessert zurück. Ben kredenzte einen Calvados, den Elsie mit ekelverzerrtem Gesicht ablehnte.

»Bier ist gut, alles andere eine Zumutung.«

Wir unterhielten uns noch eine Weile. Als Elsie gähnte, beschloss ich aufzubrechen.

»Soll ich dich fahren?« Ben reichte mir meine Tasche. »Ist ein ganzes Stück. Wir können das Fahrrad in den Kofferraum schieben.«

Ich lächelte. »Ist ein E-Bike. Aber danke.«

»Ich muss echt dringend schlafen.« Elsie umarmte mich. »Wir sehen uns morgen!« Sie ging in den Flur und stapfte die Treppe hinauf in den ersten Stock.

Ich war mit Ben allein und konnte mir den Gedanken nicht verkneifen, dass Elsie es genauso geplant hatte.

»Hast du Lust …« Ben schob die Hände in die Jeanstaschen. »Ich fahre häufig zum St. Saviours Reservoir … ein kleiner Stausee, der ein Viertel von Guernseys Wasserreserven speichert, wirklich hübsch. Ich habe schon einige Male einen Eisvogel vor die Kamera bekommen, Graureiher gibt es natürlich, Waldohreulen, auch wenn ich die noch nie fotografiert habe, aber ich bin tatsächlich schon einige Male auf gigantische Wühlmäuse gestoßen, nun ja, keine Riesen, also nicht wirklich, aber sie sind um einiges größer als die vom Kontinent, wohl, weil sie hier keine Fressfeinde haben, sie sind den menschlichen Einwohnern Guernseys zahlenmäßig weit überlegen, es soll an die hundertfünfzigtausend geben, das muss man sich mal vorstellen, fast unheimlich, was? Aber das ist es nicht, natürlich nicht, ich meine, ich finde, es ist ein wirklich schönes Naturreservat mit einem tollen Wanderweg. Du solltest es dir unbedingt einmal anschauen.«

»Klingt aufregend.«

»Ja? Wie wäre es, wenn ich es dir zeige? Samstagmorgen? So um acht? Ich hole dich ab.«

Eine Tür im oberen Stockwerk fiel ins Schloss. Ich tippte auf Elsie.

Weil ich mich nicht wieder verfahren wollte, nahm ich den einfacheren, aber längeren Weg die Küste entlang. Auf diese Weise würde ich auch den seltsamen Kreisverkehr umgehen. Mit den *Filter*-Regeln der Insel setzte ich mich lieber bei Tageslicht auseinander.

Ich fuhr die Uferstraße Les Banques entlang, fast allein, jetzt, so kurz vor Mitternacht, an einem gewöhnlichen Wochentag. Das Meer schimmerte dunkel und schwieg. Es schien Flut zu sein, so genau erkannte ich das nicht. Es war ganz still.

Auch in St. Peter Port war nicht mehr viel los, glücklicherweise. Ich hatte vergessen, dass hier noch mehr *Filter*-Regeln darauf warteten, arme Touristen zu verwirren. *Wir sind nett auf Guernsey*, hatte Ben gesagt. Soweit es Familie Walker betraf, konnte ich dem nur zustimmen.

Ich nahm die Fountain Street hinauf in den Süden und erreichte irgendwann die Hauptstraße nach St. Martin. Die Nacht war kühl und die Landschaft hüllte sich in schwarze Seide. Ich mochte es, ganz allein durch die Gegend zu fahren. Es war, als würde die Welt schon schlafen und nur meine Geschichte wurde noch erzählt.

Ich bog zu Vivians Häuschen ab, passierte den Torbogen und fiel fast zum Fahrrad. Im Licht des Bewegungsmelders hockte Louis auf den Stufen vor meiner Tür. Den Kopf wie beim letzten Mal schlafend an die Wand gelehnt. Ich bremste. Der knirschende Kies unter meinen Reifen weckte ihn.

»Alice …« Er stand auf. »Hi.«

»Was machst du hier? Ich dachte, du wärst abgereist.«

»Du hast Martha kennengelernt.«

»Ich ...« Verlegen schloss ich die Augen und hörte ganz deutlich die Worte meiner Mutter: Männern und Straßenbahnen rennt man nicht hinterher. Was für groteske Glaubenssätze doch manchmal in einem hausten. »Ich fand es seltsam, von einem Tag auf den anderen nichts mehr von dir zu hören.«

»Ich musste für einen verletzten Kollegen einspringen und ziemlich überstürzt abreisen. Aber jetzt bin ich wieder hier.«

»Nachts vor meiner Tür.«

»Wo sonst.« Er lächelte.

»Hör zu, Louis, ich ...«

»Oh, oh.« Er kam auf mich zu. »Sätze, die mit *hör zu* beginnen, enden nie gut.«

Ich musste lächeln. »Nein ... es ist nur ... ich bin müde. Ich komme gerade von einer Einladung und ...«

»Und?«

Ich wusste nicht, was ich sagen sollte, und noch weniger, was ich sagen wollte. Gerade hatte ich mich neu arrangiert, angefangen mit Elsie in den Gärten von Sousville Manor zu arbeiten, regelmäßig schwimmen zu gehen. Ich versuchte, weniger nachzudenken, das Grübeln zu unterdrücken. Aber kaum stand Louis vor mir, schwappte meine Sehnsucht wie eine Welle über alle Pläne.

Er deutete auf mein E-Bike. »Was hältst du von einer Fahrradtour?«

»Jetzt?«

Louis grinste. Ich hatte mein Einverständnis signalisiert. Nur die Uhrzeit stand noch zur Diskussion.

»Es ist so«, sagte er. »Ich mag die Drei-Uhr-Morgens-Version von Menschen. Da sind die meisten am ehrlichsten, verletzlichsten. Viel realer als am Tag, auch wenn sie da hell ausgeleuchtet sind.«

»Es ist gerade erst Mitternacht.«

»Dann haben wir ja noch Zeit.«

Die Tour über die Insel war aufregend und unheimlich. Sobald wir die ausgeleuchteten Hauptstraßen verließen und in die schmalen Ruettes Tranquilles einbogen, verschluckte uns eine dichte Landstraßenfinsternis. Bäume streckten ihre Arme nach uns aus, Wege schienen ihre Kurven in Sekundenbruchteilen neu zu planen, der Mond versteckte sich hinter Wolken. Obwohl ich Horrorfilme zu gruselig fand, genoss ich die Schauer, die diese Nacht durch meinen Körper fegte. Selten hatte ich mich lebendiger gefühlt.

Wir fuhren ewig durch die Dunkelheit. Ich hatte komplett die Orientierung verloren und auch Louis musste unsere Route nach einem Blick auf Google Maps einige Male anpassen. Mitten im Nichts bogen wir schließlich rechts ab, ließen die Bäume hinter uns und glitten entlang niedriger Wallhecken durch offene Felder.

Gerade als der Mond hinter den Wolken hervorluscherte, bremste Louis, riss den Lenker herum, bog ab und strampelte über einen groben Schotterweg eine Anhöhe hinauf. Oben angekommen legten wir die Räder ins Gras.

Wir umrundeten eine niedrige Mauer und dahinter entfaltete sich mit einem Mal die Welt. Weit unter uns legten sich die Laternenlichter der Küstenstraße wie eine Perlenkette um die Bucht, markierten die Grenze zwischen Wasser und Land, ein Bollwerk gegen die Nacht. Das Meer schimmerte mondbeglänzt.

Nur wenige Menschen schienen noch wach zu sein. Aus einigen Häusern drang ein fahler Schein, der die Umgebung in dunstiges Leuchten hüllte. Dazwischen keine Dunkelheit, nur die Abwesenheit von Licht.

Louis setzte sich in die Gabelung eines geschälten Baumstamms, der als Bank diente. »Hier bin ich tagsüber oft, wenn mir nach einem Ausblick ist.«

Ich setzte mich neben ihn, und wir schauten hinaus über die Bucht.

Louis streckte die Beine. »Wenn ich die Dinge von oben betrachte, dann scheint es manchmal, als wären sie weniger kompliziert, als ließen sie sich leichter entwirren.«

»Meine Strategie ist das Schwimmen. Vom Wasser aufs Land zu schauen ist mein Perspektivwechsel.« Und obwohl ich mir vorher nie Gedanken darüber gemacht hatte und es noch nie so formuliert hatte, fühlte es sich doch an wie einer dieser Momente, die eine besondere Klarheit ins Leben bringen.

»Darauf trinken wir.« Louis zog eine Weinflasche aus seinem Beutel, prostete mir zu und trank. »*To*

King's Mill Viewpoint I go, to lose my mind and find my soul!«

Ich lachte, nahm die Flasche entgegen und hielt sie hoch in Richtung Welt. *»To swimmers and seekers!*«

Louis erzählte von den Reisen, die er unternommen hatte. Nach Island, durch Südostasien, Australien, Indien, Ostafrika. Er träumte von einem Trip durch die Weiten Alaskas und berichtete von kleinen und großen Abenteuern.

Es waren gute Geschichten. Louis kreierte Spannungsbögen und Cliffhanger, baute Anekdoten und Metaphern ein, die mich zum Lachen brachten. Er war ein begnadeter Entertainer. Man musste ihn nur anstupsen und die Adjektive purzelten heraus. Vieles entstammte sicher seiner Fantasie, war reine Fiktion, vielleicht mit autobiografischen Anleihen, aber das spielte keine Rolle. Ich wollte ihm glauben, egal, was er erzählte, weil es die Welt so viel interessanter machte.

Als ich in meinen dünnen Sachen fröstelte, setzte Louis sich breitbeinig auf den Stamm, zog den Reißverschluss am Hals seines Troyers auf und lupfte den Saum. »Komm rein. Hier ist Platz für zwei.«

Ich rückte zwischen seine Beine, schlüpfte unter den Strickpulli und schob den Kopf neben seinem heraus. Louis umarmte mich, und ich spürte, wie seine Wärme mir Ruhe schenkte. Er duftete nach Sommer, frisch und minzig, ein bisschen nach Wein, ein wenig nach Salz und Kaffee, vermischt mit dem Wollgeruch des Pullis.

Wir schwiegen, fühlten der Berührung nach, schauten hinunter auf die Lichter, hinaus aufs Meer, und ich dachte, das ist ein Moment, an den ich mich erinnern möchte, wenn die Welt wieder neblig wird.

Als die Nachtkälte unsere Beine hinaufkrabbelte, beschlossen wir, heimzukehren.

Die Dunkelheit hatte jetzt alles Unheimliche abgelegt. Wir fuhren ganz allein über die Insel, zwei Reisende.

Schließlich durchquerten wir das Tor vor Vivians Häuschen, und ich parkte das E-Bike hinten am Schuppen. Als ich nach vorne kam, lehnte Louis an der Stange seines Rennrads.

»Danke, dass du mitgekommen bist, Alice.«

Ich nickte. Es schien, als wären Begrüßungen und Verabschiedungen nicht unsere Stärke. Es fühlte sich immer ein wenig befremdlich an.

Nach einem Moment lauten Schweigens breitete Louis die Arme aus, und ich flüchtete mich in seine Umarmung wie in einen warmen Kokon. Er hielt mich; nicht zu kräftig, nicht zu locker, nicht zu lang, nicht zu kurz. Louis konnte Umarmungen, die perfekt waren und mich doch irritierten.

Was war das hier? Der Anfang von etwas? Zeitvertreib? Der Beginn einer Freundschaft? Warum erschien es mir wichtig, darauf eine Antwort zu finden?

Louis lächelte. »Ich wusste, ich würde die Drei-Uhr-morgens-Version von dir mögen.«

»Und was wäre, wenn … also, was wäre, wenn ich dich nach einem Kuss fragen würde … was würdest du antworten?«

Louis legte die Hände an meine Wangen, schaute mich an und flüsterte: »Ja ...«

~

*J*ch verschlief das morgendliche Schwimmen. Vielleicht lag es an der Aufregung der vergangenen Nacht, dem Schlaf, den ich zu lange fortgeschickt hatte, oder der späten Erschöpfung, die bis in den Morgen hinein wie ein Vielfaches der Erdanziehung auf meinen Körper drückte. Ich erwachte erst nach den elften Glockenschlägen der Kirchturmuhr und konnte mich nicht erinnern, wann in meinem postpubertären Leben ich einmal so lange geschlafen hatte. Romantische Abenteuer schienen ein gutes Mittel gegen wechseljahresbedingte Schlafstörungen zu sein.

Ich lächelte während des Duschens und Frühstückens in mich hinein, verschwendete keinen Gedanken an schmerzende Knochen oder einen übermüdeten Geist. Und auch nicht an Michael.

Erst als der Tag sich seiner Halbzeit näherte und ich noch immer nichts von Louis gehört hatte, begannen die quälenden Gedanken: Wie naiv ich doch war, dass mir dasselbe mit demselben Mann gleich zweimal passierte! Wie töricht! Meine innere Kritikerin ließ wenig Spielraum für Erklärungen oder Rechtfertigungen. Selbst schuld, dass ich den Abschiedskuss so genossen hatte! Dass ich annahm, Louis hätte unseren Ausflug als ähnlich romantisch empfunden! Dass ich noch immer glaubte, eine fast fünfzigjährige Frau würde auch nur irgendjemanden interessieren!

Ich konnte mich nicht aufraffen, nach Sousville Manor zu fahren, um Elsie zu unterstützen. Sowieso müssten wir James dringend von meiner Mitarbeit erzählen, ihn wahrscheinlich sogar um Erlaubnis bitten. Ich fühlte mich nach wenig, und das gehörte sicher nicht dazu.

Ich verzog mich vor Selbstmitleid triefend auf das Sofa, versuchte ein Buch zu lesen, zu schlafen, einen Film zu schauen, erst in eineinhalbfacher, dann in normaler Geschwindigkeit. Als die Glocken viermal läuteten, gab ich auf. Ich tigerte durch die Wohnung, schaute aus dem Fenster, aß Schokolade und rügte mich für mein klischeehaftes Verhalten. Noch während dieser Schelte hielt ich inne.

Es wäre nur dann die gleiche Situation, wenn ich mich gleich verhielte. Ich war gar nicht so abhängig und machtlos. Zwar konnte ich Louis nicht beeinflussen, ihn nicht dazu bringen, an meine Tür zu klopfen, aber ich konnte meine Reaktion auf sein Verhalten ändern. Ich kontrollierte mein Leben, niemand sonst.

Ich schwang mich auf das E-Bike und sah, dass die Anzeige blinkte. Der Akku war leer. Fluchend suchte ich das Ladekabel, stöpselte alles ein und machte mich zu Fuß auf den Weg.

Ich stapfte durch St. Martin, am Co-op vorbei, überquerte die Straße hinunter nach St. Peter Port, passierte Häuser und Felder, näherte mich Jerbourg und dem seltsam phallischen Monument, lief noch ein kleines Stückchen weiter, schwitzte und grummelte und erreichte schließlich das weiße Haus mit dem viktorianischen Wintergarten, der Streuobstwiese und dem Gartenhäuschen.

Ich öffnete die Pforte und jemand schrie mich an.

»*Close it!* Sofort schließen!«

Ich schlüpfte hindurch, drückte das Tor zurück in die Zarge und spürte, wie etwas meine Beine streifte. Erschrocken sprang ich zur Seite und touchierte ein schwarz-weißes Huhn, das empört gackernd aufflog.

»Festhalten!« Eine Frau mit raspelkurzen Haaren rannte zwischen den Obstbäumen hindurch auf mich zu. Ihre Statur erinnerte mich an Martha, auch die Bewegungen, aber erst als sie wenige Meter vor mir schnaufend auf eine Hortensie deutete, erkannte ich sie wirklich.

»Dieses eigensinnige Viech hockt da vorne im Beet.« Martha rang nach Atem. »Siehst du sie?«

Ich schüttelte den Kopf und versuchte, nicht zu sehr auf Marthas Buzz Cut zu starren. Wie sehr Haare einen Menschen doch veränderten. Und abgeschnittene Haare erst.

»Stell dich mal auf die andere Seite.« Martha dirigierte mich zwischen zwei Hortensien, zückte eine Dose mit Mehlwürmern, legte einige auf ihre Handfläche und streckte sie in Richtung Huhn. »Wollen doch mal sehen, wer hier die besseren Ideen hat, Glinda …«

Das Huhn linste zwischen den frisch sprießenden Blütenblättern hindurch, sah sich um, scharrte mit den Füßen. Martha streute die Mehlwürmer auf den Boden.

Glinda blickte kopfnickend von den Leckerlies zu uns, traf eine Entscheidung und begann zu picken. Martha stürzte sich auf das Huhn und klemmte es unter den Arm.

»*You sucker!* Als ob ich nichts anderes zu tun hätte, als hinter dir herzurennen!« Sie schaute zu mir. »Danke für die Hilfe.«

»Heißt sie wirklich Glinda? So wie die gute Hexe des Südens ...«

»... aus *Der Zauberer von Oz*, ja.«

Wir lachten.

»Gibt es noch mehr Hühner?«

»Aber sicher!«

Ich folgte Martha zurück zum Haus, über die Terrasse mit dem unglaublichen Meerblick, an einem Gemüsegarten vorbei bis zu einer roten Tür in einer Natursteinmauer. Dahinter gackerten etliche Hühner in einem riesigen Freilaufgehege.

»Wow! Wie viele sind das?«

Martha schubste Glinda zu den anderen. »Dreizehn. Lilith, Hermione, Morgaine, Celeste, Isis, Kali, Jinx, Medea, Circe, Willow, Kassandra und Deidre. Aber nur Glinda findet wöchentlich ein neues Loch zum Ausbüxen, naseweises Ding. Kann ich dir einen Tee anbieten?«

»Hast du denn Zeit?«

»Würde ich sonst fragen?«

Ich mochte Marthas verbindliche Art. Irgendwie wusste man immer genau, wo man stand. Auf eine gute Art.

Trotzdem war ich unschlüssig. »Also ... ich ... eigentlich wollte ich zu Louis ...«

Sie nickte. »Ist vorhin nach Lihou aufgebrochen.«

»Na klar ...« Ich seufzte. »Scheint ein wiederkehrendes Muster zu sein, wenn wir uns treffen.«

Martha musterte mich, schließlich sagte sie: »*If you fool me once, shame on you. If you fool me twice, shame on me.*«

Ihre Direktheit ließ mich schweigen.

»Vergessen wir den Tee.« Martha drehte an der goldenen Creole in ihrem Ohr. »Komm später um acht Uhr her, dann essen wir zusammen.« Sie lächelte. »Bring Wechselsachen mit.«

Als ich pünktlich um acht Uhr mein wieder aufgeladenes E-Bike an den Laternenpfahl vor Marthas Grundstück ketten wollte, lehnte dort bereits ein Fahrrad. Nein, nicht Louis' Rennrad. Der Damm nach Lihou erlaubte die Passage ohnehin nur einmal täglich.

Ich bemühte mich, so wenig wie möglich an Louis zu denken, was mir schon seit Stunden schlecht gelang. Wie konnte er Wert auf meine Gesellschaft an seinem Lieblingsort legen, mich küssen und dann verschwinden? Mein klägliches Selbstwertgefühl litt unter seinen Eskapaden. Oder war es meine Eitelkeit? Ich hatte vorhin eine quälend lange Nachricht an Michael formuliert, ihm geschildert, wie gern ich an unsere erste Zeit im Haus am Klövensteen zurückdachte, als wir Tapeten von den Wänden rissen, Möbel aussuchten und Pläne schmiedeten. Wir waren miteinander erwachsen geworden, hatten uns gerieben und zurechtgeschliffen, waren aneinander gewachsen. In unserer heutigen Form existierten wir nur wegen des jeweils anderen. Was an mir war genuin Alice? Was funktionierte nur als Gegenpol zu Michael? Oder als seine Verlängerung? Michael hatte geantwortet: »Ach, Alice ...«

Martha erschien hinter der Pforte. »Alice! Sehr schön!«

Sie trug einen offenbar voll beladenen Korb und eine blaue Perücke. Die Haare fielen in sanften Wellen bis hinunter auf die Schulterblätter. Sie schimmerten wie das Meer, als wären Sonnenlicht und Untiefen hineingeflochten.

Da erinnerte ich mich.

»Ich habe dich gesehen! An meinem ersten Tag auf Guernsey ... du hast ... da waren einige Leute, und ihr habt *ormer* gesammelt, in der Vazon Bay. Du hast so glücklich gewirkt damals. Ist ja verrückt ...«

Martha lächelte. »Ich glaube nicht an Zufälle.«

Ein Fahrrad bremste derart abrupt neben uns, dass einige Steinchen aufflogen. Erstaunt drehte ich mich um und sah Elsie.

»Alice? Was für eine Überraschung!«

Elsie trug ausnahmsweise keine Jeans, sondern eine Leinenhose zu engem Top und kariertem Hemd. Alles in Schwarz natürlich.

»Sehr schön«, sagte Martha. »Dann sind wir ja jetzt vollzählig.«

Sie hievte den Korb auf das Fahrrad am Laternenpfahl, schnallte ihn fest, und wir radelten los.

»Ich hab dich bei der Arbeit vermisst.« Elsie fuhr mit ihrem Herrenrad neben mich. »Hat mein Tiramisu dir den Magen verdorben?«

»Nein!« Das Essen bei den Walkers lag kaum vierundzwanzig Stunden zurück, erschien mir aber unendlich weit entfernt. »Der Abend bei euch war wundervoll und das Essen großartig. Ich … brauchte heute nur eine Auszeit.«

»Aber jetzt bist du hier.«

Ein seltsames Schuldgefühl krallte sich in mein Herz. »Jetzt bin ich hier.«

Wir fuhren die Landzunge von Jerbourg zurück in Richtung St. Martin, bogen aber ein ganzes Stück vorher links ab. Die Dämmerung umfing uns kühl, mit einer leichten Brise. Aus einem der Häuser am Wegesrand drang der Duft von frisch gebackenem Brot und mein Magen grummelte.

Martha gab die Richtung vor, wir radelten schweigend hintereinanderher, in einem undurchschaubaren Zickzack wie es schien. Irgendwann lösten wir uns aus dem Knäuel bewohnter Straßen und steuerten in einen Wald. Feuchte Stille klemmte zwischen den Bäumen. Es ging abwärts, man konnte das Meer schon riechen.

Kurz vor dem Strand passierten wir einen kleinen Kiosk mit Terrasse, aber er hatte bereits geschlossen.

Martha stieg vom Rad, legte es auf den Boden, nahm den Korb und marschierte los. Ich folgte Elsie und ihr über eine kurze Rampe.

Die Bucht war schmal. Baumlose Felsen ragten an beiden Seiten schroff in die Höhe. Wir eierten über dicke, rund geschliffene Steine, die den ganzen Strand bedeckten. Je näher wir ans Wasser schwankten, desto feiner wurde das Geröll, bis es schließlich in Sand überging. Martha stellte den Korb ab und zog Schuhe und Jacke aus.

»Ihr wollt nicht wirklich schwimmen gehen?« Ich schlang die Arme um mich und den dünnen Strickpulli.

Sie und Elsie grinsten sich an.

»Ich habe dir doch von dem Referat erzählt.« Elsie pustete eine Art Schwimmreifen auf. »Es geht um Hexen.« Sie holte Luft. Blies. »Ich hab viel mit Martha gesprochen, sie weiß einfach alles darüber.«

Elsie legte den Reifen auf den Boden, schloss das Loch in der Mitte mit einer Holzplatte und zog ebenfalls Jacke und Schuhe aus. »Darum sind wir heute hier. Wegen der Wasserprobe.«

Martha legte ein Tuch auf die Holzplatte und tischte Essen auf. Brot, Oliven, Tomaten, Austern, Pastete und drei Teelichter. Dann schob sie den Reifen vorsichtig über den Sand ins Wasser. Er wackelte auf den Wellen, und Martha schob ihn weiter hinein, dorthin, wo die Oberfläche glatter wurde. Irgendwann stand sie bis zu den Hüften voll bekleidet im Wasser. Elsie folgte ihr.

Als ich die Wechselsachen einpackte, hatte ich an einen Abend auf Marthas Terrasse gedacht, vielleicht ein Lagerfeuer, und später saubere, warme Kleidung, um dem Rauchgestank zu entgehen. Aber nicht das hier. Was auch immer es war.

»Zieh nur die Schuhe aus, Alice, und komm!« Elsie lachte, stakste in ihrer Leinenhose durch das dunkle Wasser und griff neben Martha nach dem Schwimmreifen.

Sollte ich? Ich könnte. Meine Entscheidung. Ganz allein meine. Nach der Sicherheit und all den Kompromissen einer jahrzehntelangen Ehe, welche Entscheidungen traf ich, wenn ich allein war, wer war ich ohne Michael?

Ich zog meine Turnschuhe aus.

Natürlich handelte ich auch ohne Michael nicht außerhalb jeglichen Einflusses. Martha regte etwas in mir an, Elsie brachte neue Impulse.

Ich schlüpfte aus dem Pulli.

Und natürlich existierte ich auch im Spannungsfeld zwischen Mia und Jannis, meinen Eltern, Louis, James und nun auch Ben.

Ich bedauerte, eine Seidenbluse angezogen zu haben, entschied aber schnell, dass es sich um ein lohnenswertes Opfer handelte.

Jede Entscheidung, die ich traf, gehörte mir. Es würde immer Einflüsse geben, niemand lebte auf einer einsamen Insel. Egal, welchen Weg ich bis hierher beschritten, welche Weggabelungen es gegeben und welche Abbiegungen ich nicht genommen hatte. Unser Leben formte uns, immerzu. Aber ich war Alice, war es immer gewesen und würde es immer sein.

Langsam schritt ich ins Meer. Die Kälte brannte. Meine Jeans saugte sich schwer am Wasser. Ich zitterte. Aber Martha und Elsie strahlten mich an, und die Aufregung wärmte mein Herz.

»Festhalten«, sagte Martha, und wir alle umklammerten die Schlaufen außen am Schwimmreifen und schoben uns Stück für Stück weiter hinein in die Dunkelheit.

Als keine von uns mehr stehen konnte, wir mit den Beinen strampelten, froren und lachten, da griff Martha nach einem Feuerzeug, das zwischen den Schälchen lag, und zündete die Kerzen an.

»Wasser ist der Ursprung allen Lebens«, sagte sie. »Es gibt keine Lebensform, die ohne Wasser existieren kann, der Mensch selbst besteht bis zu siebzig Prozent aus Wasser. In Religionen und Mythen wird dem Wasser oft eine besondere Bedeutung zugesprochen. In der Schöpfungsgeschichte des Hinduismus erscheint Wasser als Urquell der Existenz, im Islam ist Wasser das Symbol des Lebens und im Christentum tauft man mit geweihtem Wasser. Denken wir an Filme und Geschichten wie *Aquaman*, *Undine* oder *Die kleine Meerjungfrau*, generell an Nixen, Selkies, Nereiden, den Leviathan, Poseidon, Neptun, Wassermänner und Wassergeister, dann wird deutlich, welche Bedeutung dem Wasser seit jeher zugesprochen wird.« Martha keuchte. Es musste anstrengend sein, in dieser Kälte mit nach unten ziehender Kleidung zu sprechen. »Wasser ist ein Informationsträger, der nicht nur den Körper von Schmutz befreit, sondern auch den Geist reinigt und der Seele hilft.«

Marthas Stimme trug etwas Feierliches in die Bucht. Die Kerzen flackerten, die Felsen ragten in den Himmel, das Wasser sippte gegen den Reifen, der Mond beglänzte die Welt. Wir aßen das Fingerfood. Ich konnte mich nicht daran erinnern, schon einmal im Wasser gegessen zu haben. Es war seltsam, das Kauen mit dem Zittern und der Anstrengung zu koordinieren. Ich fragte mich kurz, warum wir die Klamotten angelassen hatten und ob es nicht eigentlich auch ein wenig unheimlich war, so vollkommen abgeschnitten im Dunkeln im Meer zu treiben, aber ich fühlte mich so frei und verbunden, so wagemutig und furchtlos, dass dieser Gedanke verblasste, bevor ich ihn zu seinem Ende dachte.

Ich hätte nicht sagen können, wie lange wir im Wasser blieben. Fünf Minuten, fünf Stunden. Es war berauschend. Ich fühlte mich Martha und Elsie unglaublich nah.

Wir lachten, während wir uns und den Reifen zurück an Land wuchteten, zogen die triefenden Sachen aus, bebten nackt in der Nachtkälte und huschten in die Wechselkleidung.

Martha lotste uns zu einer Nische in den Felsen, wo sie am Nachmittag Holz aufgeschichtet hatte. Sie entfachte ein Feuer, und wir kuschelten uns eng aneinander um die wärmenden Flammen.

»Ich habe Tee dabei.« Martha reichte uns Emailletassen, die ganz wundervoll in den Händen glühten, und wir tranken, mehr Schuss als Kräuter.

»Und was hat das hier mit deinem Referat zu tun?« Meine Zunge fühlte sich träge an vom Alkohol. Kälte und Erschöpfung rangen mit den Endorphinen in meinem Körper.

Elsie räusperte sich. Ihre Stimme klang heiser. »Um festzustellen, ob eine Frau eine Hexe war, gab es verschiedene Methoden. Bei der Wasserprobe hat man Füße und Hände der Angeklagten überkreuz zusammengebunden und sie so ins Wasser geworfen. Manchmal nackt, oft aber auch vollständig bekleidet. Schwamm sie oben, galt sie als schuldig und kam auf den Scheiterhaufen. Ging sie unter, war sie unschuldig, aber leider tot.«

»Wie grausam! Darüber schreibst du?«

»Über Hexen allgemein.«

»Warum?«

»Was meinst du?«

»Hat der Lehrplan das vorgegeben? Ich kann mich nicht erinnern, in der Schule jemals etwas über Hexen erfahren zu haben.«

»Ist mein Vorschlag. Meine Geschichtslehrerin hatte ein paar Ideen, aber die waren langweilig.«

»Das sind Hexen nicht.«

»Ganz sicher nicht.«

»Was genau fasziniert dich so?«

»Die Macht!«

Ich stutzte. »Hexen wurden verfolgt und starben entsetzliche Tode …«

»Weil sie mächtig waren!« Elsie richtete sich auf, rückte ein wenig von mir ab und sah mich an. »Die meisten von ihnen waren alte Frauen, Hebammen oder Heilerinnen. Auf irgendeine Art lebten sie außerhalb des Mainstreams, galten als zu selbstbewusst, zu eigensinnig, zu wissend, zu *whatever*. Das machte den Mächtigen natürlich Angst, die Hexenverfolgung war nichts anderes als groß angelegtes Mobbing.« Sie runzelte die Stirn. »Unabhängige Frauen, das ging gar nicht. Frauen, die sich nicht über einen Ehemann definierten, die nicht an erster Stelle Tochter, Schwester, Mutter, Jungfrau oder Hure waren.«

»Sie waren einfach nur sie selbst«, ergänzte Martha. »Erst die Gesellschaft machte sie zu Hexen.«

»So habe ich das noch nie betrachtet ...«

»Und genau das ist das Problem!« Elsie nickte mir zu. »Alle glauben diesen Mist über Warzen auf der Nase, Tänze mit dem Teufel, einem Besen als Penisersatz. Aber wusstest du, dass dein Bild einer Hexe eher dem früherer Bierbrauerinnen entspricht?«

Ich schüttelte den Kopf.

»Bis um 1500 herum war Bierbrauen Frauenarbeit. Die Bierbrauerinnen trugen oft hohe, spitze Hüte, um auf dem Markt schnell gesehen zu werden, *you know*. Sie hatten natürlich große Kessel, weil sie darin das Bier brauten. Und sie hielten sich Katzen gegen die Mäuse im Getreide, weil sie das schließlich zum Brauen brauchten. Merkste, oder? Hüte, Kessel, Katzen. Es ging immer nur um die Kontrolle unabhängiger, arbeitender Frauen.« Elsie nickte noch einmal. »Und dann kam irgendwann dieser Papst und hat alle Katzen zu Dienerinnen des Teufels erklärt und angeordnet, dass wegen Hexerei verurteilte Frauen mit ihren Katzen hingerichtet werden sollen, was, wenn man es mal so sieht, die Pest gepusht haben könnte, weil es bei sechzigtausend Toten einfach so viel weniger Katzen gab, die Ratten fressen konnten.«

»Du meine Güte …«

Elsie gähnte. »Geschichte mal nicht aus Männersicht.« Sie gähnte erneut.

Martha stand auf. »Ich denke, es reicht für heute. Wir haben mit unserem nächtlichen Meerespicknick ein wundervolles Gegengewicht zu den grausamen Wasserproben erschaffen. Natürlich ändert es nichts, was bereits geschehen ist, aber Zeit vergisst nicht.«

~

*J*ch weiß nicht, ob es an Marthas versöhnlichen Worten lag, aber Guernsey zeigte sich verständnisvoll am nächsten Tag. Es regnete in Strömen, sodass ich nicht nach einer Rechtfertigung suchen musste, um im Bett zu bleiben. Ich las auf meinem Reader einen wundervollen Roman über eine moderne Meerjungfrau, buk Zimtschnecken, lümmelte auf dem Sofa und schaute passend zu den prasselnden Tropfen alle sechs Folgen der britischen Verfilmung von *Stolz und Vorurteil*.

Am nächsten Tag ging ich wieder schwimmen. Die Frau mit der violetten Badekappe nickte mir zu, und wir wechselten einige Worte über das gestrige Wetter. Das hatte etwas Tröstliches. Menschen, die es gut miteinander meinten, obwohl sie einander nicht kannten. Ein Gefühl von Zugehörigkeit.

Ich radelte nach Hause, um zu duschen, kaufte Brötchen beim Co-op und plante mein Gespräch mit James, das ich mir für diesen Tag vorgenommen hatte. Ich genoss jeden einzelnen Spatenstich in den Gärten von Sousville Manor, schwankte allerdings zwischen der Überzeugung, dass es an der Arbeit selbst und natürlich an Elsies Gesellschaft lag oder doch eher daran, dass ich mich nach Anerkennung verzehrte. Ich wollte so gern, dass Elsie und James und Nick und all die anderen sagten, wie wundervoll es war, mich als Arbeitskraft gewonnen zu haben, dass es ohne mich nicht so schnell und lange nicht so gut gehen würde, dass ich eine wahre Bereicherung wäre. Wenigstens für irgendjemanden.

Als ich Vivians Häuschen erreichte, saß Louis auf den Stufen.

Ich bremste, stieg ab und starrte ihn an, fühlte mich vollkommen überrumpelt, mein Herzschlag ein Brüllen.

»Hi.« Louis stand auf.

Ich wusste nicht, was ich sagen sollte, wollte ihm keine Vorwürfe machen, auf welcher Basis auch, nur der eines Kusses, aber ich wusste, ich würde es nicht schaffen, meine enttäuschten Erwartungen zu verbergen, also schwieg ich.

Louis musterte mich. »Ist alles okay?«

Ich nickte.

Stille stieg aus dem Kies empor. Eine unsichtbare Kraft, die in meinen Ohren dröhnte, bis ich es nicht länger ertrug. »Du warst auf Lihou?« Wie erbärmlich das klang.

»Ich hatte eine Idee, die ich unbedingt gleich umsetzen musste.«

»Mhm ...«

»Mhm was?«

Ich schüttelte den Kopf.

»Wir sind einander zu nichts verpflichtet, Alice.«

»Nein.« Ich krallte meine Finger um die Griffe des Lenkrads. »Das sind wir nicht.«

Louis schaute mich an und ich schaute zurück. Dieses Mal fragte er nicht. Mit zwei Schritten stand er vor mir, legte die Hände an meine Wangen und küsste mich. Das E-Bike kippte auf den Kies, als ich ihn umarmte. Irgendwann hob Louis es auf und brachte das Rad nach hinten, während ich aufschloss.

Ich hatte die Brötchen gerade in der Küche abgelegt, als er hinter mich trat, die Arme um meinen Bauch schlang und meinen Hals küsste.

Wir knutschten uns durch den Flur ins Schlafzimmer, und ich verschwendete einen Gedanken an meinen alten Körper neben seinem jungen, verdrängte dieses Bild aber sofort, schließlich hatte er mich bereits in Unterwäsche auf Lihou gesehen, was ihn ganz offensichtlich nicht abschreckte. Vielleicht schaffte ich es, mich mehr auf seinen als auf meinen Körper zu konzentrieren, mich selbst auszublenden in dem nun folgenden Reigen. Schließlich.

Ich kannte alle Falten an Michaels Körper, genauso wie jedes Muttermal und die unablässig nachsprießenden Haare zwischen den Schulterblättern, die er mich so oft wegzurasieren bat, seinen Geruch nach starkem, leicht säuerlichem Kaffee, den Geschmack seiner Haut. Louis war ein fremdes Land. Voller Abenteuer und

Neuigkeiten. Seine krabbelnden Finger kitzelten und lehrten meine Haut, neu zu spüren. Ich musste nur loslassen.

Aber ich war zu aufgeregt, um erregt zu sein.

Bevor das mit Michael in der Abifeiernacht passierte, hatte ich nur viermal mit einem Jungen aus der Parallelklasse geschlafen. Er mochte mich, wohingegen ich seinem Werben eher aus Druck nachgab, endlich in den erlauchten Zirkel der Wissenden einzutauchen. Ich schwärmte da schon eine ganze Weile für Michael, den unbekümmerten Surfertyp, der das Leben leichtnahm, weil es ihn nie beschwert hatte, weder mit schlechten Noten, falschen Freunden oder unglücklichen Eltern noch mit Sorgen um Geld oder Gesundheit. Er hatte Spaß am Leben. So wie Louis, der mit unbekümmerter Leichtigkeit am Frontverschluss meines BHs scheiterte und mich bat, ihn selbst auszuziehen, während er sich seiner Klamotten entledigte.

Natürlich strotzte auch meine gymnasiale Laufbahn vor Privilegien, aber ich war eine melancholische Teenagerin mit starken Periodenschmerzen, die mich monatlich für drei lange Tage ins Bett zwangen, wo ich meine Eltern wegen der zu geringen Auslastung des kleinen Maurerbetriebs meines Vaters auch tagsüber streiten hörte.

Als ich die Schulzeit nach dem Überschwang einer einzelnen, außergewöhnlichen Nacht, schwanger hinter mir ließ, sagte ich mein Lehramtsstudium ab und wurde erwachsen.

Michael bekannte sich zu mir und seinem Baby,

was selbstverständlich sein sollte, es aber nie war, und pflanzte den Stachel der Dankbarkeit in mir, der mich bisweilen gestochen scharf an den Großmut seiner Familie erinnerte.

Bis zu diesem Moment mit Louis, neunundzwanzig Jahre lang, war ich Michael treu, so verstand ich die Ehe. Wir entwickelten unsere nächtlichen Vorlieben gemeinsam, gingen zusammen auf Entdeckungstour, allerdings nie lang genug, schließlich begleiteten uns Schwangerschaft und Geburt von Anfang an. Vielleicht hatte ich die Dynamik von Kindern, Haus und Job unterschätzt, woher hätte ich auch davon wissen sollen, sicher reflektierte ich die Wechselwirkungen mit unserer Ehe nicht genug. Wann auch.

Vielleicht entwickelten sich die jetzigen Ereignisse folgerichtig. Deshalb bemühte ich mich auch so sehr um ein Gefühl von Erregung unter Louis' Händen, und es gelang mir, zumindest phasenweise, aber ich hatte Schwierigkeiten, im Moment zu bleiben, mich in meinen Körper hineinzufühlen. Als Louis kam, spürte ich in erster Linie Erleichterung. Erst danach dehnte sich dieser fahle Dunst in mir aus, eine matte Farblosigkeit, die mich zurück in mein Leben zwang.

Louis ging ins Badezimmer. Ich angelte meinen Pulli vom Boden, schlüpfte hinein, rollte mich auf die Seite und zog die Bettdecke bis zum Kinn. Die Tränen flossen lautlos, ohne begleitendes Schluchzen oder Schulterbeben, kein verzerrtes Gesicht. Irgendwann blinzelte ich und sah Louis, der nackt vor dem Bett kniete. Er strich eine Haarsträhne hinter mein Ohr.

»Alice ... was ist los? Habe ich ... ich meine, ich wollte nicht ... war es zu ... du hast nichts gesagt und ich dachte ...«

Ich küsste ihn. Das war einfacher. Ich wusste nicht, wie ich jemandem, den ich kaum kannte, das Chaos in mir erklären sollte, wie ich formulieren könnte, was ich empfand, ich weinte, alles war okay.

Louis krabbelte zu mir unter die Decke. Er verstand meinen Kuss als Aufforderung und vielleicht war er das. Wir flüchteten in den dunklen Schutz der Decke, hinein ins Empfinden, öffneten die Augen und sahen doch nichts. Louis sprach über meinen weichen Körper, die vielen Flächen, die er berühren, die zarten Stellen, die er erkunden konnte.

»Du hast einen schönen Körper, Alice. Ich wünschte, du würdest es sehen.«

Es schien so viel wahrer, gerade weil wir uns versteckten.

Louis flüsterte, seine Stimme tönte auf meiner Haut. Er gab kitschige Klischees zum Besten, die rote Scham in meine Wangen trieben. Wir kicherten. Ich parierte, indem ich das Vokabular der schnulzigsten Liebesfilme raunte und mich dabei außergewöhnlich und erhaben fühlte. Wir umschlangen einander. Selbst unsere Herzen hielten Händchen. Irgendwann ließ ich los. Wahrscheinlich gar nicht so sehr aus Leidenschaft oder aus Gier auf diesen anderen, mit meinem verschlungenen Körper, sondern mehr, um endlich einmal im Augenblick zu sein und alles zu vergessen. Es war genau das, was ich brauchte, ein Rausch, eine Art

Geistesverwirrung, ich dachte an gar nichts mehr außer an Louis. Einen ganzen langen Tag hindurch und auch die Nacht.

Ich hatte vergessen, wie solch ein Anfang war. Diese Leichtigkeit, das Kribbeln, die überschäumenden Hormone. Michael flog damals nach der Abifeier direkt mit ein paar Freunden nach Griechenland und reiste über Wochen per Interrail zurück. Er schrieb mir Postkarten aus elf Ländern, während ich die frühen Morgenstunden über der Kloschüssel verbrachte und den Rest des Tages auf dem Sofa weinte. Als er zurückkehrte, freudestrahlend, mit einer Kette, die er für mich auf einem türkischen Markt erstanden hatte, erzählte ich ihm von der Schwangerschaft. Verantwortung überschattete den Zauber, der angeblich jedem, also auch unserem Anfang hätte innewohnen sollen.

Ich wusste natürlich, dass Louis kein Anfang war. Er hatte mehr von einer Insel, weit entfernt, exotisch, einsam. Trotzdem lag dieser Liebesglanz auf seinen Wangen, rot und warm, ich konnte nicht anders, als ihn wieder und wieder zu küssen. Louis war überwältigend. Und er duftete.

Irgendwann klingelte es an der Tür. Wir erstarrten mitten in einer Bewegung und fühlten uns unsagbar unsanft in die Realität gezerrt. Ich wollte nicht öffnen, wusste nicht einmal, welcher Tag oder wie viel Uhr es war, als ich jemanden rufen hörte.

»Alice?«

Ben. Elsies Vater. Die Verabredung zum Spazierengehen.

Ich befahl Louis, ruhig im Bett liegen zu bleiben, schlüpfte in Jeans und Pulli und huschte zur Tür.

»Hey, Alice, guten Morgen.« Ben strahlte. »Ich hoffe, ich habe dich nicht geweckt? Wir hatten acht Uhr gesagt.«

Er trug grüne Outdoorhosen, eine Fleecejacke und Wanderstiefel. Sein Auto parkte vor dem Tor. Wir hatten es nicht kommen hören.

»Ben ...« Ich räusperte mich. »Es tut mir so leid ... ich fürchte, ich habe mir irgendeinen Virus eingefangen. Bitte entschuldige. Ich habe die ganze Zeit gehofft, dass es mir heute wieder besser gehen würde ...«

Ich sah die Enttäuschung in seinen Augen und schämte mich auf eine Art, von der ich dachte, ich hätte sie schon als Kind abgelegt. Ben streckte den Rücken und rang sich ein Lächeln ab.

»Erhol dich, Alice. Wir machen das einfach ein anderes Mal. Brauchst du irgendetwas? Soll ich einkaufen gehen?«

»Nein!« Ich räusperte mich erneut. »Wirklich ... das ist lieb von dir, aber ich habe genug im Kühlschrank.«

Ben verabschiedete sich erst, als ich ihm das Versprechen gab, mich zu melden, sollte sich mein Zustand verschlimmern. Ich schloss die Tür und fühlte mich elend.

Louis schlenderte nackt ins Wohnzimmer und sah Ben durch das Fenster hinterher.

»Wer war das? Er lässt ganz schön die Schultern hängen.«

Ich stöhnte.

Louis grinste und schloss mich in die Arme. »Alice, Alice ... womit hast du ihn unglücklich gemacht?«

»Mit dir, nehme ich an.«

JUNI

Es waren müßig im Bett verbrachte Tage. Wir vertrödelten die Zeit. Immer wenn sich mein Gewissen regte, oder vielleicht war es auch etwas anderes, meine preußische Erziehung, das Gefühl, etwas, irgendetwas tun zu müssen, dann zog Louis mich zurück auf die Laken, unter die Decken, zwischen seine Beine, an einen Körper, den ich studierte, als hänge der Nobelpreis für Anatomie davon ab. Tief in mir hörte ich ein Dröhnen, ein vielfältiges Echo, das Zustimmung summte. Nach allem, was geschehen war, in diesem Jahr, aber auch in all den anderen zuvor, in einem ganz umfassenden Sinn, hatte ich mir das hier verdient. Ich wollte mich meinen Launen hingeben, nicht immer nett sein und die Bedürfnisse aller bedenken, nur nicht meine eigenen. Ich wollte unabhängig sein, frei, ausgelassen. Und ich wollte Louis.

Wenn ich nachmittags neben ihm im Bett liegend sagte, »lass uns ans Meer fahren«, antwortete er: »Du bist das Meer«, und ich war so hingerissen, es klang nicht einmal kitschig.

Wir achteten peinlich darauf, keine Routinen entstehen zu lassen. Irgendwie erschien uns das unpassend, zu wenig losgelöst vom Alltäglichen. Fuhren wir an einem Tag zum Schwimmen an den Strand, kletterten wir am nächsten auf die Klippen, nur um tags darauf einen Afternoon Tea in St. Peter Port zu zelebrieren. Dazwischen, davor und danach: Sex. Über mein Alter, Louis' Alter und die Differenz von sage und schreibe dreizehn Jahren, fünf Monaten, zwei Tagen, drei Stunden und vierzehn Minuten sprachen wir einmal und dann nie wieder.

»Jüngere Frauen sind anstrengend«, hatte Louis erklärt. »Sie erwarten multiple Orgasmen, Durchhaltevermögen und nächtelanges Vorspiel.«

»Ähm …«

Er grinste. »Ja, schon klar. Aber das hier ist anders.« Er küsste mich und verwischte den seltsamen Beigeschmack seiner Worte. »Oft wissen jüngere Frauen noch gar nicht, was sie überhaupt wollen. Dann hängt alles von mir ab. Frauen wie du … ihr wisst, was funktioniert und euch guttut. Da gibt es kein ewiges Ausprobieren, Hinhalten oder peinliche Unsicherheiten. Du willst zur Sache kommen. Genau wie ich.«

Natürlich empfand ich seine Aussage als Aufforderung. Selbstverständlich hatte er es so gemeint. Trotzdem störte mich dieses Ausspielen der Lebensjahre gegeneinander, als ähnelten sich Frauen derart, dass ein Individualisieren jenseits der Altersstufen überflüssig wäre. Doch Louis' Küsse verwischten diesen Gedanken.

Eines Nachmittags, wir rührten gerade den Teig für belgische Waffeln nach einem Rezept von Louis' Großmutter, klingelte es. In unserem selbst erschaffenen Universum blendeten wir die Umwelt derart aus, dass ich zusammenzuckte, die Schüssel fallen ließ und Louis das letzte Eigelb auf der Tischplatte platzierte.

Ich grinste noch immer, als ich die Haustür öffnete.

»Hi.« Elsie hatte sich blaue Strähnen in die schwarzen Haare geflochten. Ihre Lippen glänzten vom Gloss, und ich musste an ein Wort denken, das ich irgendwo einmal gelesen oder gehört hatte. Rosenlippenmädchen.

»Elsie!« Ich lächelte und hoffte, Louis blieb in der Küche.

»Es scheint dir wieder gut zu gehen.« Sie rückte den Gurt ihrer Umhängetasche zurecht.

»Ja … also aber seit gestern erst wieder so richtig.« Sie nickte.

Ich wollte sie hereinbitten, einen Tee trinken, mit ihr reden, aber es fühlte sich falsch an, Louis und sie durch mich miteinander zu verknüpfen. Als könnte etwas auf Elsie abfärben, vor dem ich sie bewahren wollte.

»Okay …« Sie zog das Wort in die Länge. »Ich wollte auch nur mal sehen, wie es dir geht.« Sie nickte, wandte sich ab und ging zu ihrem Fahrrad.

»Arbeitest du morgen?«

»Sicher.« Sie machte sich nicht die Mühe, mich anzusehen.

»Dann komme ich auch wieder.«

»Wenn du meinst.«

»Elsie …«

Sie hob den Blick.

»Bitte entschuldige. Ich … so bin ich eigentlich nicht.«

»Wie bist du nicht?«

»So … unstet.«

Sie lächelte, stieg auf ihr Rad und fuhr davon.

Ich blieb im Türrahmen stehen. Unser nächtliches Meerbad schien ein ganzes Leben entfernt zu sein. Genauso wie Martha, James und die Gärten von Sousville Manor. Dabei mochte ich das alles. Na ja, vielleicht mit Ausnahme von James. Ich erinnerte mich, wie oft ich Louis hinterhergefahren war, ihn gesucht hatte, und wollte plötzlich auf keinen Fall, dass seine Unzuverlässigkeit zu meiner wurde. Schon gar nicht Elsie gegenüber.

»Wer war das?« Louis leckte sich Teig von den Fingern.

»Ich helfe Elsie morgen wieder in Sousville Manor.«

~

Der Himmel hing tief über Guernsey am Samstagmorgen, scheinbar wolkenlos. Eine trübe graue Suppe. Es war mir schwergefallen, das warme Bett, Louis' Arme, die Aussicht auf einen weiteren, losgelösten Tag preiszugeben, aber ich fühlte mich auf eine seltsame Art Elsie gegenüber verpflichtet. Was mich sehr nervte.

Ich trat in die Pedale, nahm die Kurven mit Schwung und erreichte Sousville Manor in neuer Rekordzeit, wie immer zu früh für die Öffnungszeiten des Cafés. Keine Spur von Elsie. Ich schloss das E-Bike an, holte Schubkarre und Werkzeug aus dem Schuppen und schritt durch das Tor in die Gärten.

Das üppige Blätterdach schloss das Grau des Tages aus, es war, als durchquerte man einen Tunnel, eine geheime Tür in eine andere Welt. Jemand hatte den Rindenmulchweg erneuert, und es roch holzig und angenehm säuerlich nach Wald. Ich vermutete Elsie auf der gerodeten Fläche hinter dem Bambushain, fand aber weder sie noch sonst jemanden. Ich stellte die Schubkarre ab und beschloss, nach Vivians Skulpturen zu suchen.

Wie immer erlag ich dem Zauber der Gärten unmittelbar. Die intensiven Farben, aromatischen Gerüche, dieses tiefe Grün. Ich fühlte mich verbunden, ganz ähnlich wie beim Schwimmen. Auf dem federnden Rindenmulch zu gehen, mit den raschelnden und zirpenden Geräuschen der Natur im Ohr, nichts zu müssen, das hatte etwas Entlastendes, als fiele mit jedem Schritt ein Bröckchen der Tonschicht ab, in die mein Leben mich eingebrannt hatte.

In der Nähe des Sees, unter den ausladenden Wedeln eines Baumfarns, entdeckte ich endlich eines von Vivians Werken. Es war ein vergoldetes, anatomisches Herz aus Metall, vielleicht einen Meter im Durchmesser, aus dessen arteriellen Öffnungen sich die langen Triebe eines Efeus schlängelten, als wäre es eine Vase. Ich fand ein weiteres Herz aus rotem Kunststoff am Bach, nicht weit von der provisorisch erneuerten Brücke entfernt, und ein riesiges aus schwarzem Draht, das in den Ästen einer Zypresse schaukelte. Der Text auf dem Messingschild lautete: *Loose by Vivian Bell, The Cor Series.*

Ich fand die Herzen wundervoll. Die Skulpturen an sich, den Symbolcharakter, aber auch die Art, wie Vivian sie in den Gärten arrangiert hatte. Ich freute mich plötzlich auf Hamburg, darauf, ihre gerade entstehenden Werke im Botanischen Garten zu bewundern. Vivian schuf eine Verbindung zwischen unseren beiden Wohnorten, ein Band, vielleicht fest genug, um sich daran weiterhangeln zu können.

Zurück auf der gerodeten Fläche hockte jemand hinter meiner Schubkarre und studierte etwas auf dem Boden. Als ich mich näherte, stand James auf.

»Guten Morgen.« Ich schob die Hände etwas verlegen in die Taschen des Overalls.

»Was machst du hier?« James blickte sich um, ganz so, als erwartete er, jeden Augenblick von den Kameraleuten einer Fernsehsendung überrascht zu werden.

»Was hältst du von Tee? Dann erkläre ich dir alles.«

Kopfschüttelnd ging er voraus zum Haus. Seine graue Hose steckte in kniehohen Gummistiefeln, dazu trug er einen dieser Guernsey-Pullover, die traditionelle Tracht der Seefahrer und Fischer. Louis hatte sich neulich in dem kleinen Werk in der Rocquaine Bay auch einen gekauft und wir hatten lange mit der Verkäuferin gesprochen. Der Pulli wurde auf dünnen Nadeln glatt rechts gestrickt, mit größtmöglicher Bewegungsfreiheit für die Arme. Die dichte Struktur ließ kaum Wind oder Wasser hindurch und am Wollfett perlte der Schmutz ab. Um diesen Effekt zu erhalten, durfte der Pullover auf keinen Fall gewaschen werden. »Perfekt!«, fand Louis. »Unkompliziert passt genau in mein Leben.«

Ich folgte James ins Haus. Wir nahmen einen der hinteren Eingänge und passierten die Garderobe, ohne die Stiefel auszuziehen. Ein Betragen, das man sich nur erlaubte, wenn jemand anderes die Reinigung der Böden übernahm.

Wir gingen weiter durch einen schmalen Korridor und gelangten in eine Art Foyer mit einem zweiseitigen Treppenaufgang, dessen Stufen in einer Galerie im ersten Stock zusammenliefen.

James deutete unter der rechten Treppe hindurch. »Geh schon mal in den Wintergarten. Ich bringe den Tee.«

»Darf ich vorher dein Bad benutzen?«

»Geradeaus, erste Tür links.«

Meine Schritte hallten, als ich über die Fliesen schritt. Ich öffnete die Tür zum Bad und fand mich in einem leeren Raum wieder. Kahle Betonwände schimmerten im fahlen Licht, das durch hohe Fenster hinter einem Durchgang auf der anderen Seite fiel, wo ich die Toilette vermutete. Den Boden schmückten Fliesen mit einem wundervollen schwarz-braunen Muster. In der Mitte: ein flaches, rundes Steinbecken. Ich schaute nach oben und entdeckte einen unauffälligen, messingfarbenen Duschkopf. Hier also stand James morgens. Im Zentrum eines leeren Raums, der seine Bedürfnisse in den Mittelpunkt rückte. Nackt unter einem warmen Wasserstrahl, ohne Vorhang, ohne Scham. Vollkommen frei und unbedarft, sich um sich selbst drehend.

James erschien im viktorianischen Wintergarten, gleich nachdem ich mich auf einen der Korbstühle hatte fallen lassen. Er trug ein Tablett mit einer Kanne Tee, zwei Tassen und einer Schale Shortbread. Hinter den Palmen, Farnen und Kletterpflanzen, die sich bis unter das Dach schlangen, fiel der Blick auf Gemüsebeete, die eine Steinmauer von den Gärten trennte.

James schenkte Tee ein, lehnte sich zurück, knabberte am Gebäck und musterte mich.

Ich dachte an die einzige Standpauke, die mir meine geliebte Klassenlehrerin in der Grundschule je gehalten hatte. Das war, nachdem ich einer Mitschülerin auf ihren Wunsch hin in einer Ecke des Pausenhofs ein Ohrloch hatte stechen wollen. Sie war ohnmächtig zusammengesackt. Ich musste damals eine Woche lang alle Pausen im Klassenzimmer verbringen und schämte mich entsetzlich. Das hier fühlte sich ähnlich an.

»Nun?« James kaute.

Ich glaubte fast, das Gespräch mit der Lehrerin damals hatte genauso begonnen. Aber, du meine Güte! Seitdem waren Jahrzehnte vergangenen und ich wahrlich kein Kind mehr. Ich griff nach einem Shortbread, aß, lächelte James an und schwieg.

Er grinste. »Du imponierst mir, Alice.«

Der Rest war Formsache. James mochte die Idee, dass ich Elsie unterstützte. Eine Mutterfigur für das arme Mädchen. Er hatte Elsie nicht etwa eingestellt, weil sie tough und leidenschaftlich war und genau die Richtige für die Gärten von Sousville Manor, sondern aus Mitleid. Er fand es wichtig, sozial zu denken, sich ehrenamtlich zu engagieren, auch an diejenigen zu denken, die es nicht so weit gebracht hatten wie er. James wollte ein Gutmensch in Großbuchstaben sein, trug seine Taten aber mit derart zur Schau gestellter Demut vor, dass die eigene Unreflektiertheit einen ironischen Beigeschmack hinterließ.

»Ich werde dir einen angemessenen Lohn zahlen.«

Ich nickte. So sollte es sein.

Elsie schaufelte hinter dem Haus Rindenmulch in eine Schubkarre. Sie stand im Anhänger auf einem Berg Späne und wischte sich den Schweiß von der Stirn, als ein einzelner Sonnenstrahl sich durch die Baumkronen zwängte und die Szene wie in einem Bild festmalte. Jeanne d'Arc der Gärten. Ich fühlte mit einem Mal eine solche Zuneigung zu diesem störrischen, schlauen, wundervollen Mädchen, dass es mich selbst erstaunte.

»Alice.« Elsie stützte sich auf die Schaufel und schnaufte.

»Guten Morgen.«

»Hast du mit James gesprochen?«

»Allerdings. Er bezahlt mich.«

»Ha!« Sie schüttelte den Kopf, musterte mich.

Ich grinste. Kurz darauf zuckten auch Elsies Mundwinkel, und wir prusteten los, lachten, vertieften unsere Verbindung, die, genau wie jede andere, zwischen den Zeilen entstand, jenseits des Gesagten.

An diesem Vormittag ackerten wir, dass uns der Schweiß in Wasserfällen vom Körper sprang. Wir leerten den kompletten Anhänger, füllten die restlichen Gehwege in den Gärten mit Mulch, quatschten sinnloses Zeug, lachten und spornten einander zu Höchstleistungen an. Erst mittags gönnten wir uns eine Pause auf dem Steg am See. Elsie teilte ihre Krabbensandwiches mit mir.

»Du bist nicht gut vorbereitet für einen Tag körperlicher Arbeit.«

»Ich gelobe Besserung. Nächstes Mal sorge ich für das Essen ... falls mein Körper sich je von der Plackerei heute erholt.«

»Die Dinge ändern sich in den Wechseljahren.«

Ich lachte. »Was weißt du denn von den Wechseljahren?«

»Janet? Meine Tante?«

Ich nickte. Bens Schwester, die ihn und die Kinder einige Jahre lang unterstützt hatte.

»Außerdem waren Hexen oft Frauen in den Wechseljahren. Sie konnten keine Kinder mehr bekommen, waren regel-los, verstehst du, nicht mehr so leicht über ihren Körper zu kontrollieren. Das hat den Männern Angst gemacht.« Elsie schielte zu mir herüber. Sie schien nachzudenken. »Hexen galten auch als sexbesessen und unersättlich ...«

Ich nickte.

Elsie schwieg, schaute mich aber weiter an.

»Was?«

Sie zuckte mit den Schultern.

»Willst du wissen, ob Frauen in den Wechseljahren wirklich sexbesessen sind?«

»Ich schätze, das ist sehr unterschiedlich.«

»Mit Sicherheit.«

Sie sah mich weiter an.

»Elsie ...« Ich lächelte unschlüssig. »Was ...«

»Ich habe ihn gesehen.«

»Wen?«

»Den nackten Mann in deiner Küche. Keine Sorge. Ich habe Dad nichts gesagt.«

Ich brauchte einen Moment. »Also ... ich ... Elsie, es tut mir leid, wenn dein Vater ... nun ja, wenn er mit unserem Spaziergang irgendwelche Hoffnungen verknüpft hätte, das war nicht beabsichtigt, ich meine, ich finde ihn wahnsinnig nett, aber ...«

Elsie lachte auf.

»Ich verstehe nicht ...«

Sie verdrehte die Augen. »Du hast wirklich geglaubt, ich will dich mit meinem Dad verkuppeln? Alice! Ich bin kein bedürftiges kleines Mädchen mit Mutterkomplex. Hör auf, mich in derart klischeehafte Schubladen zu stecken. Ich war jahrelang in Therapie und geh heute noch manchmal hin. Hilft. Mein Dad kommt auch klar. Er braucht niemanden, um sich ganz zu fühlen, ist ja auch jetzt kein halber Mensch.«

Elsie biss in ihr Sandwich, und ich wartete, ob sich nicht doch ein Hexenbesen zwischen ihren Beinen materialisierte.

Mia rief an, als ich gerade die dritte Nachricht an Louis abschickte. Ich hockte in Unterwäsche mit nassen Haaren vom Duschen auf dem Bett und fühlte mich ertappt. Wahrscheinlich zog ich das Gespräch deshalb in die Länge, vielleicht war aber auch Mia in Redelaune.

Jedenfalls trockneten meine Haare während unseres Telefonats fast vollständig.

Louis antwortete nicht.

Ich spürte, wie die Unruhe zurückkehrte. Dieses getriebene Gefühl, die Angst, nicht zu genügen, allein zu sein, die Wut, verraten zu werden.

Als ich von der Arbeit mit Elsie auf Sousville Manor nach Hause zurückgekehrt war, deuteten nur noch die zerwühlten Laken auf Louis hin, das verklebte Waffeleisen, die Haare im Waschbecken, er hatte Spuren hinterlassen, ich bildete mir unsere gemeinsame Zeit nicht ein. Aber er hielt es nicht für nötig, mir zu sagen, wohin er ging. Oder auf eine meiner etlichen Nachrichten zu reagieren. Ich fühlte mich wie in einer Zeitschlaufe, gefangen in einer sich ständig wiederholenden Situation.

Andererseits. Vielleicht hatte er mir erzählt, dass er sich frische Sachen aus Marthas Gartenhäuschen holen würde, nur hatte ich es vergessen. Konnte ja sein. Nach all den Momenten, die wir miteinander geteilt, den Nächten, die wir aneinandergeschmiegt gewacht, den Tagen, die wir verbummelt hatten, da würde er nicht einfach so gehen. Ich hatte mich heute Morgen von ihm verschiedet, *bis später* gesagt und er hatte mich geküsst.

Was auch immer da war zwischen Louis und mir, da war etwas.

Ich schwang mich auf das E-Bike und fuhr zu Martha. Meine Muskeln schmerzten vom Ausbringen des Rindenmulchs, vielleicht auch von den Hormonschwankungen oder einfach vom Alter. Es machte keinen Unterschied. In jedem Fall war ich froh, als ich Jerbourg und das l'Aubaine erreichte.

Wie immer schloss ich das Rad an den Laternenpfahl, öffnete die Pforte und betrat Marthas Reich. Ich sah sie, noch während ich den Blick über die Streuobstwiese gleiten ließ. Sie trug heute weiße Haare, einen Guernsey-Pullover, Gummistiefel und Jeans, hockte in einer auf die Griffe gekippten Schubkarre unter einem Apfelbaum und las. Das Gummirad drehte sich lautlos im Wind.

Ich weiß nicht, wie lange ich sie anstarrte. Ich mochte Martha. Ich mochte sie wirklich sehr. Es schien Jahrhunderte her zu sein, dass ich für eine Freundin so empfand.

Mit der Entscheidung, kaum zwanzigjährig Mutter zu werden, hatte ich mich, genauso unbedarft wie in der Zeugungsnacht, einem Dasein verschrieben, dessen Regeln ich nicht gestaltete und dessen Abläufe mich von meinem alten Leben entfremdeten. Meine Schulfreundinnen reisten um die Welt, studierten an weit entfernten Universitäten, stürzten sich in Ausbildungen und neue Freundeskreise. Ich blieb zurück.

Michael startete im Familienbetrieb durch, unsere Eltern erklommen den Zenit ihrer eigenen Berufsleben.

Ich war zu jung, zu unreflektiert, zu wenig Rebellin, um während der Neunzigerjahre, in denen barbusige Frauen durch Tutti-Frutti-Shows im Fernsehen hüpften und das allumfassende Lebensgefühl *Here we are now, entertain us* schrie, die ungleichen Chancen anzuprangern, die Michaels und mein Leben bestimmten.

Damals war ich oft traurig. Ein Gefühl, für das ich mich inbrünstig schalt. Hatte ich nicht zwei gesunde Kinder, einen liebenden Ehemann, ein hübsches Haus? Ich sollte dankbar sein! Täglich arbeitete ich gegen die Scham an und perfektionierte mein Leben im Muttiversum.

Es war eine Zeit wie in Wasser aufgelöstes Salz. Nichts ließ sich mehr voneinander trennen. Die Bedürfnisse der Kinder, meine Erschöpfung, Michaels Erwartungen, das tägliche Chaos. Jeder Tag dauerte hundert Stunden und doch gab es keine Zeit für mich.

Ich starrte Martha an und weinte. Es fühlte sich an, als risse ihr Anblick die Scheuklappen von meinem Leben. Mir fehlte damals Anerkennung. Gesellschaftliche Teilhabe. Geistige Herausforderung. Zeit. Eine Freundin.

Bis heute hatte sich wenig daran geändert. Ich hatte wenig daran geändert.

»Alice!« Martha lächelte. »Wie schön, dich zu sehen.« Sie stemmte sich aus der Schubkarre, das Buch in der Hand, einen Finger zwischen die Seiten geklemmt. »Da Louis auf Lihou ist, darf ich mich über deinen Besuch freuen, ja?«

Martha war entwaffnend. Ich schluckte die letzten Tränen hinunter und umarmte sie, drückte sie an mich und hielt sie fest. Danach hakte ich mich bei ihr unter, Martha tätschelte meine Hand, und ich wusste, dass sie wusste, dass ich es nicht gewusst hatte. Wir mussten nicht über Louis sprechen. Seine Abwesenheit war der Elefant im Raum. Und doch hatten meine Gedanken in den letzten Minuten nicht ihm gegolten.

Wir schlenderten ins Haus, und Martha drückte mir in der Küche die Etagere mit Scones, Marmelade, Clotted Cream und Sandwiches in die Hand. »Trag das schon mal raus. Ich komme gleich mit dem Tee.«

»Hast du das alles eigentlich jederzeit parat stehen?«

»Ich behandle ausschließlich Frauen in meiner osteopathischen Sprechstunde. Ich möchte ihnen einen sicheren Raum schenken, eine einladende Atmosphäre, gedämpftes Licht ... Unser Wohlbefinden ist so fragil. Wir sollten das alle mehr wertschätzen.«

»Das ist dann wohl ein *Ja*.«

Martha lachte.

Ich wollte gerade mit der Etagere hinausgehen, als mein Blick auf einige Fotos im breiten Durchgang zwischen Küche und Esszimmer fiel. Es waren ausschließlich Bilder von Martha: lachend mit einem Blumenkranz in den Haaren, am Strand im Badeanzug, in den Ästen eines Baums sitzend, als Teenagerin bei der Apfelernte, hinter einem Rednerpult, auf einer Bühne, als junge Frau, in einer Menschenmenge, an einem Lagerfeuer.

»Schräg, oder?« Martha trat neben mich. »Eine alleinstehende Frau, die sich die Wand mit alten Bildern von sich selbst zupflastert. Ich glaube, das zählt als ausgemachter Spleen.«

»Ist es einer?«

Sie lächelte. »Diese Fotos sind über viele Jahre hinweg entstanden, aber etwas eint sie: Ich habe mich auf jedem einzelnen von ihnen hässlich und unzulänglich gefühlt.« Marthas Blick glitt über die Bilder. Sie blinzelte.

»Ist das nicht furchtbar? Wenn ich heute auf diese Fotos schaue, sehe ich eine schöne Frau. Aber damals fand ich mich unattraktiv. Ich finde das absurd. Warum bedeutet Frau zu sein, sich jetzt und hier nie hübsch genug zu fühlen? Wieso erkennen wir unsere Schönheit nur rückblickend?«

»Weil wir uns alle nach Jugendlichkeit sehnen?«

»Wirklich?«

»Du meine Güte, nein!« Ich lachte. »Nie wieder Teenagerin! Es grenzt an ein Wunder, dass ich dieses Gefühlschaos einigermaßen unbeschadet überstanden habe.«

»Eben! Eigentlich mögen wir das Alter doch ... der Östrogennebel verzieht sich langsam und, hurra, man vergleicht sich nicht mehr ständig mit anderen, gibt einen Dreck auf deren Meinung. Man glaubt nicht mehr daran, sich ständig und immer um alle kümmern zu müssen, nur nie um sich selbst. Es sei denn, man macht es beruflich und wird dafür entsprechend entlohnt, aber das ist etwas anderes.« Sie grinste. »Und man zieht endlich die bequemen Schuhe an, nicht die hübschen.«

Ich lächelte. »Dafür stehen die Fotos?«

»Sie sollen mich täglich daran erinnern, dass ich heute schön bin.«

Wir setzten uns auf die Terrasse mit dem unglaublichen Ausblick und schauten über das Meer bis hinüber nach Herm. Selbst heute, an diesem bedeckten Tag, wirkte das Panorama wie Atem schöpfen.

Wir redeten lange über gesellschaftliche Zwänge, die

sich wie Luftdruck gleichmäßig in alle Richtungen ausdehnten, ohne jederzeit in unser Bewusstsein zu gelangen. Martha argumentierte mit vielen Beispielen, zog Metaphern heran, erzählte anschaulich und mit Leidenschaft. Sie neigte ein wenig zum Monologisieren, hörte aber genauso intensiv zu und fragte nach, bis sie auch wirklich alles verstanden hatte. Sie gab mir das Gefühl, eine wichtige Meinung zu vertreten, als ob meine Gedanken nicht nur zählten, sondern eine Bereicherung darstellten.

Als ich gegen Abend aufbrach, war ich müde und satt.

Martha begleitete mich zum Tor. »Wenn du dir etwas Gutes tun willst, Alice, dann probier mal Folgendes aus: Stell dich vor einen Spiegel und wende den Dreiecksblick an. Von einem Auge zum anderen, dann auf den Mund und wieder zum ersten Auge. Dabei wird Oxytocin freigesetzt. Es ist die Art und Weise, wie wir uns normalerweise mit Menschen verbinden, ihnen nahekommen. Mach das und denk dabei: Hi, Alice. Ganz neutral, ohne etwas zu bewerten.«

»Und dann?«

Sie zuckte mit den Schultern. »Wart's ab.«

~

Ich schloss das E-Bike an den Fahrradständern vor dem Damm ab, als mein Handy klingelte. Meine Mutter. Ich wollte nicht rangehen. Die Zeit, um über den Meeresboden nach Lihou zu laufen, war heute noch kürzer als sonst. Hing irgendwie mit den Gezeiten, dem Luftdruck und den Wetterbedingungen zusammen. Allerdings rief meine Mutter so selten an, dass ich mir Sorgen machte, es könnte etwas passiert sein.

»Hallo, Mama.« Ich stapfte die kleine Anhöhe hinunter. Ein Paar mit zwei kleinen Kindern suchte zwischen den Felsen nach Muscheln.

»Schatz! Du klingst erschöpft.«

»Ich laufe gerade.«

»Es klingt anstrengend.«

Ich stieg über ein Büschel Algen. »Der Weg ist uneben.«

»Wanderst du? Dafür ist Guernsey ja bekannt. Und für diese besonderen Muscheln, ich habe vergessen, wie sie heißen. Haben wir gestern Abend in einer Doku gesehen.«

Deshalb also rief sie an. Das Fernsehen hatte meine Welt in ihr Wohnzimmer getragen. »Ich gehe gerade zu einer kleinen Insel, die man nur bei Ebbe erreichen kann.«

»Die haben sie auch gezeigt! Sah winzig aus. Da gab es gar nichts.«

»Viel Natur.«

»Seit wann interessierst du dich für Felsen?«

»Ich …« Mein Sneaker versank in einer Pfütze. Wasser sippschte in den Schuh. Geschichte wiederholte sich. »Ich besuche da jemanden.«

»Wen kennst du denn auf Guernsey?«

»Ich habe jemanden kennengelernt.«

»Wirklich?« Sie seufzte.

»Nein, ich meine …«

Meine Mutter unterbrach mich. »Geht das nicht ein bisschen schnell? So lange bist du doch noch gar nicht weg. Andererseits ist es natürlich gut, wenn dir jemand dabei hilft, über alles hinwegzukommen.«

»So hab ich das nicht …«

Sie unterbrach mich wieder, flüsterte jetzt, ganz so, als wollte sie nicht, dass mein Vater unser Gespräch mit anhörte. »Ich sag dir nur eins, Schatz. Es ist wunderbar, dass du dein Leben neu beginnst. Das freut mich. Nimm es, wie es kommt, und genieße es. Aber pass auf. Verschwende deine Zeit nicht mit unbedeutenden Flirts. Du wirst schließlich nicht jünger.«

»Mein Leben beginnt also erst wieder, wenn ein fester neuer Partner die Bühne betritt? Ernsthaft?«

Ich stakste über den Kiesstrand von Lihou, hinüber zum Haus. Dunkle Theaterwolken sammelten sich über dem Meer. Es sah nach Regen aus.

»Nein, nein, herrje, du lebst ja auch jetzt.«

»Ganz genau.«

Wir beendeten das Gespräch mit dem Wetterbericht.

Ich schob das Tor zum Grundstück auf, sah den Baum mit den maritimen Devotionalien.

Mein Leben begann nicht neu mit einem anderen Mann, wo wäre ich sonst auch zwischendurch gewesen? In den Monaten post-Michael, prä-Louis. Als ich trauerte, zweifelte, wütend und ängstlich war, in meinen Emotionen versank. Und welche Zeit sollte ich nicht verschwenden? Wem nahm meine Zeit mit

Louis etwas weg? Zählte das, was wir teilten, weniger, weil es vielleicht nicht lange hielt oder sogar schon vorüber war? Bestimmte der Zeitraum den Stellenwert einer Beziehung? Seit wann stellten wir Quantität über Qualität, wenn es um etwas anderes ging als Geld?

Ich durchquerte den grasbewachsenen Innenhof, stieg die Treppe hinauf und suchte vergeblich nach einer Klingel, als plötzlich jemand die Haustür von innen aufriss. Ein vielleicht zehnjähriger Junge stürmte aus dem Flur und rannte mich fast um. Ich drückte mich an die Hauswand, er nuschelte eine Entschuldigung, flog die Stufen hinunter, ein Dutzend weiterer Kinder folgte, lachte und schrie. Ich wartete, bis zwei Lehrerinnen mit Rucksäcken folgten, dann betrat ich das Haus. Die Stille tönte noch.

Ich schritt über den Bastteppich, unter der Treppe hindurch in den Anbau. Vor der letzten Tür am Ende des Gangs blieb ich stehen und horchte. Weit entfernt schien eine Schranktür zuzuklappen. Danach nichts mehr.

Ich klopfte.

Die Tür schwang auf, und Louis stand vor mir.

Natürlich hatte ich genau deshalb den beschwerlichen Weg hierher angetreten, trotzdem überrumpelte mich sein Anblick. Er trug ein Hemd voll bunter Flecken und Farbspritzer, dazu eine ähnlich bekleckerte Jeans. Er war barfuß. Seine Zehennägel zierte noch immer der rote Lack, mit dem wir uns gegenseitig angehübscht hatten.

»Alice?« Er fuhr sich mit der Hand über die Haarstoppeln. »Was machst du hier?«

Ich zuckte mit den Schultern.

»Ähm ... lass uns auf die Terrasse gehen, ja?«

Ich folgte ihm den Flur entlang nach draußen. Der grüne Grat der Insel spannte sich von der niedrigen Terrassenmauer bis hin zu den Felsen über dem Venus Pool, wo die Kinder mit Ferngläsern hockten und Vögel beobachteten. Es wehte eine leichte Brise. Ein Austernfischer schrie.

»Warum antwortest du nicht auf meine Nachrichten?« Ich lehnte mich an einen Tisch.

Louis saß breitbeinig auf einem Stuhl, stützte die Arme auf die Beine. »Ich hab das Ladekabel für mein Handy im Gästehäuschen liegen lassen, der Akku ist leer.«

»Und hier gibt es keine andere Möglichkeit zu telefonieren? Du konntest nicht Sarah bitten, ihr Handy benutzen zu dürfen?«

»Warum?«

»Warum?« Ich stieß mich vom Tisch ab. »Um mir Bescheid zu geben?«

Louis runzelte die Stirn. Er musterte mich, es war Traurigkeit in seinen Augen.

»Das ist nicht, was ich von einer ... einem ...« Ich zuckte mit den Schultern. »Das ist nicht, was ich erwarte.«

»Vielleicht erwartest du zu viel ...«

Ich presste die Lippen aufeinander und nickte, schaute über den schmalen Grat der Insel hinweg zu den Kindern. Sie zubbelten an ihren Regenjacken. Erste Tropfen fisselten aus den Wolken.

»Vielleicht machst du es dir auch einfach viel zu leicht.«

~

*W*ieder fand ich Halt im Schwimmen. Das wacklige Wasser zwang mich zum Ausbalancieren. Ich musste die Bauchmuskeln anspannen, mich gerade halten. Gelang mir das nicht, sanken meine Beine, und ich spürte die Kälte der Tiefe unter mir.

Tagelang schwamm ich morgens im Regen. Das Wasser kam von oben und von unten, hüllte mich ein, und ich konnte trotzdem sein in diesem anderen Element. Das hatte etwas Magisches.

Natürlich löste das Schwimmen meine Probleme nicht. Es ließ weder die Gedanken an Michael und Laura erträglicher erscheinen, noch fand es einen Weg für Louis und mich. Aber nach einer halben Stunde im Wasser fühlte ich mich zuversichtlicher, mutiger. Es waren flüchtige Momente. Immerhin.

James gewöhnte sich an, mit einer Tasse Kaffee zu uns zu schlendern und nach dem Fortschritt der Arbeiten zu fragen. Elsie verdrehte hinter seinem Rücken die Augen, und ich rang jedes Mal um Beherrschung. Er lud mich zu einem Ausflug ein, um mir die Highlights der Insel zu zeigen, von denen er annahm, dass ich sie während meines inzwischen fast dreimonatigen Aufenthalts noch immer nicht gesehen hatte. Ich argumentierte beherzt dagegen, aber wie immer ließ James sich nicht beirren und erklärte, er würde mir Bescheid geben, wenn es so weit wäre.

Abends fuhr ich meist auf einen Cidre bei Martha vorbei. Wir redeten viel über die Welt und wenig über uns, was mir eine ungeahnte Sicherheit schenkte.

Als ich ihr von der Zufriedenheit erzählte, die ich beim Schwimmen fand, sagte sie: »*As above, so below.* Wie oben, so unten. Das Große spiegelt sich im Kleinen wider. Und umgekehrt.«

Ich dachte an die Zeit hier im l'Aubaine und merkte, dass sich die Zufriedenheit manchmal aus dem Schwimmbad mit ins Leben tragen ließ.

An einem Abend, wir hatten gerade wieder mal die ausgebüxte Glinda eingefangen und ich schnaufte noch von der wilden Jagd, machte ich mich auf den Rückweg und beschloss, die Dinge von jetzt an einfach auf mich zukommen zu lassen. Dieses ewige *overthinking* half nichts. Der Scheinwerfer meines E-Bikes reichte gerade weit genug, um zu sehen, was vor mir lag. Dahinter: Dunkelheit. Aber sie erhellte sich Stück für Stück. Genau so funktionierte es. Ab heute würde ich ohne Erwartungen sein, und sie würden sich wunderbar erfüllen.

Beschwingt radelte ich durch das Tor zu Vivians Haus, bremste jedoch abrupt, als ich sah, dass die Tür offen stand.

Ich stieg vom Rad, klappte den Ständer hinunter, und näherte mich dem Haus.

»Hallo?«

Wohnzimmer und Schlafzimmer, die zum Vorgarten

und der schmalen Straße zeigten, waren dunkel, aber hinten in der Küche brannte Licht. Ich hatte Louis nie einen Schlüssel gegeben, überhaupt gab es nur zwei Sätze von Vivians Haustürschlüssel, den einen trug ich bei mir, den anderen hatte ich unter einem Stein am Schuppen versteckt, für den Notfall. Ein Einbrecher wäre zudem wohl kaum so unklug, das Licht anzuschalten und die Tür offen stehen zu lassen.

Oder?

»Hallo!« Ich schrie ins Wohnzimmer hinein, blieb aber mit den Füßen draußen auf der Fußmatte stehen.

Eine Tür klappte, dann hörte ich Stimmen. Unterschiedliche Stimmen. Jemand trat ins Wohnzimmer und rief irgendetwas, das Licht ging an und plötzlich stand Mia vor mir.

»Mama!«

Sie schlang die Arme um mich, ich taumelte, sie musste uns stützen, damit wir nicht der Länge nach ins Haus stürzten.

»Überraschung!« Sie streckte mich auf Armeslänge von sich und strahlte.

Ich keuchte, fragte mich, ob mein Herzschlag sich je wieder beruhigen würde, überlegte, ob ich zu alt für derlei Spektakel war oder Überraschungen einfach noch nie gemocht hatte, entschied mich für Letzteres und schlang die Arme um meine Tochter. »Wie schön, dass du da bist!«

Wir drückten einander, und Mias vertrauter Geruch, ihre dicken, lockigen Haare, die mich kitzelten, ihr weicher Körper, die Art, wie sie mich hielt, ich wollte sie nie mehr loslassen.

»Mama, weinst du etwa?« Mia lachte und wischte mit den Fingern über meine Wangen.

Ich lachte unter Tränen und bemerkte auf einmal hinter ihr noch andere Personen.

Mia folgte meinem Blick und ein weiteres Strahlen glitt über ihr Gesicht. »Das ist Vivian, Mama. Vivian, meine Mutter.« Eine zierliche Frau mit rot gefärbtem Bob und schnurgerade geschnittenem Pony lächelte mich an. Ein silbernes Septum-Piercing aus zwei schmalen Ringen glänzte unter ihrer Nase. Die kajalumrandeten Augen erinnerten an die Sechzigerjahre. Sie wirkte zäh und sanft zugleich, als hätte sie in ihren jungen Jahren schon viel erlebt, sich aber ein funkelndes Inneres erschaffen, das ihr Leben beglänzte.

»Vivian! Wie schön, dass wir uns persönlich kennenlernen!«

Sie lächelte, und da die ganze Situation emotional aufgeladen war, lagen wir uns kurz darauf in den Armen. Erst danach bemerkte ich Brittany, die im Türrahmen zur Küche lehnte.

»Hi, Alice.« Sie wirkte ein wenig verlegen. »Tut mir leid, dass ich mich nicht wieder gemeldet habe. Meine Mutter hatte einen Herzinfarkt … es war eine schwierige Zeit.«

»Schon gut. Geht es deiner Mutter wieder besser?«

»Sie ist in der Reha. Es wird. Zur Trauung am Samstag holen wir sie in jedem Fall ab.«

»Oh, du heiratest?«

Mia legte mir einen Arm um die Schultern. »Deshalb sind wir hier. Viv wollte wegen der Hochzeit herfliegen, und ich habe spontan beschlossen mitzukommen.«

Die beiden grinsten sich an. Mia wirkte glücklich, keine Spur mehr von der verzweifelten Traurigkeit aus den ersten Wochen des Jahres. Überhaupt sah sie verändert aus. Die Haare lockten sich in glänzenden Kringeln, ihre Wangen glühten, die Augen sprühten Feuerwerke, sie hielt sich vollkommen gerade, Brust und Kinn vorgestreckt, der Mund ein amüsiertes Lächeln.

»Wir machen uns dann mal auf den Weg«, sagte Vivian. »Wenn es für dich okay ist, Alice, schläft Mia hier bei dir und ich übernachte bei Brittany.«

»Es ist dein Haus. Du kannst selbstverständlich auch hier übernachten.«

Sie lächelte. »Danke, aber so kann ich Brit besser bei den letzten Vorbereitungen unterstützen.«

Die drei durchquerten das Wohnzimmer, als mir einfiel, dass sie schon länger im Haus waren und irgendwo vielleicht noch Sachen von Louis rumlagen. Mia brachte Vivian und Brittany zur Tür, und ich huschte ins Schlafzimmer, fand tatsächlich drei Kondome unter dem Kopfkissen und schob sie in meinen Koffer auf dem Schrank.

Zurück im Flur wollte ich Mia gerade fragen, ob sie Lust auf einen Cidre hatte, als ich sah, wie sie Vivian zum Abschied küsste. Die beiden flüsterten, kicherten und sanken in eine Vertrautheit, die auf angenehme Weise alt wirkte. Ich ging in die Küche und wartete auf meine Tochter.

Wir tranken vom guten Guernsey-Cidre, den ich seit den Abenden bei Martha schätzte. Mia plauderte und ich hing an ihren Lippen. Sie berichtete von ihrem Studium, einem Ausflug mit meinen Eltern, den Veränderungen in St. Georg, ihrem Heimatviertel in Hamburg, und von Vivian.

»Du musst dir ihre Skulpturen anschauen! Viv ist so talentiert! Ich meine, wirklich, sie sprüht vor Kreativität, ich glaube, es gibt keine Sekunde in ihrem Leben, wo sie nicht in irgendeiner Hirnwindung an Kunst denkt und sie weiterentwickelt. Wenn man ihr zuschaut ... das ist wie Meditation, sie ist vollkommen versunken, ihre Hände ... die erschaffen so wundervolle Dinge.«

Mia strahlte.

Ich grinste. »Viv also ...«

»Vivian, ja, aber eigentlich nennen alle ...« Mia stockte. Sie schaute mich an und las in meinem Gesicht vermutlich, wie ich in ihrem lesen konnte. »Woher weißt du ...«

»Ich habe gesehen, wie ihr euch verabschiedet habt.«

Sie nickte. »Und ... ich meine ... wie findest du sie?« Mia versuchte, die Frage beiläufig über die Schulter zu werfen, wie einen leichten Pulli in einer lauen Sommernacht.

Ich nahm die Hände meiner Tochter und streichelte über ihre Finger. »Schätzchen, sie wirkt wahnsinnig nett. Und es scheint, als wärst du sehr glücklich.«

Mia fiel mir um den Hals.

Während ich meine Tochter hielt und ihren Duft einatmete, dachte ich an Jenny. Eine Wirtschaftsexpertin, die Mia auf einer Party kennengelernt und in die sie sich so bedingungslos verliebt hatte, dass sie ihr erlaubte, jede ihrer Grenzen niederzureißen. Mia litt drei lange Jahre, bevor Jenny im Herbst nach Singapur zog. Es schien, als hielte dieses Jahr für uns beide Unerwartetes bereit.

Mia schwärmte von Vivian. Erzählte, wie sie ihr anfangs das Haus und die Stadt gezeigt hatte, dass da sofort eine Verbindung zwischen ihnen gewesen wäre, wie die Abschiede sich immer mehr in die Länge zogen, sie schließlich gemeinsam zwischen unserem Haus in Rissen und Mias Wohnung in St. Georg pendelten, um die miteinander verbrachten Stunden bis zur letzten Sekunde auszuschöpfen.

Ich hoffte, Mia wusste nach der Erfahrung mit Jenny, wie wichtig es war, das eigene Seelenheil nicht von einer anderen Person abhängig zu machen. Man musste sich unbedingt selbst ein guter Gast bleiben.

Wie weise ich doch war, wenn es um das Wohlergehen meiner Kinder ging.

Irgendwann wurde Mia müde. Das Adrenalin in ihrem Körper hatte den Zenit überschritten, sie war seit vier Uhr morgens auf den Beinen und wollte nur noch schlafen. Zum Glück fiel mir rechtzeitig Louis' Zahnbürste ein. Während Mia im Schlafzimmer ihre Sachen auspackte, verschwand ich im Bad und suchte nach einem sicheren Versteck für die Indizien meiner … Nun ja.

Da klingelte es. Ich fragte mich, warum Vivian nicht

den Schlüssel benutzte, mit dem sie auch vorhin schon ins Haus gekommen war, als Mia die Tür öffnete.

»Hi.« Louis! Seine Stimme tönte durch das Wohnzimmer, um die Welt, hinein in das abgeschlossene Badezimmer, ich hätte sie überall erkannt.

»Ist Alice da?«

Ich sprang aus dem Bad.

»Mama?« Mia drehte sich zu mir um.

»Schon gut.« Ich schob mich zur Tür. »Hi ... also ... ich hatte geplant, morgen schon ganz früh in Sousville Manor zu arbeiten, deshalb will Louis mir den Schlüssel für das Tor zu den Gärten geben.«

»Mitten in der Nacht?« Mia schaute auf die Uhr, es war erst halb elf. »Mein Zeitgefühl ist am Arsch nach diesem langen Tag.«

Ich strich ihr über den Rücken. »Du kannst ins Bad, Schätzchen.«

Sie nickte. »Bye, Louis.«

Er hob die Hand. »Bye.«

Ich schaute Mia nach und versuchte, meine Nervosität an die Leine zu nehmen. Da spürte ich Louis' warmen Atem an meinem Ohr. »Komm nach King's Mill. Bitte.«

Als ich mich zu ihm umdrehte, hatte er sich schon abgewandt, stieg auf sein Fahrrad und fuhr davon.

Der schwarze Schlund der Nacht öffnete sich, kaum dass ich das Grundstück verließ. Guernsey wirkte wie ausgestorben. Die feuchte Düsternis in den baumumwirkten Ruettes Tranquilles griff nach mir, und ich versuchte so viel Strecke wie möglich auf den beleuchteten Hauptstraßen zurückzulegen. Ein Ritt in wildem Zickzack.

Auf dem Hügel von King's Mill legte ich mein E-Bike neben Louis' Rennrad und versuchte, mich ohne Fahrradlicht zu orientieren. Der Mond stand hoch über dem Meer, aber es war bewölkt, die Schatten stritten in der Dunkelheit.

»Ich bin hier, Alice.«

Ein Stück weiter bewegte sich etwas. Louis lehnte am Baumstamm, eingehüllt in eine dicke Wolldecke. Als ich näher trat, öffnete er die Arme. Er war nackt.

»Ernsthaft?«

»Ein Friedensangebot.«

»Ich glaube nicht an Versöhnungssex.«

Er nickte. »Ich entblöße mich vor dir, zeige mich pur und verwundbar. Ganz ohne Hintergedanken.«

Wir sahen einander an, bis ein Schauer Louis' Körper erzittern ließ. Er schlang die Decke um sich, kramte sein Handy hervor, tippte darauf herum und zeigte mir das Display.

Eine Fahrrad-App, die die zurückgelegte Strecke berechnete und die Route mit einer roten Linie nachzeichnete. Louis war von Küste zu Küste geradelt, über Schotterwege und Privatstraßen gerollt, durch Ruettes Tranquilles und entlang der Hauptstraßen, hatte den Blick auf das Handy gerichtet und mir eine digitale Nachricht gefahren: *sorry*. Kantige Buchstaben, das Y zog sich am unteren Ende bis zu Vivians Häuschen.

»Für eine längere Nachricht ist die Insel zu klein.«

Jetzt war es an mir zu nicken.

»Danke, dass du gekommen bist.«

Mit Louis war es wie im Film: Die Sonne strahlte, während der Himmel sich zeitgleich in das schönste Dämmerungslila verwandelte. Nie drückte eine Muschel in meine Haut, wenn er mich am Strand auf den Sand bettete und wir uns küssten. Keine Mücke stach, kein Käfer krabbelte über die Haut. Steine schienen butterweich zu sein, das Gras nie feucht, die Nacht stets lauwarm. Louis war Magie.

Zu schön, um wahr zu sein.

Mein Herz schrie nicht verliebt, sondern verzweifelt. Dieses Hin und Her zwischen Nähe und Abstand, dem Mut, mich zu öffnen, der Angst vor den Konsequenzen, ich fühlte mich instabiler als beim Schwimmen in kabbeligem Wasser. Woran sollte ich mich festhalten? Louis gab mir nichts. Keinen Fels, keinen Griff, weder Leine noch Netz. Ich schwamm ganz allein, unter mir eine Tiefe beängstigender als der Marianengraben.

~

Mia wollte alles sehen. Sie hatte von Vivian und mir so viel über Guernsey gehört, dass sie ihre Vorstellung von der Realität übertreffen lassen wollte. Ich zweifelte ein wenig an den Fähigkeiten der Insel, aber Mia blieb optimistisch.

Wir mieteten gleich morgens ein weiteres E-Bike und radelten gemeinsam los. Nach Sousville Manor, wo wir ganz allein durch die Gärten stromerten, zu den Klippen im Süden, dem Aussichtspunkt am Icart Point mit einem Blick hinunter auf die Saints Bay, nach Jerbourg zum l'Aubaine. Mia wollte unbedingt Martha kennenlernen.

Der Laternenpfahl, an den ich mein E-Bike immer kettete, bot Platz für zwei Räder. Wir gingen zum Tor, ich schielte nach Glinda, konnte das abenteuerlustige Huhn nirgends entdecken und wollte gerade die Türklinke herunterdrücken, als uns eine Frau ansprach.

»Kann ich helfen?« Sie hielt eine Heckenschere und trug zur Arbeitshose einen Hoodie mit dem Logo von *Bonnies Gardening Services* und eine Baseballkappe.

»Wir wollen zu Martha.«

»Mrs Mahy ist einkaufen.«

Mrs Mahy. Ich stutzte. Martha hatte ihren Nachnamen nie genannt. Sie wusste meinen wahrscheinlich ebenso wenig. Es hatte sich einfach nie ergeben. Aber Martha Mahy? So wie James Mahy? War sicher ein Zufall und Mahy so etwas wie das Guernsey-Pendant zum deutschen Schmidt.

»Liebe Grüße von Alice und ihrer Tochter Mia. Würdest du ihr das sagen?«

Die Frau nickte und widmete sich wieder Marthas Schwarzdornhecke. Martha Mahys Schwarzdornhecke.

Mia und ich radelten weiter. Wir gönnten uns ein Krabbensandwich am Beach Café in der Fermain Bay, danach fuhren wir hinunter nach St. Peter Port.

Ich war froh, Mia alles zeigen zu können. Es fühlte sich wundervoll an, meine Ortskenntnisse mit ihr zu teilen, sie an meiner Lebenswelt der vergangenen drei Monate ganz analog teilhaben zu lassen. Ich hatte sie sehr vermisst.

Mia schwärmte in Superlativen von der Insel. Fand alles göttlich, fantastisch, *slay,* idyllisch *as fuck.* Wir hielten oft an, und sie fotografierte, schickte Momentaufnahmen ihres Tages an Vivian. In St. Peter Port tranken wir Tee im Café, das James mir gezeigt hatte. Mia liebte Guernsey Gâche mit Butter und Clotted Cream genauso wie ich.

»Und wo gehst du immer schwimmen? Schaffen wir eine Runde vor der Feier?«

Wir beeilten uns. Rasten hinauf nach St. Martin, packten Schwimmsachen ein, ich lieh ihr einen Badeanzug, flogen zurück hinunter zu den Bathing Pools und Mia stieß einen Juchzer aus.

»Mama, das ist absolut wundervoll!«

Das Meer stand hoch heute. Wasser sippte in sanften Wellen auf die Betonumrandung des Pools. Eine Frau lief am Becken entlang, und es wirkte, als könnte sie über Wasser gehen.

Wir legten unsere Sachen auf einem der Felsen ab und gingen zu den Treppenstufen, auf denen sich nach dem Schwimmen sonst immer jemand ausruhte. Heute waren sie unterhalb der von einer leichten Brise aufgerauten Wasseroberfläche kaum zu erkennen.

Mia streckte die Zehen ins Wasser und schlang die Arme um den Körper. »Gott, ist das kalt!«

»Um die sechzehn Grad.«

Ich schritt die Stufen hinab, bis das Wasser meinen

Bauchnabel erreichte, tauchte meine Hände ein, Arme, Ellenbogen, atmete, stieß mich ab und schwamm. Meine Haut umwebte mich wie ein feinmaschiges Netz, ich spürte jede Pore, den Widerstand des Wassers, das mich zusammenzuhalten schien. Ein Landtier, das ein anderes Element eroberte. Es fühlte sich an wie ein Urbedürfnis. Ich mochte den Gedanken, hierherzugehören, in diese Umgebung zu passen, zu den Menschen, die ich traf, zu denen, die ich mir hier vorstellen konnte.

Nach knapp zwanzig Minuten stieg ich aus dem Wasser. Mia hockte ungeschwommen in Jeans und Pulli im Windschatten der Felsen und applaudierte.

»Beeindruckend, wirklich. Sehr beeindruckend.«

Vivian holte Mia nach der kirchlichen Trauung mit Brittanys Auto zur Hochzeitsparty ab. Sie trugen beide lange Boho-Kleider, die sie gemeinsam in Hamburg geshoppt hatten. Rosafarbene Blumen für Mia, beigefarbene Ethnoprints für Vivian. Sie sahen reizend aus.

Ich wartete einige Minuten, um sicherzugehen, dass Mia nichts vergessen hatte, was sie zum Umkehren bewogen hätte, dann schwang ich mich auf das E-Bike und fuhr zu Louis. Wir hatten uns verabredet.

Wie schon am Vormittag kettete ich das Rad an, schielte hinter dem Tor nach Glinda, sah, dass die Schwarzdornhecke sehr gerade und gleichmäßig gestutzt worden war, und betrat das Grundstück. Ich ging über den Weg zwischen den Obstbäumen zum Gartenhäuschen, das ich bislang noch nie von innen gesehen hatte, als ein aufgeregtes Gackern durch die Äste wehte. Ich versuchte, um die Hausecke zu luschern, konnte aber nichts erkennen, also wich ich vom Weg ab und näherte mich der Terrasse, wo das Gackern und Plappern und Gakeln eine erstaunliche Lautstärke erreichte.

Auf der anderen Seite, an der Mauer, im Durchgang, sah ich plötzlich etwas wehen, einen rosa und violett changierenden Stoff. Nach fünf weiteren Schritten erkannte ich Martha. Sie steckte in einem raschelnden Abendkleid aus Taft, dessen weites Cape sich im Wind bauschte. Dazu trug sie eine Perücke mit kurzen weißen Haaren. Martha hielt eine Kelle in der Hand, schöpfte Futter aus einem Eimer und verteilte Körner im Hühnergehege. Glinda und ihre Schwestern tappelten aufgeregt. Es war ein Bild zum Malen, schräg wie in einem Roman.

»Alice, wie schön!«

»Das kann ich nur zurückgeben. Wunderschön!«

Sie lachte. »Die Hühner hatten Hunger, das war wichtiger als umziehen.«

»Kommst du von einem Fest oder gehst du gerade?«

Sie leerte den Futtereimer, die Hühner schimpften wegen des jähen Endes. »Ich war auf einer kirchlichen Trauung. Und ich finde, wenn schon Pathos, dann richtig.«

»Brittanys Hochzeit?«

Martha sah mich erstaunt an. »Du kennst Brittany?«

»Sie ist eine Freundin von Vivian und hat mich damals vom Flughafen abgeholt.«

»Ha! Guernsey.« Martha erzählte, dass Brittanys Mutter in den vergangenen Monaten häufig zu ihr gekommen war, um sich ein wenig Erholung nach dem Herzinfarkt zu gönnen. »Sie wollte mich gerne bei der Trauung dabeihaben. Vivian war übrigens auch da.«

»Sie ist mit meiner Tochter zusammen für die Hochzeit hergekommen. Aber Mia war heute den Tag über mit mir unterwegs. Sie ist erst gerade zur Party gefahren.«

Martha winkte ab. »Das sollen die jungen Leute mal unter sich ausmachen. Mir reicht es für heute.«

Sie schleppte sich und das Kleid hinüber zur Terrasse. Der Taft rauschte wie die Brandung.

Wir nahmen unsere üblichen Plätze am Haus ein und ließen den Blick über das Meer nach Herm gleiten. Die Dunkelheit setzte gerade ein, dennoch überwältigte der Ausblick, ähnlich einer Achterbahnfahrt, bei der die Geschwindigkeit einen in die Polster drückte und das Aufstehen verhinderte. Ich konnte nicht im l'Aubaine sein, ohne auf Marthas Terrasse zu sitzen.

»Wie organisierst du dich nur, wenn jederzeit eine derartige Aussicht darauf wartet, gesehen zu werden?«

»Es ist ein Privileg, hier zu leben, das weiß ich wohl.«

Wir gönnten uns eine weitere Dosis des Panoramas, erspähten die Lichter auf Herm und beobachteten wie die ersten Sterne zu leuchten begannen, als mein Blick auf die gestutzte Schwarzdornhecke fiel.

»Ist Mahy ein häufiger Nachname auf den Inseln?«

»Ja, durchaus.«

»Okay.« Ich verschränkte die Beine zum Schneidersitz und lehnte mich zurück. »Dann ist es also Zufall, dass James von Sousville Manor auch Mahy mit Nachnamen heißt.«

Martha schaute mich an. »Nun ja. Was auch immer Zufall in diesem Zusammenhang bedeutet. Aber es stimmt schon, ich habe bei unserer Heirat nicht groß darüber nachgedacht, ob ich wirklich seinen Namen annehmen will oder nicht. Damals gehörte sich das so.«

»Ich verstehe nicht ... du und James Mahy ...«

»Er ist mein Ex-Mann, auch wenn ich diesen Ausdruck nicht mag.«

»Was?« Meine Füße klatschten auf den Boden. Ich stützte mich auf dem Tisch ab und starrte Martha an. »Du warst mit James Mahy verheiratet?«

»Hast du das nicht gewusst?«

»Woher denn?«

Sie lachte. »Es ist wirklich lange her. Über dreißig Jahre.«

Es war nicht zu fassen! Die wundervolle Martha und der joviale James. »Ich bin ... ich meine, ich kann es wirklich kaum glauben. Wie konnte aus dir und James ein Paar werden?«

Martha stöhnte. »Ah, eine unangenehme Geschichte ...«

Ich hob fragend die Augenbrauen.

»Dafür brauche ich Alkohol.« Martha ging ins Haus, kam mit zwei Gläsern und einem Krug Cidre zurück und schenkte uns ein. »Bist du sicher, dass du das hören möchtest?«

»Da fragst du noch?«

Sie lachte. »Nun ja, also ... James und ich kennen uns schon seit der Schulzeit. Er gehörte damals zur angesagten Clique, fünf Jungs, die immer die neuesten Klamotten trugen, die cool, selbstbewusst und weltgewandt schienen, deren Familien Macht und Geld besaßen. Ich kam aus einem armen Elternhaus und habe sie verachtet. James und seine Jungs ließen alle deutlich spüren, dass sie sich für etwas Besseres hielten.« Martha nippte am Cidre. »Irgendwann traf ich sie nachts auf dem Nachhauseweg von einer Freundin. Sie wollten mir Angst einjagen, ihre Dominanz zur Schau stellen, sicher spielte jugendlicher Übermut eine Rolle, aber ich will ihre Verantwortung nicht schmälern. Sie haben mich eingekreist, ich habe sie bespuckt und bin davongerannt. Zitternd vor Angst und erleichtert, dass nichts Schlimmeres geschehen war. Am nächsten Tag in der Schule schlenderte James in einem unbeobachteten Moment zu mir herüber und raunte mir ins Ohr: Aus uns wird noch was, das spüre ich. Du bist die Erste mit Mumm.« Martha leerte ihr Glas in einem Zug.

»Was?«

Sie schüttelte den Kopf. »Ich schäme mich noch immer, es zuzugeben ... aber das hat mich beeindruckt. James Mahy fand, ich sei anders als die anderen Mädchen. Außergewöhnlich. Das schmeichelte mir. Ich sah mich nur durch seine Augen, durch die seiner Clique. Kurz darauf wurden wir ein Paar.«

»Du meine Güte, Martha, das klingt furchtbar.«

»Das war es auch. Na ja, die ersten Jahre waren oft … manchmal … also ab und zu war alles ganz okay. Wir beendeten die Schule als Paar, gingen gemeinsam nach London zum Studieren und heirateten, einfach weil es auf diese Weise unkomplizierter war, eine Wohnung zu finden. Ich habe eine Weile gebraucht, um zu erkennen, wie narzisstisch James ist. Es gab ein großes Abhängigkeitsgefälle zwischen uns, emotional und finanziell. Ich schottete mich von meinen Freunden ab, heulte mich bei meiner Schwester aus. In meinem ganzen Leben habe ich mich nie einsamer und unsicherer gefühlt als während dieser trubeligen Zeit in London. Ich habe elf Jahre benötigt, um zu begreifen, dass es einen Unterschied gibt zwischen Lieben und Brauchen. Dass es keine Auszeichnung ist, nicht wie andere Frauen zu sein. Alle Frauen abzuwerten, um als Einzige in den Augen eines Mannes besser dazustehen, ist erbärmlich. Außerdem zeugt es nicht von einer allgemeinen Freundlichkeit Frauen gegenüber, wenn nur Mama und die Ehefrau akzeptiert werden.« Sie seufzte. »Es war ein weiter Weg.«

»Habt ihr Kinder?«

Sie schüttelte den Kopf. »Aber anders als James war ich deshalb nicht traurig. Aus heutiger Sicht würde ich sagen, ich wollte nie Kinder, aber ich wünschte mir, mir Kinder zu wünschen. Einfach, weil es leichter gewesen wäre. Schließlich gilt es gesellschaftlich noch immer als Hauptaufgabe einer Frau, Mutter zu werden, nicht wahr? Ich hätte also unter unserer Kinderlosigkeit leiden müssen. Tat ich aber nicht. Das nahm James mir übel. Er fand mich unnormal und egoistisch. Sicher gibt es viele Frauen und auch Männer, die es sehr belastet, keine Kinder bekommen zu können. Ich habe nie dazugehört.« Martha raffte den Taft zusammen und schlang das Cape um ihre Beine.

Wir starrten hinaus in die Dunkelheit, dorthin, wo das Meer und die Welt sich erahnen ließen. Marthas Geschichte erschien mir wie ein lang vermisstes Puzzleteil. Das Leben ging immer weiter. Es konnte sogar gut weitergehen.

»Vielleicht«, sagte ich, »sollten wir aufhören, uns das Altern wie einen Bogen vorzustellen. Es geht aufwärts bis zum oberen Punkt und dann nur noch abwärts. Wie wäre es stattdessen mit einer Treppe? Je älter wir werden, desto weiser, authentischer und vollständiger werden wir. Du bist dafür das beste Beispiel.«

Martha starrte mich einen Moment lang an, dann prustete sie los. Verwirrt schaute ich sie an. Tränen traten in ihre Augen, sie kreischte auf vor Lachen, konnte sich überhaupt nicht mehr beruhigen. Ich war ratlos.

Plötzlich raschelte etwas hinter der Schwarzdornhecke. Ein Schatten trat aus der Dunkelheit.

»Alles okay bei euch?«

Louis. In Hoodie und Leinenhose stand er barfuß vor uns, die Hände tief in den Taschen vergraben.

Martha keuchte. »Ooh ... das musste mal raus.«

Ich sagte: »Martha findet es amüsant, als weise bezeichnet zu werden.«

»Ach ja?« Louis zog die Augenbrauen hoch.

Martha erhob sich. Der Taft raschelte. Sie ließ den voluminösen Umhang von den Schultern gleiten, fing ihn mit den Ellenbeugen auf, grinste, zog sich die weiße Perücke vom Kopf, verbeugte sich theatralisch, küsste mich auf die Wange und verschwand im Haus.

Das kleine Gästehäuschen war – klein. Ein Raum mit einem Doppelbett, zwei Nachttischen, einem eingebauten Schrank, zwei Haken, einem an die Wand klappbaren Schreibtisch und einem Sessel. Hinter dem Kopfteil des Betts schuf eine halbhohe Wand ein wenig Privatsphäre für Dusche und Toilette. Alles in allem ganz heimelig. Hätte es nicht ausgesehen, als wäre Louis der Erbe von Tausenden alleinstehender Socken. Dazu krumpelten T-Shirts auf dem Boden, Hoodies, Hosen, Collegeblöcke, Pinsel, Leinwände, Farben, Fotos. Ich konnte nicht erkennen, ob man Dielen oder Fliesen verlegt hatte. Teppich?

Louis hüpfte mit einem Hechtsprung aufs Bett, drehte sich auf den Rücken und öffnete die Arme. Vorsichtig stakste ich zu ihm. Louis kuschelte sich an mich und streichelte meinen Rücken, aber die gleichbleibende Berührung nervte. Ich fand keinen Weg heraus aus meinem Nachsinnen über das Gespräch mit Martha hinein zu Louis ins Bett. Ständig hatte ich das Bild vor Augen, wie Martha sich die weiße Perücke vom Kopf rupfte und lachte. Warum trug sie die Dinger überhaupt? Und was war falsch daran, weise zu sein?

Louis schaltete das Licht aus. Die Stille tönte. Wir

atmeten unser Schweigen ein. Die Dunkelheit schien undurchlässig wie Stahl.

»Lass uns nach King's Mill fahren.« Louis schaltete das Licht wieder ein und erhob sich.

»Wir können auch hier reden.«

»Weder du noch ich sind glücklich genug für eine Unterhaltung.«

Es fühlte sich plötzlich an, als würde ich nicht nur in Louis' Bett versinken. Ich war eingetaucht in seine Welt, in der alle Spielregeln seine Spielregeln waren. Obwohl er natürlich so tat, als gäbe es gar keine. Dabei überschattete ein unausgesprochenes Gesetz jede unserer Begegnungen: Niemals nach morgen fragen, ob wir uns sehen, wann und wo. Nun gab es eine erste Fußnote zu dieser Regel: keine zu tiefgründigen Gespräche.

Ich stand auf und watete über das Minenfeld von Louis' Chaos. »Ich glaube, ich fahre lieber nach Hause. Mia ist nur noch morgen hier. Ich will den Tag mit ihr nicht todmüde erleben.«

»Alice ...« Louis hatte die Arme über dem Kopf verschränkt und rieb die Hände über die stoppeligen Haare. Er kniff die Augen zusammen. »Lass uns nach King's Mill fahren.«

Ich öffnete die Tür. »Schlaf gut, Louis.«

~

Nachdem Mia abgereist war, erschien mir Vivians Haus leer und auf seltsame Art unbewohnt. Meine wundervolle Tochter hatte eine Lücke hinterlassen zwischen den Stühlen, neben dem Waschbecken, im Bett, vor dem Herd. Schwarze Löcher klafften wie Wunden in den Zimmern, und ich wusste nicht, wie sie zu schließen waren.

Mia und ich hatten einen wundervollen Sonntag im Norden der Insel, am Strand der l'Ancresse Bay verbracht. Abends trafen wir Vivian zum Essen in St. Peter Port. Sie war eine wunderbare Geschichtenerzählerin. Humorvoll, lebenshungrig, ungestüm. Ich verstand, warum Mia sie liebte. Heute Morgen um sieben Uhr waren die beiden zurück nach Hamburg geflogen.

Seitdem tastete ich mich in den Tag und lauschte dem Läuten der Glocken. Sie stimmten eine neue Ära an. Die Post-Mia-Epoche im Guernsey-Zeitalter. Die Realität hatte mich eingeholt, mein Leben war zu mir zurückgekommen. Die vergangenen Monate erschienen mir auf einmal wie ein unglaublich langer Urlaub, der so losgelöst von meinem Alltag stattfand, dass er kaum etwas mit meinem wahren Leben zu tun zu haben schien. Zum ersten Mal erkannte ich, dass ich irgendwann zurückkehren würde. Nach Hamburg. In das Haus in Rissen, und sei es, um alles auszuräumen. Ich würde Michael wiedersehen, vielleicht Laura. Ein Baby.

Die schwarzen Löcher in den Zimmern rissen ihre Mäuler auf, und ich hatte plötzlich das dringende Bedürfnis, schwimmen zu gehen. Die l'Ancresse Bay rief, ich hörte es deutlich. Sie wollte sich mir noch einmal allein präsentieren, ohne Sonntagnachmittagstrubel.

Ich packte meine Sachen und fuhr los. Leichte Bauchschmerzen begleiteten mich an St. Peter Port vorbei, die Küstenstraße hinauf, quer über die Insel bis ganz in den Norden. Die Bucht leuchtete hell und einladend, obwohl eine dichte Wolkendecke den Himmel versteckte. Vielleicht lag es am niedrigen Wasserstand. Den unteren Teil der Felsen, die die Bucht einem Hufeisen gleich umschlangen, hatte das Meer dunkel gewaschen. Oberhalb dieser Linie veränderte sich die Farbe des Steins von Rotbraun hin zu einem hellen Beige. Der Kontrast ließ die Bucht glänzen wie frisch geputzt.

Ich schloss das E-Bike an und stapfte über den Strand. Fragmente von Muscheln, Steinen und Quarz unter meinen Fußsohlen. Am Spülsaum getrocknete Algenbüschel.

Am Kopfende der Bucht, auf den vermoosenden Befestigungsanlagen aus der deutschen Besatzungszeit, hatten gestern noch etliche Familien gepicknickt. Heute wehten verwelkte Blätter des Stechginsters über den Beton.

Ich zog mich aus und stopfte meine Sachen in einen Spalt. Als ich die Jeans faltete, entdeckte ich im Schritt einen Fleck. Ich schob eine Hand unter den Stoff des Badeanzugs und tastete meine Vulva ab. Es fühlte sich nass an. Als ich meine Finger anschaute, waren sie rot. Meine erste Menstruation auf Guernsey. Ich kramte das Handy aus der Tasche und öffnete die App, mit der ich meine Periode trackte. In der Tat. Meine erste Menstruation in diesem Jahr überhaupt. Was auch immer mein Körper mir damit sagen wollte.

Ich richtete meinen Blick hinaus aufs Meer. Die Farben des Tages wirkten wie ausgewaschen. Es war diesig. Als ich die Wasserkante erreichte, sippte der Ärmelkanal kalt um meine Fesseln. Wie immer watete ich ins Wasser, bis es meinen Bauchnabel erreichte. Die Insel fiel hier flach ab, sodass ich ein ganzes Stück hinausmusste. Ich tunkte Hände, Gelenke, Arme ein, nahm einen tiefen Atemzug und schwamm los. Es war kalt. Die Wassertemperatur war eindeutig niedriger als in den Pools. Wahrscheinlich half mir der höhere Fettanteil meines Körpers beim Schwimmen in der Nordsee. Ha. Wer hätte das gedacht.

Ich verdrängte das Wasser in langen Zügen. Es war unheimlich, so ganz allein hier draußen, sogar ein wenig angsteinflößend. Aber auf abenteuerliche Weise auch aufregend. Meine Bewegungen passten sich den Wellen an. Das Meer atmete in einem bedächtigen Rhythmus, alle sechs Stunden, hin und her, ein und aus, ich folgte einem langsameren Zyklus. Wir ergänzten uns.

Möwen segelten über mich hinweg, eine Libelle schoss vorbei. Ich betrachtete die Welt vom Wasserspiegel aus, versuchte, keine Angst vor dem zu empfinden, was unter mir lag, vor dem, was ich nicht sehen konnte. Freischwimmen in offenen Gewässern bedeutete, die Kontrolle abzugeben. Auch wenn ich mich bemühte, die Gefahren so weit als möglich zu reduzieren, blieb doch immer ein Restrisiko, ein Unbehagen, mit dem es zu leben galt. Ein Anlass, demütig zu werden.

Als ich aus dem Meer stieg, fror ich erbärmlich.

Zitternd trocknete ich mich ab und schlüpfte in die blutige Jeans.

Ich fuhr zurück über die Insel, an die Küstenstraße, hinein nach St. Peter Port. Auf der High Street hielt ich vor einem Sportgeschäft und kaufte drei Jogginghosen. Sie waren wie alle Hosen immer ein wenig zu lang für meine kurzen Beine, bauschten sich dadurch an den Fesseln und der Schritt saß zu tief. Aber das Gefühl stimmte.

~

Marthas Nachricht erreichte mich in der Gemüse-abteilung des Co-op. Ich wollte gerade nach den Tomaten greifen, der Geschmack von in Honig getränktem Ziegenkäse zu einem gemischten Salat haftete bereits auf meiner Zunge.

»Um 23 Uhr am Le Trépied. Zieh etwas Weißes an. Nimm einen Badeanzug mit und einen hübschen Stein.«

Irritiert starrte ich auf das Display.

In Vivians Häuschen googelte ich Le Trépied, der Dreifuß. Es war eine Megalithanlage aus der Jungstein-zeit, ein sogenanntes *Passage Tomb*, im Westen der Insel. Drei große Steine bildeten die Decke des Dolmens, daher der Name. Es rankten sich wilde Gerüchte um den Ort.

Angeblich trafen sich die Hexen jede Freitagnacht am Le Trépied, um ihrem Meister, dem Teufel, zu huldigen. Während die Hexen als Formwandlerinnen die Gestalt von schwarzen Katzen und Hunden, Ratten, Mäusen, Wieseln und Hähnen annahmen, erschien der Teufel als Baphomet, ein Wesen halb Ziege, halb Mann. Er verführte seine Gefolgschaft mit Wein, Brot und Musik, schwor alle auf das Böse ein und beobachtete, wie die Hexentiere aus irgendeinem Grund Rücken an Rücken miteinander tanzten. Ein seltsamer Fetisch. Selbst das Internet hielt keine Erklärung zu diesem speziellen Ritual beim Teambuilding-Event bereit.

Ich versuchte mehrfach, Martha zu erreichen, den ganzen Tag über, immer wieder, aber sie schien wie vom Erdboden verschluckt.

Louis und ich hatten am Vormittag gechattet. Ich erzählte ihm von meinen neuen Jogginghosen und den Überraschungen, die die Übergangszeit in der Mitte meines Lebens für mich bereithielt. Als ich um 22.30 Uhr losfahren wollte, stolperte ich über eines seiner Kunstwerke. Er hatte ein Bild aus Blumen vor meine Haustür gelegt. Ich brauchte einige Umrundungen, um in den Kamelien und Freesien eine Vulva mit Eierstöcken zu erkennen. Schließlich machte ich ein Foto und sendete es ihm mit einem lachenden Smiley. Er schickte einen Blutstropfen zurück.

Guernsey bei Nacht war mir inzwischen fast vertraut. Besonders die Strecke quer über die Insel, hin zu den Buchten im Westen. Allerdings glitt mein E-Bike dieses Mal am Abzweig nach King's Mill vorüber.

Ich fuhr am Wegweiser zum St. Saviours Reservoir vorbei und hörte mein schlechtes Gewissen grummeln. Seit der Absage unseres gemeinsamen Spaziergangs, seit meiner ungelenken Notlüge, hatte ich Ben weder gesehen noch gesprochen. Ich sollte ihn und die Kinder unbedingt einmal zum Essen einladen.

Das Meer wartete am Ende der Straße. Ich bog nach links auf die Route de la Perelle ab, setzte meinen Weg noch ein Stück entlang der Küste fort, bis ich an der nächsten Landspitze einen Parkplatz erreichte. Von dort sah ich bereits Licht auf dem Hügel vor mir schimmern.

Ich schloss das E-Bike an und stapfte zwischen Ginster, Hopfen, Schwarzdorn und Alisander einen schmalen Fußpfad hinauf. Stimmen waberten durch die Nacht. Ich erkannte Frauen in langen weißen Kleidern. Und den Dolmen. Überall auf den Steinen brannten Teelichter, die die Form des *Passage Tomb* in Licht gossen. Ich blieb stehen. In was war ich hier hineingeraten?

»Willkommen!« Eine große Frau undefinierbaren Alters lächelte mich an. Sie trug einen üppigen Blütenkranz auf den kurzen Haaren. »Du bist Alice, nicht wahr?« Ihr weißes Kleid wirkte wie eine Mischung aus Negligé und altertümlichem Baumwollnachthemd, eng, mit Spitzendetails, die nicht verhüllten, sondern präsentierten. Sie roch ganz wundervoll nach Zimt.

»Martha hat dich angekündigt«, sagte sie und setzte einen Blütenkranz auf meinen Kopf. »Beifuß, Schafsgarbe, Kamille, Eisenkraut, Ringelblume und Johanniskraut. Ist der Duft nicht wundervoll?«

Ich nickte, fragte mich aber zugleich, ob sie in Zimt

gebadet hatte, schien es doch anders kaum vorstellbar, den intensiven Geruch der Kräuter zu übertünchen.

»Ich heiße Eleonore. Komm.«

Sie führte mich hinter den Dolmen, zeigte mir, wo ich meinen Rucksack ablegen konnte, und stellte mich den anderen vor. Julie, Helen, Rachel, Claire versuchte ich mir zu merken, danach gab ich auf. Es waren sicher um die vierzig Frauen ganz unterschiedlichen Alters, alle mit Kräuterkränzen auf den Haaren und in Weiß gekleidet. Die meisten trugen Kleider, aber es gab auch Hosen und Röcke. Die Versammlung wirkte ein wenig sektenmäßig oder zumindest mittelalterlich. Mein Aufzug aus einem Leinenhemd von Louis und der neuen Jogginghose war im besten Fall deplatziert.

»Ich hatte leider nichts anderes in Weiß«, stammelte ich. »Tut mir leid, dass ich so underdressed bin.«

Eleonore und die Frauen um mich herum lächelten. »Ist piepegal«, sagte eine. »Darum geht es heute zum Glück mal nicht.«

»Und nicht um Männer!«, rief eine andere.

»Um was?«, fragte die erste.

»Um Männer.«

»Um was?«

»Männer!«

»Um was?«

Alle lachten.

»Alice!« Jemand hinter mir rief meinen Namen. Ich drehte mich um und erkannte Elsie. Sie trug ein ärmelloses weißes Baumwollkleid mit aufgestickten Blumen.

Die störrischen Haare waren mit den Kräutern zu einem Kranz verflochten. Ihre Wangen glühten, die Augen funkelten zwischen dicken Balken aus Kajal.

Sie umarmte mich.

Ich freute mich wahnsinnig, sie zu sehen. »Du siehst wundervoll aus!«

Elsie nahm meine Hand und zog mich durch Gespräche, Gesten, Gelächter hindurch zum anderen Ende des Dolmens. Hier brannte ein großes Feuer. Ein Meer aus Licht und Hitze. Flammen loderten, züngelten in die Höhe. Rauchwolken stieben Funken in die Dunkelheit. Ich spürte ein warmes Glühen im Gesicht. Es roch nach verkohltem Holz. Die Nacht knisterte.

Wir schoben uns dicht an die Wärme, und Elsie erzählte, wie sehr sie diese Nacht liebte. Sie war erst zum dritten Mal dabei, die Frauen wollten in diesen Stunden keine Kinder um sich haben, keine Verpflichtungen, niemanden, für den sie sorgen mussten. Sie kümmerten sich nur um die Gemeinschaft, ihre eigenen Belange.

Mir war noch immer nicht ganz klar, was genau sich um mich herum abspielte, welcher Tradition wir hier folgten. Als ich Elsie fragen wollte, trat Martha auf ein kleines Podest hinter dem Feuer.

»Wir sind so viele heute Nacht!« Sie breitete die Arme aus, lächelte, ihr Gesicht ein flackerndes Glimmen im roten Schein der Flammen. Die Gespräche verstummten. Alle wandten sich ihr zu. »Wie großartig, so viele wundervolle Frauen an einem Ort versammelt zu sehen! Mein Herz springt vor Glück an diesem längsten Tag des Jahres!«

Sommersonnenwende! Natürlich! Heute war der 21. Juni. Ich konnte kaum fassen, wie sehr mir die Zeit auf Guernsey entglitt.

»Der längste Tag«, fuhr Martha fort, »bedeutet, dass wir heute während der kürzesten Nacht des Jahres zusammengekommen sind. Ab morgen werden die Tage kürzer. Alles, was aufstrebt, wird auch wieder herabsinken, das sind die Zyklen. Noch stehen wir im Licht, wissen aber, dass die Dunkelheit auf uns wartet, genauso wie wir darauf vertrauen, dass das Licht nach dem Julfest wiedergeboren wird.«

»Aber heute feiern wir Litha!«, rief jemand.

Martha lachte. »Heute feiern wir Litha!«

Jubel brandete auf. Einige Frauen klatschten.

Martha wartete einen Augenblick. »Die Sommersonnenwende lädt uns dazu ein, zu heilen. Altes loszulassen, Beziehungen zu stärken und Wünsche zu manifestieren. Es soll eine Nacht voller Freude und Dankbarkeit sein. Wir nutzen die Energie des Lichts, um unser Leben in Gold zu tauchen.« Martha griff nach einem Korb zu ihren Füßen und reichte ihn an die Frau neben sich. Die griff hinein, zog einen Zettel mit einem Stift heraus und gab den Korb weiter. Irgendwann erreichte er mich und Elsie, und wir nahmen Zettel und Stift.

»Vielen Dank an Amanda für das Design in diesem Jahr«, rief Martha, und alle klatschten.

Im flimmernden Licht des Feuers erkannte ich auf dem Papier die filigrane Zeichnung eines Blumenkranzes aus Klatschmohn, Kornblumen, Rotklee, Wollgras,

Lungenkraut und Gänseblümchen. In der Mitte ließen zarte Linien Platz für Text. Als ich mich umschaute, sah ich die meisten Frauen schreiben.

Ich stupste Elsie an. »Was muss ich machen?«

»Du kannst deinen innigsten Wunsch aufschreiben. Oder den Bereich deines Lebens, den das Feuer neu entfachen soll. Etwas, was du erleben möchtest, oder einfach nur danke.«

Ich überlegte nicht lange und schrieb *Freude.*

Die ersten Frauen warfen ihre Zettel ins Feuer. Einige wickelten sie vorher um kleine Steine.

Auch Elsie zog einen Kiesel aus der Tasche ihres Kleids. »Das ist ein Weihestein. Ich werfe ihn mit meinem Zettel ins Feuer, und morgen, wenn alles abgekühlt ist, komme ich zurück, um ihn zu holen. Er soll mir während der dunklen Jahreszeit Licht schenken und mich an den Wunsch erinnern. Hast du einen Stein dabei?«

Ich zog ein dunkles, vom Meer rund geschliffenes Felsstück hervor, das ich neulich am Strand in der l'Ancresse Bay gefunden hatte, und wickelte es in die Freude. Elsie und ich warfen unsere Wünsche gleichzeitig ins Feuer.

»Und jetzt springen wir rüber?« Ich erinnerte mich an Bilder von heidnischen Festen und an das Osterfeuer früher bei uns in der Straße. Wir Kinder absolvierten Mutproben, nahmen Anlauf und flogen über die Flammen.

Eine ältere Frau in einem bis auf den Boden wallenden Kleid drehte sich zu uns um. »Sehe ich aus, als würde ich über ein Feuer springen?« Sie lachte. »Man muss die Dinge ja nicht übertreiben. Feuerkraft kann man sich auch anders holen.«

Sie griff nach meiner Hand, schnappte sich auch die einer Frau neben sich und kurz darauf tanzten wir alle gemeinsam in einer großen Kette um die Feuerstelle. Jemand stimmte ein Lied an, eine Melodie, die ich nicht kannte, die aber gut in einen irischen Pub oder auf eine schottische Hochzeit gepasst hätte. Einzelne Frauen sangen die Strophen, dazwischen schmetterten alle gemeinsam den Refrain. Nach etlichen Wiederholungen konnte selbst ich mitsingen.

I am my mother's savage daughter
The one who runs barefoot
Cursing sharp stones
I am my mother's savage daughter
I will not cut my hair
I will not lower my voice

Es war unglaublich kitschig und romantisch und poetisch und erhaben und melancholisch. Ich hatte mich in meinem ganzen Leben noch nie so sehr als Teil einer Gemeinschaft empfunden wie in dieser Nacht.

Als die Ersten zu schnaufen begannen, löste sich die Kette. Immer wieder zogen Frauen ihre Blumenkränze durch das Feuer und ein würziger Duft stieg auf, der meinen Magen knurren ließ. Irgendwann knisterten alle Blüten im Feuer, und Teller mit Guernsey Gâche und Becher voll mit Cidre machten die Runde. Wir aßen und tranken, lachten und redeten. Ich traf Sarah, Marthas Schwester. Auch Brittany war gekommen. Ich lernte Claire kennen, die einen Buchladen in St. Peter Port führte, Katie, die eigentlich in Paris studierte, aber jedes Jahr zum Litha-Fest nach Hause fuhr, Sheila, die nach einer Mastektomie in diesem Jahr zum ersten Mal ohne ihre Brüste feierte. Die Gespräche changierten zwischen persönlichen Geschichten, Erfahrungen und Erlebnissen. Niemals drifteten sie ab in Small Talk.

Weit nach Mitternacht, wir hockten in Grüppchen auf Teppichen rund um das Feuer, satte Zufriedenheit in den Herzen, sprang Eleonore plötzlich auf. Sie stieg auf das Podest und bewegte sich langsam zu einer Musik, die nur sie hörte. Fast erinnerte sie mich an eine Bauchtänzerin oder Schlangenbeschwörerin. Sie wand sich auf der Bühne, ließ die Handgelenke kreisen, reckte die Arme, rollte mit den Hüften. Es war hocherotisch. Pfiffe schossen über die Flammen, Anfeuerungsrufe. Eleonore lachte und zog sich mit der Langsamkeit einer geübten Stripperin aus. In roten Lichtern züngelte das Feuer über ihre nackte Haut, sie drehte eine Pirouette und verbeugte sich. Die Frauen standen auf, applaudierten, johlten. Und zogen sich ebenfalls aus.

Irritiert schaute ich zu Elsie. »Was … passiert jetzt?«

»Wir gehen schwimmen! Nackt, im Badeanzug, in Klamotten, wie du magst.«

Die ersten Frauen liefen hinter Eleonore den Hügel hinunter. Ihre nackten Körper glänzten im Mondlicht.

Andere folgten, in Jacken gehüllt, mit Handtüchern auf den Armen.

Elsie war inzwischen ebenfalls nackt. »Kommst du?«

Martha tauchte hinter ihr auf. Anders als bei ihrer Rede vorhin, bei der sie keine Perücke getragen hatte, wellten sich jetzt blaue Haare um ihre Schultern.

Ich lächelte. »Die Haare für das Meer?«

Sie grinste. »Ich fand es erst ein bisschen pathetisch. Aber letztlich passt es prima. Und ich fühle mich wundervoll damit!«

Martha schüttelte den Kopf und die blau-schwarzen Strähnen schwangen durch die Nacht. Sie flossen über ihre Schultern, schmückten den nackten Körper einer Frau jenseits der sechzig, das Dekolleté, den weichen Bauch, die Falten, Hüften, den herabhängenden Busen, Arme, Altersflecken, X-Beine, das Zuhause, in dem sie lebte.

Ich knöpfte Louis' Hemd auf, zog die Jogginghose aus, schlüpfte aus BH und Slip und folgte Martha den Hügel hinunter. Gemeinsam mit Elsie und den anderen überquerten wir die Küstenstraße, liefen einige Meter entlang der Mauer bis zum Strandzugang. Wir stelzten über scharfe Felsen und spitze Muscheln, patschten durch matschige Pfützen, die das Meer hinterlassen hatte, lachten und kreischten.

Schließlich umfloss Wasser unsere Füße. Einige Frauen schrien auf ob der Kälte. Aber die meisten wurden ruhig. Wir wateten in die Dunkelheit, benetzten Arme und Gelenke, stießen uns ab, suchten nach Gleichgewicht und schwammen. Eine Art Hochgefühl floss durch mich hindurch, ganz ähnlich wie ich es vom Nachher des Eisbadens kannte. Ich spürte die Kälte, das Salz, die Wellen, das Meer umspülte und durchdrang mich. Natur war kein Ort, an den man gehen konnte, sie existierte nicht außerhalb von uns, die Natur, das waren wir.

3. QUARTAL

Im Sommer begann ich, mir selbst ein guter Gast zu sein. Ich gliederte meine Woche in feste Arbeitstage in den Gärten von Sousville Manor, unabhängig von Elsies Schichten. Neben den täglich anfallenden Notwendigkeiten, James' Projektideen und unaufschiebbaren Instandsetzungsmaßnahmen kümmerte ich mich vor allem um die angeblich nach Schokolade duftenden Guernseylilien, die ab September blühen sollten, eine der wenigen Blumen, die ihre Farbe vom Herbst bis in den Winter hinein präsentierte, was mich seltsam faszinierte.

Mein neues Morgenritual bestand aus einer intensiven Studie. Gleich nachdem ich aus dem Bad kam, stellte ich mich nackt vor den Spiegel im Schlafzimmer und betrachtete meinen Körper. Ich begann mit Marthas Vorschlag, dem Dreiecksblick, ließ mein Betrachten vom rechten Auge zum Mund gleiten, von dort zum linken Auge und wieder von vorn. Nach einer Weile fühlte ich mich bereit für den Rest, für die früher spinnwebfeinen Linien in meinem Gesicht, die inzwischen breiter wirkten, als wäre eine Zeichenfeder über die Haut geschrammt. Die dunklen Färbungen, Pigmente, die wie Sommersprossen wirkten. Die schiefgewachsenen kleinen Zehen. Meinen weichen Bauch, vorstehend, mit einem gewölbten Überhang, wo die Kaiserschnittnarben sich zeigten; gemeinsam mit den rötlichen Dehnungsstreifen das Zeichen meiner Mutterschaft. Die weißen Schatten der Badeanzugträger. Alice, die Schwimmerin. An manchen Tagen wiesen die Tränensäcke unter den Augen auf mein Dasein als ungeliebte Ehefrau. Meine dunklen Brustwarzen, die stabilen Knie, lustige Dellen auf meinem Po. Es war ein normaler Körper, vielleicht sogar ein ganz guter, für mich funktionierte er. Ich entschied täglich, ihn zu behalten.

Überdies folgte ich dem Ruf des Meeres, das oft nach mir verlangte. Die Ruettes Tranquilles freuten sich auf das Streicheln meines E-Bikes, Wege und Wiesen zwischen Strand, Pools und Straßen wollten begangen werden, die Wasserlinie in den Buchten sehnte sich nach meinen nackten Füßen. Die ganze Insel rief nach mir, und ich liebte ihren Klang.

Während Sommerfrischler die Insel fluteten, richtete ich mich in meinem Alltag ein.

Ich arbeitete, ging schwimmen, telefonierte mit Mia, traf Elsie, aß zu Abend mit ihr, Emmet und Ben, besuchte Martha und hatte Sex mit Louis, der sich eine neue Lebensbasis im Gästehäuschen einzurichten schien. Immer mal wieder reiste er zu Projekten und verdiente Geld, um sich die nächsten Wochen auf der Insel zu finanzieren. Ich hatte ihm das Versteck für Vivians zweiten Schlüsselsatz verraten, sodass er nicht länger auf den Stufen vor der Haustür ausharren musste, wenn ich noch unterwegs war.

An einem Donnerstagvormittag erwischte James mich allein beim Laubharken auf den Wegen. Es war ein Wattehimmeltag, weiße Puschel vor Aquamarinblau. Sonnenstrahlen wärmten die Schatten, Möwen kreischten.

James streckte mir eine Wasserflasche entgegen.

»Sehe ich so angestrengt aus?«

»Du siehst bedürftig aus, in der Tat. Ich gebe dir für heute frei und entführe dich wie versprochen zu einem Ausflug.«

Ich wollte ablehnen, wusste aber nicht wie. Mein Job hing von James' Wohlwollen ab, einen weiteren – wie hatte Emmet das genannt? – Affront? – verkraftete unser fragiles Verhältnis sicher nicht.

Es fühlte sich seltsam an, neben James in seinem Landrover zu sitzen, nach allem, was Martha mir erzählt hatte. Er plauderte über die Gärten, neue Ideen, Geschichten von den Kanalinseln.

Wir fuhren auf der Forest Road in Richtung Westen. James erzählte, dass es hier, in der Nähe des Flughafens, früher viele Wälder gegeben hatte, die berüchtigt für ihre Werwölfe waren.

»Siehst du den Hexenstein?« Er deutete auf einen seltsamen Vorsprung an der Giebelseite eines weiß getünchten Hauses, gleich unterhalb der Schornsteine.

»Sieht aus wie ein quer statt längs gemauerter Ziegel.«

»Sehr gut, ganz genau. Man hat diesen Sitz für die Hexen gebaut, um sie davon abzuhalten, durch den Kamin ins Haus zu fliegen. Wenn sie auf dem Rückweg waren von ihrem Tanz mit dem Teufel, erschöpft von all dem Bösen, dann konnten sie sich dort ausruhen. Eine Schutzmaßnahme.«

»Haben die Hexen beim Dolmen getanzt? Am Le Trépied?«

James sah mich an. »Ganz genau! Du tauchst langsam ein in unsere Geschichte, was?«

»Oh, ja …«

Wir passierten das zu einem Museum umgebaute Untergrundhospital aus der Besatzungszeit der Deutschen, und ich erahnte das Ziel unseres Ausflugs. James bog an der Route de St. Andrew's ab, dann noch einmal links, zweimal rechts, und wir parkten vor der *Little Chapel*.

»Das ist eine der Top-Sehenswürdigkeiten unserer Insel.« James zerrte einen Picknickkorb vom Rücksitz, breitete eine Decke auf der Bank unterhalb des Hügels aus, auf dem die Kapelle thronte, und betätigte sich als Fremdenführer. Während er Austern, Baguette, Zitrone, Oliven, Pastete und Wein auspackte, berichtete er von der Geschichte des Orts. Ich warf irgendwann ein, dass ich schon hier gewesen wäre, was er mit einem »Soso« überging.

James redete, ich aß. Das Essen war köstlich, auch wenn ich keine Austern mochte. Wir besichtigten die Kapelle, und James wies mich auf allerlei Details hin, die ich bereits kannte.

»Habe ich dir eigentlich schon erzählt, dass ich Martha kennengelernt habe?« Es war billig, ich weiß. Eine Frage wie ein Fingerschnippen in der Schule nach Stunden ergebnislosen Meldens.

James stieß sich den Kopf am niedrigen Durchgang hinter dem Altarraum. »Ach Gott … Und, hat sie dir allerlei Schauergeschichten erzählt?«

»Ein paar …«

Er stapfte aus der Kapelle. »Sie ist wirklich unerträglich!« James rieb sich den Kopf, fluchte leise. »Sie sitzt mit ihren Katzen in diesem winzigen Haus, ist einsam und verbittert und redet schlecht über alle Menschen.«

»Weder ist sie einsam noch …«

»Natürlich ist sie das! Sie hat keine Kinder gewollt, und das hat sie jetzt davon! Katzen!« Er schnaubte.

»Martha hat ihr Glück gefunden. Es gibt noch andere Möglichkeiten dafür, außerhalb des Fortpflanzens.«

Er winkte ab. »Jede anständige Frau will Mutter werden. Das habt ihr uns Männern voraus. Das einzige Mittel gegen Einsamkeit im Alter.«

»Was für ein Quatsch! James, das ist …«

»Lass uns das Thema beenden. Ich mag meine Zeit mit dir nicht an Gespräche über Martha verschwenden.«

Er lief den Hügel hinab zum Auto. Ich presste die Lippen aufeinander und folgte ihm. Der Weg zum Affront war wirklich kurz.

~

*L*ouis und ich lagen auf dem Bett im kleinen Gartenhäuschen. Dösige Nachmittagszufriedenheit hatte sich nach einer Klippenwanderung und einem Lunchbreak in den Tearooms der Moulin Huet Bay in unsere Glieder geschlichen. Während Louis sich an einer neuen Skizze versuchte, strich ich über seine Tattoos. Es waren siebenunddreißig, für jedes Lebensjahr eines. Sie erzählten eine Geschichte, Louis' Geschichte, seinen Blick auf die Welt, so wie er sich in ihr verortete, immer an seinem Geburtstag.

Als es vor einigen Wochen wieder so weit gewesen war, arbeitete er gerade für einige Tage in Norwegen und ließ sich dort die Küstenlinie Guernseys stechen, recht klein, unterhalb des Herzens. Ich fuhr mit den Fingerkuppen darüber, ließ meine Hand weiterwandern zu einem Handball, einem Cyr Wheel, zwei verschlungenen Bäumen, einer Feder, Sternen. Ich versuchte, Louis' Geheimnisse zu lesen, das, was über die Erklärungen, die er mir zu den Bildern gegeben hatte, hinausging, eine Verbindung, die Zusammenfassung seines Lebens, aber es gelang mir nicht.

»Ich kann dich denken hören.« Louis sprach, ohne von seiner Skizze aufzuschauen.

Ich streichelte über einige Zahlen, die Koordinaten seines Heimatdorfs. »Es ist seltsam … ich weiß auch nicht. Du liegst neben mir, ich berühre dich, und trotzdem ist da so ein Ziehen in mir, eine Art … Sehnsucht. Keine Ahnung. Es geht dabei gar nicht um dich.«

»An deinem Bettgeflüster solltest du arbeiten.«

Ich lachte. »Okay, pass auf.« Mit einer dramatischen Geste ließ ich mich auf den Rücken fallen und legte einen Handrücken an die Stirn. »Oh, Baby, es war so wundervoll! Der Wahnsinn! Du bist der Allerallerbeste, den ich je hatte! Niemals war es so wie mit dir!

Mit keinem anderen! Jemals! Hat sich deine Welt auch bewegt?«

Louis legte den Skizzenblock beiseite. »Du grausame Frau.«

Wir schliefen miteinander. Ein probates Mittel, um Gespräche zu beenden, Diskussionen im Keim zu ersticken, von Themen abzulenken, Spannungen zu beseitigen. Wir hatten uns in dieser Disziplin weit nach vorn gearbeitet. Funktionierte fast automatisch.

Danach duschte er, und ich studierte die neuen Skizzen. Louis hatte Aktfotos von mir gemacht, im Wasser, auf einer Wiese, hier im Bett. Auf einigen Bildern ersetzten Gänseblümchen meine Intimbehaarung, auf anderen umschlossen seine Hände meinen Busen. Während der Fotosessions hatte meine Nacktheit mich beschämt, deshalb verlangte ich ständig weitere Bilder, immer in der Hoffnung, irgendwann eine Art Gewöhnungseffekt zu entwickeln.

Ich erinnerte mich an die Szene in *Titanic*, wo Jack Rose nackt porträtierte. Nicht, dass Kate Winslet und ich uns auch nur in einem Detail ähnelten, aber nachdem mich schon ihr Haustauschfilm positiv auf Guernsey eingestimmt hatte, nahm ich mir nun Rose zum Vorbild und versuchte Selbstwert und Mut in mir zu finden, die Freude an einem Abenteuer, am Überschreiten von Grenzen. Es gelang ein ganz kleines bisschen, und ich freute mich über die Maßen.

Louis rief etwas aus dem Wasserdampf heraus, der den kompletten Raum vernebelte.

»Ich verstehe dich nicht!«

Er schaltete das Wasser ab. »Willst du nicht auch kommen?«

Es klopfte.

Louis linste aus der Duschkabine, ich drehte mich um, wir sahen uns an. Dieser Raum hielt wenig von Intimsphäre, zumindest nicht für mehr als eine Person.

»Bleib in der Dusche, ich mach auf.«

Ich schwang mich aus dem Bett, schlüpfte in meine Jogginghose und einen Hoodie von Louis, der auf dem Boden lag, und ging zur Tür. Martha kam nie zum Gästehäuschen. Sie rief einen von uns an, wenn es etwas zu besprechen gab. Meist schaute ich sowieso bei ihr vorbei, wenn ich Louis besuchte, sodass es auch dafür kaum Anlass gab. Es musste etwas passiert sein.

Ich machte einen großen Schritt über Louis' Chaos hinweg und riss die Tür auf.

Eine Frau schaute auf mich herab. Eine Frau, die jünger war als Martha, jünger als ich, sehr viel jünger. Ihre Haut schimmerte hell, die Haare fielen blond und glatt über die Schultern, die hellblauen Augen leuchteten, selbst in diesem fahlen Licht. Sie trug eine Ledertasche lässig über der Schulter, einen Weekender, dazu weit geschnittene Jeans, in denen ein schlichtes weißes T-Shirt steckte, dezenten Silberschmuck, das Boston-Modell von Birkenstock in Beige.

»Hi ... sorry ... ich bin auf der Suche nach Louis Peeters.«

Keine Ahnung, wie lange wir uns anschauten, alles zwischen einer Stunde und sieben Tagen schien denkbar, wir wussten beide, wer wir waren.

Irgendwann schob Louis sich in den Spalt zwischen mir und der Tür. »Tonje! Was machst du hier?«

Sie hob die Augenbrauen. Eine so kleine Geste.

Ich streckte ihr die Hand entgegen. »Du bist also die berühmte Tonje. Ich habe schon so viel von dir gehört! Wie schön, dass wir uns kennenlernen.« Sie runzelte die Stirn, nahm aber meine Hand. »Ich heiße Alice und bin für einen Haustausch auf Guernsey. Martha und ich trinken gerade Tee drüben auf der Terrasse, aber Glinda ist schon wieder ausgebüxt, also … das Huhn, Glinda ist das Huhn, ich wollte Louis fragen, ob er kurz helfen kann, sie einzufangen, aber wir schaffen das sicher auch allein, natürlich … deshalb …« Ich schob mich an Louis und Tonje vorbei aus dem Häuschen.

»Macht's gut ihr beiden.«

~

*E*s waren Greifvögel in der Luft. Vielleicht Sperber. Bussarde oder Habichte. Allerdings lebten diese Jäger außerhalb der Brutzeit als Einzelgänger, weshalb mir eine Ansammlung von Greifvögeln eher unwahrscheinlich erschien. Vielleicht doch Möwen. Ich blickte über den undurchdringbaren Stechginster rund um meine Bank, versuchte, irgendein tierisches Lebenszeichen zu entdecken, und gab schließlich auf. Keine Vögel, keine Bienen, nicht einmal Ameisen. Es war traurig.

Statt Ablenkung in der Natur zu finden, widmete ich mich einem Krimi, den ich in St. Peter Port gekauft hatte. Ich legte mich auf die Bank, blinzelte gegen die Helligkeit an, setzte mich wieder, las zwei Seiten, zwang mich, fünf weitere zu lesen, wenigstens bis zum Kapitelende.

Der Tag zog sich in die Länge wie Kaugummi. Er klebte auch ähnlich, schien sich gar nicht abschütteln zu lassen. Irgendwann fuhr ich zurück.

Ich nahm den Umweg entlang der Westküste. Von hier oben im Norden, aus den Ginsterfeldern zwischen Fort Doyle und Fort Le Marchant heraus, brauchte ich fast zwei Stunden bis nach Hause. Hinter der Rocquaine Bay kam der Regen wie ein Seufzer über die Klippen. Der Himmel senkte einen dunklen Vorhang hinab, und bis ich Vivians Häuschen erreichte, prasselten kirschkerngroße Tropfen auf die Erde. Ich rettete mich ins Trockene, duschte und kuschelte mit einem Tee auf dem Sofa. Das Gewitter ein Wasserfall vor dem Fenster.

Auf einmal löste sich ein Schatten aus dem Regen. Eine dunkle Silhouette, die an meine Haustür klopfte und, als ich nicht öffnete, zum Fenster hineinstarrte.

Louis.

Eine Woche lang war ich ihm erfolgreich aus dem Weg gegangen, hatte den Zweitschlüssel ins Haus geholt, seine Rufnummer blockiert, zu unmöglichen Zeiten gearbeitet und war überhaupt ständig mit dem Rad unterwegs, sodass er mich nicht antreffen konnte, hätte er es versucht.

Ich war in der Priaulx Bibliothek, schaute mir das Hauteville Haus an, wo Victor Hugo während seines Exils gelebt hatte, besuchte Museen über die deutsche

Besatzung und hockte auf Bänken an Wanderwegen. Seit gestern fühlte ich mich bereit.

Die Insel war nicht nur zu klein für Entschuldigungen, sie war auch zu winzig, um sich dauerhaft aus dem Weg zu gehen. Ich wollte Louis nicht die Macht geben, meinen Bewegungsradius zu bestimmen. Ich war aus Hamburg geflohen, niemand würde mir Guernsey nehmen.

Louis starrte mich durch die Fensterscheibe an. Wasser leckte von der Dachrinne und rann über sein Gesicht. Die Jeans klebten dunkel an den Beinen, der Guernsey-Pullover glitzerte von Regentropfen. Niemand hätte passenderes Wetter bestellen können.

Louis legte die Hände wie zum Gebet aneinander, da wurde es zu kitschig. Ich öffnete die Tür und ließ ihn herein. Noch bevor wir etwas sagten, stand Louis in einer Lache im Wohnzimmer.

Er räusperte sich, sprach mit gesenktem Kopf, als unterhielte er sich mit den Dielen. Seine Arme baumelten wie Totholz neben dem Körper. »Wir waren sechs Jahre zusammen. Tonje ist Maskenbildnerin, wir haben uns an einem Filmset kennengelernt. Vor drei Jahren sind wir zusammengezogen. Alles lief gut. Irgendwann fing sie mit Kindern an. Dass wir den nächsten Schritt gehen sollten … keine Ahnung … wir haben über nichts anderes mehr geredet … nur noch gestritten. Anfang des Jahres haben wir uns getrennt. Ich bin nach Guernsey gegangen …«

Er sah mich an.

Ich hob die Augenbrauen.

Er versuchte die Hände in die Jeanstaschen zu schieben, zuckte zurück, als seine Haut am nassen Stoff hängen blieb. »Bei dem Projekt neulich in Norwegen war sie auch im Team, da haben wir uns wiedergesehen, na ja ... Aber es ist vorbei ... sie will etwas vom Leben, das ... wir wollen einfach nicht dasselbe.«

Ich nickte.

Wir schwiegen.

Die Stille prasselte gegen die Fenster.

»Sag doch was ...«

Ich gab mir einen Ruck. »Michael und ich sind seit neunundzwanzig Jahren verheiratet. Das wischt auch Guernsey nicht in ein paar Wochen beiseite. Es gibt Geschichten ... Anekdoten, die haben ihn und mich so tief miteinander verwoben, dass die einzelnen Fäden nicht mehr zu erkennen sind ... Michael schwört zum Beispiel Stein und Bein, dass er die Idee mit dem Tor im Zaun zu den Nachbarn hatte, wohingegen ich der festen Überzeugung bin, dass ich es mit Svenja und Oliver abgesprochen habe. Na ja ... Durch das Tor freundeten sich unsere Kinder an. Später verliebte Jannis sich in Lina, Svenjas und Olivers Tochter. Die beiden waren einige Jahre lang ein Paar. Als es in die Brüche ging, haben beide darum gekämpft, dass wir uns weiter alle gut verstehen. Das habe ich sehr bewundert. Mit der Liebe kommt ja immer auch Verantwortung ... das unterscheidet eine Beziehung von einer rammeligen Affäre.«

Louis nickte. »Autsch.«

~

Ich schwamm nun meist im offenen Meer. Ich wusste nie, welche Bucht mich rufen würde, folgte einfach meinem Gefühl. Und dem Gezeitenkalender.

Irgendwann stellte ich erstaunt fest, dass aus mir eine gute Schwimmerin geworden war. Vierzig Minuten lang konnte ich mich mühelos in gleichbleibendem Tempo bewegen. Das ging natürlich nicht immer, weil das Meer oft einfach zu kalt war. Man sollte nie länger im Wasser bleiben, als die Temperatur in Minuten zählte. Aber man gewöhnte sich an vieles.

An manchen Tagen war die See weich wie Seide. Sie ließ mich hindurchgleiten, ganz sacht. An anderen Tagen rebellierte sie gegen meine Schwimmzüge, bäumte sich auf, kabbelte mir ins Gesicht. Dann fühlte ich mich schrecklich allein in meinem Kampf gegen die Unbill der Welt, wenn nicht einmal das Meer auf meiner Seite war. Ich brauchte lange, um die Natur nicht persönlich zu nehmen. Nicht jeder Schwimmtag war gleich gut. Die Stimmungsschwankungen der See korrespondierten nicht zwangsläufig mit meinem Befinden. Manchmal gingen wir uns gehörig auf die Nerven. Aber das gehörte wohl zu einer Beziehung dazu. Ich trank im Anschluss immer Ingwertee aus einer Thermoskanne und spürte der Wärme nach, die meinen Körper zurückeroberte.

Louis brachte mir täglich ein Opfer dar. Ich weiß nicht, ob er es so nannte, aber es waren die klassischen Gaben, um eine Göttin wohlgesonnen zu stimmen.

Er pflückte wilde Blumensträuße, schrieb Gedichte, lieh Bücher für mich aus, malte, fotografierte. Jeden

Morgen, wenn ich vom Schwimmen heimkehrte, fand ich ein Geschenk auf den Stufen. Louis folgte dem Skript, dass Männer aktiv sein und eine Frau rumkriegen mussten, es war selbstverständlich, dass ich mich zierte. So tickten Frauen eben. Veraltete Glaubenssätze. Ich durchschaute das und reagierte trotzdem der Norm entsprechend. Es fühlte sich schrecklich an, so berechenbar zu sein, mich über Louis' Aufmerksamkeiten zu freuen, aber letztlich folgte ich genau wie er einer Rolle, die mich geprägt hatte. Er schmeichelte meiner Eitelkeit.

Louis war für mich Achterbahn und Mondrakete, Quantenphysik, Dschungel und Sonnenlicht. Er versprach Ruhelosigkeit, den Hunger nach Küssen, Gartenpartys im Sommer mit wehenden Vorhängen am Pool, den Duft von Lilien.

Aber mit Louis ging es nicht tief, nicht bis hinab in die Katakomben mit all den dunklen Geheimnissen, ja, noch nicht einmal runter ins Erdgeschoss oder den Keller, obwohl er mir notgedrungen seine Geschichte mit Tonje offenbart hatte. Wenn ich wollte, könnten wir einfach weiter oben auf der Dachterrasse tanzen. Leicht und unbeschwert.

Es gab keine Bedürfnisse, die wir einander befriedigen mussten, von den körperlichen einmal abgesehen. Louis und ich, wir verliebten uns nicht. Wir mochten einander, weil wir etwas in uns hineinprojizierten, eine romantische Vorstellung, die uns beiden guttat. Wir folgten alten Regeln, er versuchte mich zu verführen, ich zierte mich, er gab sich mehr Mühe, ich gab nach, aber eigentlich nur, weil wir Spaß daran hatten. Mias Generation würde sagen: Wir handelten ironisch. Ich wollte diese Tändelei genauso sehr wie Louis. Daran war nichts schamhaft, unangebracht oder gar falsch. Und wenn es nicht funktionierte? Herrje. Dann ging es halt schief. Ich würde ein betrübtes Gesicht machen, tststs sagen, aus den Erfahrungen lernen und mein Leben weiterleben. Dieses Jahr hatte mich schon so viel gelehrt.

Eines Morgens verzichtete ich auf das Schwimmen und wartete auf Louis. Er radelte auf das Grundstück und legte drei Packungen Kondome auf die Stufen. Nicht ein einzelnes Kondom, nicht eine Packung. Drei. Es schien, als wären wir anhand des Drehbuchs noch vor dessen Ende zu ganz ähnlichen Ergebnissen gekommen.

Ich öffnete die Tür.

Louis grinste.

4. QUARTAL

Ich liebte die Arbeit mit den Guernseylilien. In den Gärten von Sousville Manor wuchsen sechzehn der etwa dreißig bekannten Nerinen-Arten aus der Familie der Amaryllisgewächse. Ursprünglich stammten sie aus dem südlichen Afrika, aber Anfang des 19. Jahrhunderts entwickelte sich Guernsey zu einem bedeutenden Anbauzentrum. Angeblich gab es damals ein Schiffsunglück vor der Küste der Insel, das Kisten voller Nerinenzwiebeln an Land spülte. Eine Geschichte ganz nach James' Geschmack, wahrscheinlich hatte er sie mir erzählt.

Die schönste Nerinen-Art benannte man nach der Insel: *Nerine sarniensis,* nach dem Namen Guernseys zur Zeit des Römischen Reichs, Sarnia. Aber die Guernseylilie erwies sich als kapriziös, jedes Jahr blühte nur ein Teil der Zwiebeln, sodass die Welt sich bald für blühfreudigere Schnittpflanzen begeisterte.

Ich hingegen liebte die empfindliche Blume. Der lange Stängel, die üppigen grünen Blätter, ganz glatt, die karmesinroten Blütenkelche, die sich ein oder zwei Dutzend dicht aneinandergeschmiegt öffneten und gemeinsam eine üppige Blüte schufen. Wegen der tiefer liegenden Farbpigmente wirkten sie im Sonnenlicht wie mit Gold bestäubt, und ich wurde nicht müde, dieses Glitzern zu bestaunen.

Die Guernseylilie gehörte zum kleinen Kreis der winterblühenden Arten, was mich schier überwältigte. Eine Blume, die den Jahreszeiten trotzte, sich kraftvoll wie ein Flussdampfer zur Wehr setzte, alle Erwartungen wie eine Welle über sich hinweggleiten ließ, ohne von den Strömungen mitgerissen zu werden, und ihr ganz eigenes Ding machte.

Während die meisten Pflanzen sich mit Beginn des Herbstes zurückzogen, akzeptierten, dass Jugend und Schönheit vergänglich waren, obwohl noch so viel in ihnen schlummerte, dass sie versuchten, diesen Schatz in ihren Wurzeln und Knollen ins nächste Jahr hinüberzuretten, strafte die Guernseylilie sie alle Lügen. Sie wusste, dass wir Blumen nicht wertschätzten, wenn wir sie nur als überwinternd wahrnahmen, als schrumpeligen braunen Haufen am Ende des Jahres, sie wusste, dass wir unser zukünftiges Ich unsichtbar machten, wenn wir ältere Frauen ignorierten oder ihnen nur die Rolle der nährenden Großmutter mit den tollen Haushaltstricks zugestanden. Die *Nerine sarniensis* war schlau.

Ich hegte und pflegte die Guernseylilien in den Gärten von Sousville Manor und entwickelte eine geradezu obsessive Leidenschaft. Elsie rollte mit den Augen, wenn ich um eine von Touristen abgerupfte Blüte trauerte oder meterweise Botanik beschnitt, um einzelnen Pflanzen mehr Sonnenlicht zuzuführen.

»Ja, okay«, argumentierte ich, »sie sind krüsch, sie mögen es nicht, umgebettet zu werden, aber, du meine Güte, sollte man ihnen diese Eigenheit nicht nachsehen?

Sie beschenken die Welt mit ihrer Einzigartigkeit, so wie jede von uns, lass uns also freundlich und empathisch miteinander umgehen.«

Elsie grinste. »Ganz wie du meinst.«

Ich beobachtete Elsie schon den ganzen Tag heimlich aus den Augenwinkeln. Sie schien reifer geworden zu sein in den vergangenen Ferienwochen, die sie mit ihrem Bruder und Vater erst in Italien und dann bei Tante Janet in Leeds verbracht hatte. Ihr letztes Schuljahr begann, und sie würde die Arbeit in den Gärten herunterschrauben, um genug Zeit zum Lernen zu haben. Ich vermisste sie schon jetzt.

Eine Weile lang hatte ich mich gefragt, was genau mich so an Elsie begeisterte. Sie war hinreißend, schon klar. Tough und lustig, selbstbewusst. Sie sprudelte vor Ideen, die mich inspirierten und meine Welt bereicherten. Dabei war sie so jung. Jünger noch als meine eigenen Kinder. Spielte das auch eine Rolle? Diese sehnsüchtige Melancholie, die mein Altern mit sich brachte? Schon bald würde ich nie wieder bluten, keine Kinder mehr bekommen können, mich keinem Zyklus unterwerfen. Nicht, dass ich mich zu alldem zurücksehnte. Es war eher das Unumkehrbare, die Erkenntnis nach Jungfrau und Mutter nun die letzte Phase des Frauseins erreicht zu haben, die der weisen Alten.

War es das, was Martha damals gestört hatte, als sie diesen Lachanfall auf der Terrasse bekommen hatte? Dass die Gesellschaft in uns nur noch die Oma mit den Haushaltstipps sah? Martha befreite sich mit einem

Buzz Cut und bunten Perücken von diesem Zwang und schuf ihr eigenes Altern. Ich hielt mich an die Nerinen.

»Alice, du träumst! Komm schon. Das Unkraut zupft sich nicht von allein.« Elsie drückte mir einen Korb in die Hand, und ich folgte ihr zu einer Rabatte vor der Mauer.

»Ich bin wehmütig.«

»Dir bleiben drei Wochen.«

»Eben.«

Vivians Stipendium endete Mitte Oktober. Mia und sie schmiedeten eifrig Pläne für die Zeit danach, sogar von einem Umzug war die Rede. Auch meine Post-Guernsey-Zeit wartete. Nur hatte ich noch immer keinen blassen Schimmer, was sie für mich bereithielt. Ich nahm erstaunt zur Kenntnis, dass ich eine Meisterin des Verdrängens war, und weigerte mich, mein zukünftiges Leben zu organisieren. Louis half mir dabei.

In meinen letzten Wochen klammerte ich mich an lieb gewonnene Rituale. Ich fuhr jeden Morgen in eine andere Bucht zum wellenumtosten Schwimmen. Nur selten fror ich. Das Meer hatte mich abgehärtet. Guernsey wappnete mich für mein Leben auf dem Kontinent.

Ich erstellte eine Liste der Orte, die ich unbedingt noch besuchen wollte, lud Elsie zum High Tea ins Fünf-Sterne-Hotel The Old Government House Hotel & Spa ein, schwamm mit Martha in der Cobo Bay und übernachtete in Dutzende Decken gehüllt mit Louis auf dem Hügel von King's Mill. Die Zeit blieb unbeeindruckt von meinen Bemühungen.

Über der Insel wehten schmutzige Spinnweben wie Seidenfäden über den abgeernteten Feldern, morgens quoll Nebel aus den Wiesen, Stürme schwangen sich über die Klippen.

Ich sah Martha und Louis täglich. Mit ihr sprach ich immer mehr, mit ihm immer weniger.

Irgendwann begann der letzte Tag.

~

Das Baby kam auf die Welt, als ich mich ihr gerade in zehntausend Metern Höhe entzog. Nach einem fünfstündigen Aufenthalt im Transit des Londoner Flughafens hatte ich endlich an Bord gehen dürfen und war mit der Abendmaschine unterwegs nach Hamburg. Mia holte mich vom Airport Helmut Schmidt in Fuhlsbüttel ab, umarmte mich lang und berichtete von den neuesten Ereignissen.

»Die Geburt ist gut verlaufen, erst sah es wohl nach Kaiserschnitt aus, aber dann hat es doch so geklappt. Es ist ein Junge ... er heißt Hannes.«

Wie Michaels Vater.

Ich bemühte mich um ein Lächeln, versuchte für Mia entspannt auf die Neuigkeiten zu reagieren, aber es fühlte sich an wie eine Ohrfeige.

Die ganze Aufregung der vergangenen Stunden, Marthas und Louis' Abschiedsumarmungen, die zurückgelegte Distanz, die mein Kopf nicht verarbeiten konnte, die Rückkehr, die zugleich der Beginn von etwas sein würde, das sich noch immer im Dunst vor mir

verbarg, gleich hinter dem Schleier aus grauem Fissel-
regen, mit dem Hamburg mich begrüßte. Ich schluckte
alles hinunter, schauspielerte Interesse, als Mia mir von
den letzten Tagen mit Vivian berichtete, die bereits gestern zu ihren Eltern nach London geflogen war. Vor einiger Zeit hatte ich Vivian angeboten, dass sie noch bleiben könnte, das Haus war schließlich groß genug, aber
sie lehnte ab, wollte sich zu Hause auf eine Gruppen-
ausstellung in der Schweiz vorbereiten, was mich um-
fangreicher erleichterte, als ich mir eingestehen wollte.

Mia fuhr uns nördlich durch die Stadt. Um den Flughafen herum, durch Niendorf und Schnelsen, an Schenefeld vorbei. Irgendwo hinter den regennassen Dächern
lag Janssen Fenster & Markisen, das heute ohne den
Chef auskommen würde. Und sicher bereits seit meh-
reren Wochen ohne Office-Managerin, schließlich hatte
Laura Anspruch auf Mutterschutz.

Wie lief es in der Firma? Hatte Michael jemand Neues
eingestellt? Oder lavierte er sich mit etlichen Überstun-
den allein durch? Seltsam, dass ich mich nie fragte, was
mein Weggang für die Arbeitsabläufe bedeutet hatte.
Ich war wohl immer davon ausgegangen, dass es keine
so große Rolle spielte.

Mia parkte vor dem Haus in Rissen. Der holzver-
kleidete Bungalow duckte sich vor dem Regen unter
die hohen Fichten. Die Rhododendren waren verblüht.
Eine dunkle Mischung aus Grün und Braun, die be-
dröppelt dreinschaute und wenig einladend wirkte.
Keine üppige Vegetation, nichts Buntes, keine Guernseylilien.

»Ich habe ein bisschen was eingekauft«, sagte Mia, während sie meine Koffer im Flur abstellte. »Bist du sicher, dass ich nicht noch bleiben soll? Wir könnten was kochen oder einen Film schauen.«

»Das ist ganz lieb, Schätzchen, aber ich glaube, ich muss erst mal allein wieder ankommen.«

Ich zwang mich, Mia von der Haustür aus nachzuwinken, bis die Lichter des Carsharingautos hinter der Kurve verschwanden. Dann spurtete ich ins Bad, hängte mich über die Kloschüssel und versuchte, den Klumpen herauszuwürgen, der seit Stunden in meinem Magen grummelte. Obwohl meine Bemühungen äußerst ergiebig waren, änderte das nichts an meinem elenden Gefühl.

Irgendwann rappelte ich mich auf, zog die Schuhe aus und schlich durchs Haus. Alles sah aus wie immer. Vielleicht nicht ganz. Vivian hatte sich bemüht, alle Dinge zurück an die Orte zu stellen, die ich einmal für sie vorgesehen hatte. Aber während so vieler Monate entstanden ganz natürliche Verschiebungen, schließlich musste sich das Haus dem Leben anpassen, nicht umgekehrt. Meine Lieblingstasse gehörte anscheinend nicht zu Vivians Favoritenkreis, sodass ich mich strecken musste, um sie hinten aus dem Schrank zu fischen. Den Boden des Wasserkochers bedeckte eine dicke Kalkschicht. Die Sofakissen gruppierten sich anders, der Couchtisch fungierte als Beistelltisch neben einem der Sessel, die Ordnung in der Speisekammer funktionierte nach einem System, das ich nicht durchschaute. Die Realität schien überall ein klein wenig verrückt. Ein Riss im Leben, der sich auch in den Dingen materialisierte.

Ich ging ins Schlafzimmer. Auf einem der Nachtschränkchen entdeckte ich ein Abschiedsgeschenk. Es war eine kleine Steinskulptur, eine Schwimmerin beim Absprung, den Kopf erhoben, die Arme vorgestreckt, bereit ins Wasser zu gleiten, auf dem Weg zu neuen Ufern. Mit Tränen in den Augen öffnete ich die dazugehörige Karte.

My bones drank water; water fell
Through all my doors. I was the well
That fed the lake that met my sea
In which I sang »Abide with me«.
(Maxine Kumin, Morning Swim)

Thank you for everything, Alice.
xo Vivian

Ich schlief furchtbar in den ersten Nächten. Obwohl ich nichts von Michael hörte, was sicher an seiner neuen Lebenssituation als frischgebackener Vater lag, rotierten in meinem Kopf Gedanken um Schnuller, Kinderwagen, Windeln und Brustwarzenentzündungen. Das Wissen um all diese Dinge hatten wir uns einmal gemeinsam angeeignet, na ja, vielleicht hatte ich mehr gelesen, intensiver gespürt, weil es schließlich mein Körper war, der das Wunder eines neuen Lebens unter maximaler Aufopferung realisierte. Während der ersten Schwangerschaft hatte mein Körper sogar entschieden,

auf die Kalziumvorräte in meinen Knochen zurück-
zugreifen, um Jannis in der Gebärmutter optimal zu
versorgen. Ich verlor einen Zahn und nahm fortan
Tabletten, um den Rest meines Gebisses zu erhalten.
Woran man sich so erinnerte.

Sobald ich die Augen schloss, sah ich Michael und
mich, wie wir ratlos im Babymarkt standen, über die
Vorzüge von Wickeltaschen diskutierten, den ersten
Strampler kauften, stundenlang verzückt das leise
Schnarchen unseres Babys studierten. All das erlebte
er nun auch mit Laura. Er würde Hannes helfen, laufen
zu lernen, ihn auf dem Fahrrad anschieben, bei seiner
Einschulung weinen.

Aber. Sicher auch niemals mit ihm Hausaufgaben
machen, über Schmerzen in den Knien stöhnen, wenn
er zu lange mit einem Kleinkind auf dem Boden he-
rumrobben musste, tiefe Augenringe beklagen, weil an
ein Durchschlafen während der ersten Monate nicht zu
denken war, sich über das Chaos an Windeln, Spucktü-
chern und Babysachen in der Wohnung aufregen und
dem vorelterlichen Sex hinterhertrauern. Warum tat er
sich das an? War es ein Unfall gewesen und Michael
zu stolz, um es mir gegenüber zuzugeben, und zu ver-
antwortungsbewusst, um sich nicht zu Laura und dem
Baby zu bekennen? Vielleicht.

Ich schnappte mir eine Jacke und rannte aus dem
Haus. Alles hier schrie Michael, klatschte mir Vorstel-
lungen von einer glücklichen neuen Kleinfamilie ins
Gesicht und verhöhnte meine Fähigkeit zu verdrän-
gen, denn ich wusste einfach überhaupt gar nichts

mit mir anzufangen. Es war, als hätte es die Monate auf Guernsey nicht gegeben, so, als ob noch immer Januar wäre und ich in einer verdammten Zeitschleife festhing.

Das kühle Hamburger Schmutzwetter leistete seinen ganz eigenen Beitrag.

Ich flüchtete vor den aus dem Norden kommenden Regenschnüren, die wie gebannt vor den Wassern der Elbe zurückschreckten, sich auf unseren Geesthängen abreagierten, und betrat den erstbesten Supermarkt.

An der Käsetheke traf ich Ulrike Barnstädt, eine Nachbarin aus dem Viertel.

»Alice! Du meine Güte, wir haben uns ja schon ewig nicht mehr gesehen! Wie geht es dir?«

Sie starrte mich in meinen durchnässten Jogginghosen, den am Kopf klebenden Haaren und meinen vom Weinen geröteten Augen an, und ich begriff: Sie wusste alles. Aber sie sah nicht wirklich mich. Ich, das war eine entliebte Frau. Eine Einsame, abgelegt vom Ehemann wie ein Spielzeug, das seinen Reiz verloren hatte. In ihrer Welt gab es nicht die Möglichkeit, dass ich allein glücklich oder freiwillig Single bleiben könnte. Die Trennung brandmarkte mich als Opfer. Deshalb sagte ihr Blick auch: Ich war eine gute Story. Eine Geschichte. Über einen Haustausch, eine junge Geliebte, ein Baby. Ein Skandal. Ich war jemand, über den man tratschen konnte.

Ich ließ sie einfach stehen, stürmte aus dem Supermarkt, ohne etwas zu kaufen, und erkannte auf dem Weg zurück zum Haus, was für eine wundervolle Idee

Mia mit Guernsey gehabt hatte. Ich musste hier weg. Raus aus diesem Bungalow, raus aus der Nachbarschaft, raus aus Rissen, raus aus diesem alten Leben, das schon seit Monaten, ach was, seit Jahren, nicht mehr meines war.

NOVEMBER

*D*as Schwimmbad besaß ein Fünfzigmeterbecken. Es war eines von sieben Ganzjahresfreibädern in Hamburg. Hohe Buchen säumten die Liegewiesen, zwei abgesperrte Rutschen versprachen sommerliche Action. Nach dem Freischwimmen in der kalten Nordsee um Guernsey herum fühlten sich die fünfundzwanzig Grad hier im Pool ein bisschen nach Badewanne an, aber mein Körper passte sich schnell an. Untertauchen, strecken, auftauchen, einatmen. Meine Schwimmzüge bewegten das Wasser, ich glitt hindurch, es strömte um mich herum, ich war im Fluss, gehörte zum Leben dazu.

Neben mir kraulte sich eine junge Frau fast geräuschlos durch das Becken. Zwei Bahnen weiter zog ein älterer Mann seine Runden, eine andere Frau legte am Einstieg gerade eine Schwimmbrille an. Ich hörte auf zu schauen, tauchte hinein in meinen Gedankenpalast, trieb in Ideen, entdeckte Verbindungen, driftete zu Erinnerungen. Ich war allein mit mir, aber alles andere als einsam. Es fühlte sich an, als hätte ich einen Berg erklommen und ein Plateau erreicht. Alles war gut.

Heute Morgen hatte ich mein Eisbadefass auf der Terrasse inspiziert. Das Wasser müffelte ein wenig, wirkte abgestanden und schal. Es war das gleiche, das mich im Januar aufgenommen und berauscht hatte. Ich öffnete den Abfluss und ließ es frei. Nun konnte es um die Welt reisen, sich in Molekülen auf Baumriesen im Amazonasbecken niederlassen oder über dem Stadtfest in Duisburg abregnen.

Kurz überlegte ich danach, in der Elbe schwimmen zu gehen. Die Kinder hatten früher an den Stränden des Falkensteiner Ufers im Flusswasser geplantscht. Aber zum Schwimmen war die Elbe wegen der starken Strömung und dem Sog und Schwell des Schiffsverkehrs zu gefährlich. Blieben Baggerseen. Und die Ganzjahresschwimmbäder.

Ich hatte mich für Bondenwald entschieden. Es lag in Niendorf, etwa sechzehn Kilometer von Rissen entfernt, mit dem Rad eine schöne Strecke durch den Wald des Klövensteen, über Wiesen und Felder, an Schenefeld und der Firma vorbei, dann ging es allerdings über zwei Autobahnbrücken, um die A23 und die A7 zu queren, die das pulsierende Gewebe der Stadt wie Pfeile durchstachen. Ich besaß kein E-Bike.

Seufzend stapfte ich in die Garage, um mein altes Hollandrad zu inspizieren, das Mia im Januar aus dem Teich gefischt hatte. Es glänzte. Sie hatte es repariert und geputzt. Meine wundervolle Tochter.

Als ich nach dem Schwimmen in der Cafeteria des Schwimmbads noch etwas trank, stellte ich erstaunt fest, von wie wenig meine Zufriedenheit abhing. Schwimmen zu können, eine heiße Tasse Tee, ein repariertes Fahrrad. Es fühlte sich an, als hätte ich mir an diesem Tag etwas zurückgeholt.

Das gute Gefühl trübte sich jedoch auf dem Rückweg.

Wind tobte über die Felder und trieb aufgebauschte Wolken über den Himmel. Es raschelte in den Eichenzweigen entlang der Pferdekoppeln, Blätter wehten umher, und ich ackerte mich mühsam durch die Landschaft. Der Herbst hatte Einzug gehalten, durch die Zeit auf Guernsey fehlte mir der Überblick. Ich schien irgendwie außerhalb geregelter Abläufe zu existieren, kein Montag unterschied sich von einem Mittwoch oder Samstag, überhaupt ergab die Zeit keinen Sinn. Ich liebte das Schwimmen, aber ich brauchte dringend einen Job. Eine Arbeit, die mein Leben strukturierte, die mich mit Freude erfüllte. Die für meinen Unterhalt sorgte.

Durchgeschwitzt erreichte ich Rissen. Ich radelte an den Sportplätzen vorbei und fragte mich, was ich verkaufen könnte, um mir ein E-Bike zu leisten. Vielleicht das Eisbadefass. Sicher meinen Ehering.

Ich bog in unsere Einbahnstraße ab und passierte das Haus von Ulrike Barnstädt, die gerade den Briefkasten leerte und mich musterte. Ich hob die Hand zum Gruß, strampelte weiter, erleichtert, gleich auf das Sofa fallen zu können, und erkannte eine Gestalt vor unserer Haustür.

Ein Mann mit kurz geschorenen Haaren, Jeans, Hoodie und einem Rucksack.

»Louis!« Die Bremsen quietschten dramatisch, als ich nur wenige Zentimeter vor seinen Turnschuhen stoppte. »Was um alles in der Welt machst du hier?«

Er zuckte mit den Schultern und formte die Lippen zu einem zerknautschten Lächeln.

Es war seltsam, Louis ins Haus zu bitten. Wobei seltsam nicht annähernd die Absurdität der Situation beschrieb. Es war, als würde ich einen Edding nehmen und die Seiten eines lieb gewonnenen Buchs überschreiben. Na ja, eines Buchs, das ich zwar liebte, aber trotzdem demnächst verkaufen würde. Wahrscheinlich liebte ich es auch gar nicht mehr, eigentlich wusste ich sogar sicher, dass ich es nicht mehr so liebte wie am Anfang, vielleicht hatte ich es auch nie wirklich geliebt. Sehr viel wahrscheinlicher aber war, dass der ganze Vergleich hinkte, und ich vor lauter Nervosität dummes Zeug dachte.

»Gediegen«, sagte Louis, nachdem er das Wohnzimmer mit Schuhen betreten hatte.

»Was hast du erwartet?«

»Mehr Alice.«

Ich betrachtete die weiß glänzende Hightech-Küche, den Couchtisch aus Nussbaum, das edle blaue Sofa, den XXL-Fernseher und erkannte plötzlich, wie unpersönlich das alles wirkte. An der Wand über dem Sofa hingen Kunstdrucke aus Museen, die Michael und ich irgendwann mal besucht hatten, das war alles. Keine Fotos, alle Wände weiß, nirgendwo Klamotten, niemals Unordnung. Es gab Bilder von Mia und Jannis im Flur, im Schlafzimmer und an allen Wänden in ihren früheren Kinderzimmern, die wir inzwischen für Gäste und als Büro nutzten. Aber der repräsentative Allraum des Hauses erstrahlte in der nichtssagenden Sauberkeit eines Möbelgeschäfts. Irgendwie war ich wohl immer davon ausgegangen, dass das so sein musste, so lebte man ab einem gewissen Alter mit einem entsprechenden Einkommen an einem bestimmten Ort. Was für ein Quatsch.

»Möchtest du was trinken?«

Er schüttelte den Kopf.

»Hast du Hunger? Du musst ja eine wahnsinnig frühe Verbindung von London aus bekommen haben.«

Louis ging um den Küchentresen und setzte sich auf einen der Barhocker. »Du hast es mir verdorben, weißt du.«

»Wie bitte?« Ich lehnte mich an die Spüle, hielt mich am kalten Stein der Arbeitsplatte fest.

»Guernsey. Die Insel ist nicht dieselbe ohne dich.« Er schüttelte den Kopf. »Das habe ich nicht kommen sehen.«

Ich wusste nicht, was ich sagen sollte, öffnete den Mund, schloss ihn wieder.

Louis musterte mich über den Küchentresen hinweg. Das zerknautschte Lächeln von vorhin wehte über sein Gesicht. Er wirkte so jung, wie er hier in unserer Küche saß, so verletzlich und vollkommen fehl am Platz. Es fiel mir schwer, mein Leben in diesem Haus mit Louis zu verknüpfen. Es gab überhaupt keine Berührungspunkte, nichts, was uns außerhalb dieser abgelegenen Insel im Ärmelkanal miteinander verband, es war, als hätte er die Realität mit sich getragen und sie um einige Schwingungen versetzt in meiner Küche abgeladen, eine Verschiebung in der Matrix. Ich müsste mich sehr viel weiter strecken als nach meiner Lieblingstasse hinten im Schrank, um der Vorstellung von Louis in meinem eigentlichen Leben Raum bieten zu können.

Er seufzte. »Ich habe mir diese Situation in den letzten Tagen oft ausgemalt und verschiedene Varianten durchgespielt. Geschwiegen hast du in keiner.«

»Ich ... entschuldige bitte, das ist ...«

Die Klingel unterbrach mich. Gleich darauf schob jemand einen Schlüssel in die Haustür, es raschelte.

»Hallo, ich bin's.«

Mia. Ich hörte ihre Schritte im Flur, aber da war noch ein anderes Geräusch, eine weitere Stimme. Bevor ich die Küchentür erreichte, stieß Mia sie bereits auf.

»Ich hab Oma mitgebracht. Wir wollten dich fragen, ob ...«

Sie blieb im Türrahmen stehen, starrte Louis an und versperrte meiner Mutter den Weg, die versuchte, sich an ihr vorbeizuschieben.

»Hallo«, sagte Mia und ließ meine Mutter passieren, der ein »Oh« entwich, bevor sie den Rücken durchstreckte und eine Haarsträhne hinter die Ohren schob. »Wir wussten ja nicht, dass du Besuch hast.«

Ich wagte nicht, zu Louis zu schauen, aus Angst, mein Blick könnte etwas verraten, was ich unter allen Umständen für mich behalten wollte. Zumindest gegenüber Mia und meiner Mutter. Wir schwiegen alle einen Augenblick lang, und ich spürte, es war an mir, etwas zu sagen, die Situation zu entspannen, für eine harmlose Aufklärung zu sorgen.

»Hey, ihr zwei ... also, das ist Louis. Er ist gerade

von Guernsey gekommen. Er ist ... der Sohn einer Freundin, also von einer Frau, die ich auf der Insel kennengelernt habe.«

»Na klar!« Mia lächelte und wechselte ins Englische. »Wir haben uns an dem einen Abend doch kennengelernt, na ja, nicht kennengelernt, aber wir haben uns gesehen. Du hast meiner Mutter den Schlüssel für die Gärten vorbeigebracht.«

Louis lächelte und nickte langsam. »Ah, ja, ich erinnere mich.«

»Du arbeitest also in Sousville Manor, ja? Und jetzt hast du Urlaub?«

Mia fand Gefallen an der Situation, seit Vivian scheinbar ganz generell an allem, was mit Guernsey in Verbindung stand. Sie zog einen der Barhocker heran und setzte sich Louis gegenüber.

»Louis ist Künstler«, sagte ich, um die Lügen in der Wahrheit zu verankern. Ich hatte mal gelesen, dass es half, ausgedachte Geschichten mit möglichst vielen realen Bezügen auszuschmücken. Das erleichterte die Tarnung.

»Oh, wirklich? Bist du auch Bildhauer?«

Louis sah mich an. »Maler.«

Mia runzelte die Stirn. »Ich wusste gar nicht, dass es auch Ausstellungen in Sousville Manor gibt, ich dachte immer, nur die Gärten seien öffentlich zugänglich. Na. Beim nächsten Mal muss ich mir dann ja wohl unbedingt deine Arbeiten im Haus anschauen. Mit welchem Thema setzt du dich denn gerade auseinander?«

Während Louis von den Bildern sprach, in die er

Strandgut einbaute, und zum Glück nicht über die Skizzen zu Frauenakten in der Natur, erklärte ich meiner Mutter, worüber die beiden sich unterhielten. Sie hatte in der Schule nie Englisch gelernt, sodass sie dem Gespräch nicht folgen konnte.

Noch während ich grübelte, wie ich Mia und meine Mutter hinauskomplimentieren konnte, schlug meine wunderbare Tochter bereits vor, dass wir alle gemeinsam spazieren gehen könnten.

»Das wär doch super! Wir wollen runter an die Elbe, zum Strand am Falkensteiner Ufer. Da kann Louis gleich sehen, wie schön Hamburg ist.«

Meine Mutter schielte zu mir herüber. Es kann sich nur um den Bruchteil einer Sekunde gehandelt haben, aber ich schaffte es nicht schnell genug, meinen entsetzten Gesichtsausdruck abzumildern oder etwas Ähnliches wie Entspannung in meine Mimik zu zaubern. Meine Mutter hob die rechte Augenbraue, eine Fähigkeit, um die ich sie beneidete, blinzelte zweimal knapp hintereinander, und ich wusste, dass sie es wusste. Sicher nicht alles, natürlich keine Details, aber wahrscheinlich erinnerte sie sich gerade genau wie ich an unser Telefonat auf meinem Weg nach Lihou. Als sie mir ungefragt den Rat gegeben hatte, mein Leben zu genießen, die Zeit aber nicht mit unbedeutenden Flirts zu verschwenden.

Meine Mutter betrachtete Louis, dann schaute sie zu mir. Für einen Augenblick presste sie die Lippen aufeinander und nickte langsam. Dann taumelte sie gegen Mia.

»Oma? Ist alles okay?«

»Ach, es geht schon, mein Engel. Nur ein bisschen schwindelig.«

Wir führten sie ins Wohnzimmer, setzten sie auf das Sofa und reichten ihr ein Glas Wasser. Meine Mutter trank, während sie den Schal um ihren Hals lockerte.

»Mein Blutdruck war heute schon den ganzen Tag über so niedrig. Muss am Wetter liegen. Es ist so schwül. Das passt gar nicht in diese Jahreszeit. Viel zu warm. Davon werde ich immer so schlapp, geht euch das auch so? Wenn es auf einmal so warm wird. Mal so, mal so. Ist so wechselhaft. Nächste Woche soll es sich ja endlich richtig abkühlen. Dann wird es sicher besser.«

»Möchtest du einen Kaffee, Mama?«

»Nein, nein. Aber ich glaube, ich würde mich gerne zu Hause hinlegen. Mia, Engelchen, sei mir bitte nicht böse. Wir können ja an einem anderen Tag spazieren gehen, ja?«

»Na klar, kein Problem, Oma.«

Meine Mutter trank das Wasserglas leer, ließ sich von Mia unterhaken und bedachte Louis mit einem Abschiedsnicken.

Mia drehte sich zu mir um. »Wenn ihr was unternehmen wollt, Mama, sag Bescheid. Ich kann gerne später noch mal herkommen.«

Ich küsste meine Tochter auf die Stirn und umarmte meine Mutter. »Das ist ganz lieb, Schätzchen, aber Louis ist später noch verabredet, da bleibt nur wenig Zeit.«

Mia verabschiedete sich von Louis und versprach, sich bei ihrem nächsten Guernsey-Besuch seine Bilder anzuschauen.

Ich brachte die beiden zur Haustür. »Sag Bescheid, wenn du was brauchst, Mama, ja?«

Meine Mutter lächelte mich an. »Ich komme schon klar, Liesilein, ich komme schon klar.«

Es konnte Einbildung sein, aber es klang, als betonte sie das erste und sechste Wort besonders.

Ich schloss die Haustür. Mir blieben genau sieben Meter vierzig, der Weg durch den Flur zurück in die Küche, um darüber nachzudenken, wie es weitergehen sollte. Ich bog ab zur Toilette, verriegelte die Tür und verschaffte mir Zeit.

An die Wand gelehnt drehte ich den Wasserhahn auf, spülte, kruschelte mit meiner Jogginghose und dem Handtuch. Der Spiegel zeigte eine ungeschminkte, unfrisierte, null hergerichtete, fast fünfzigjährige Frau mit hektischen roten Flecken am Hals. In einer romantischen Komödie aus den Neunzigern würde ich jetzt zum Rasierer greifen, unter die Dusche springen und meinen Kleiderschrank durchwühlen. Aber so ein Film war das hier nicht.

»Alice?« Louis klopfte an die Tür.

Ich atmete, öffnete und wie so oft standen wir einander in einem Türrahmen gegenüber.

»Hey.«

»Hey.«

Vertrautes Schweigen klemmte zwischen uns.

»Das war …«, »Ich wollte …« Wir lachten.

Louis öffnete die Arme, und ich nahm seine Einladung an. Mitten im Durchgang zwischen Flur und Toilette rasteten wir ein wie Feder und Nut. Alles passte, fühlte sich genauso an wie auf Guernsey, als wären wir handwerklich aufeinander zugeschnitten. Louis roch nach Kaffee und Minze und Abenteuer, ein Duft, den ich mir am liebsten in Flaschen abgefüllt hätte.

»Ich habe dich vermisst«, flüsterte er, aber als ich die Augen öffnete, sah ich den Flur des Hauses, das Michael und ich gemeinsam gekauft hatten.

Ich machte mich los. »Tut mir leid … nur … es fällt mir schwer, das hier zusammenzubekommen. Du … in meinem Leben mit Michael.«

»Dabei passe ich farblich ganz gut rein, wie ich finde …« Louis machte einen Schritt in Richtung Garderobe und hielt den Ärmel meiner Regenjacke vor sein Sweatshirt. Die Blautöne ähnelten einander kein bisschen.

Ich lächelte. »Du nimmst mich nicht ernst.«

»Ich nehme dich aufrichtig ernst. Aber ich würde dich auch aufrichtig gern vögeln.«

»Louis …«

»Was?« Er nahm meine Hände in seine. »Vergiss, was ich vorhin in der Küche gesagt habe, okay? Weder will ich bei dir einziehen noch mache ich dir einen Heiratsantrag.«

»Autsch.«

»Sorry.« Er grinste. »Ich war für ein Job-Briefing zurück in Belgien, und habe den Ausblick von King's Mill vermisst, das Gästehäuschen, die Stille auf Lihou. Vielleicht auch das Gegacker von Marthas Hühnern und meine Fantasien von Fuchsbeinen, die mit schwerer Beute in den Hecken verschwinden.«

»Es gibt keine Füchse auf Guernsey.«

»Ganz genau. Ich bin nicht der Typ, der Dinge in starre Korsetts zwängt.«

»Nein … das bist du nicht.«

»Alice! Sieh dich an!« Er hob unsere Hände in die Höhe, trat einen Schritt zurück und musterte mich. »Du trägst Jogginghosen, Kuschelsocken und ein Sweatshirt mit Zahnpastafleck. Du bist auch nicht dieser Typ. Und jetzt lass uns bitte ins Schlafzimmer gehen.«

»Nein! Auf keinen Fall ins Schlafzimmer!«

Louis grinste. Ich hatte seinem Vorschlag zugestimmt, nur der Ort stand noch zur Disposition.

~

Louis blieb zwei Tage, in denen wir das Haus genauso wenig verließen wie unser Bettenlager im Wohnzimmer. Wir sahen dem Regen beim Fallen zu, beobachteten wie der Wind mit dem Herbstlaub spielte, gruselten uns vor den Dingen, die hinter den Schatten der Fichten lauerten. Der Garten lebte wie nie zuvor in den vergangenen Jahrzehnten.

Monatelang lag hier jede menschliche Aktivität brach, niemand hatte sich darum gekümmert den Rasen zu stutzen, Unkraut zu jäten, die Bäume zu beschneiden, Rhododendronblüten zu zupfen. Das Gras stand kniehoch und tanzte mit jeder Böe. Es bot Verstecke für Käfer und Insekten, die Vögel anlockten. In einem Blätterhaufen baute ein Igel sein Winterquartier. Nachts hörten wir ihn schnaufen.

Am dritten Morgen, als wir in aller Frühe aufstanden, weil Louis einen Flug auf die Kapverden erreichen musste, äste ein Reh im nebligen Dunst, der über dem Garten aufstieg. Michael hatte den Zaun früher im Herbst täglich bei einer Morgenrunde nach Löchern abgesucht. Die Rehböcke bildeten zu dieser Zeit ihr neues Geweih aus, die äußere Hautschicht starb ab, und die Tiere versuchten den Bast durch Fegen an Baumstämmen abzustreifen, was zu ständigen Zaunarbeiten im ganzen Viertel führte. Zum ersten Mal sah ich in dem Reh an diesem Morgen keinen Eindringling und genoss die stille Poesie seines Anblicks.

»So erinnere ich mich an dein Haus«, sagte Louis zum Abschied. »Camping im Wohnzimmer, Sex an der Terrassentür und ein Reh im nebligen Garten.«

Nachdem er ins Taxi gestiegen war, machte ich mir einen Tee, kuschelte mich zurück auf die Matratzen, wo noch immer alles nach Louis roch, und beobachtete den Tag beim Erwachen.

Ich beschloss, weiter im Wohnzimmer zu schlafen. Der Blick aus den bodentiefen Fenstern war wundervoll. Ich schob das Sofa in Richtung Küche, platzierte es schräg in der Ecke des Raums, räumte die Sessel weg vom Fernseher hin zum Ausblick und richtete mich im Bettenlager mit dem Sofatisch als Nachtschränkchen ein. In unserem Schlafzimmer klaffte das Gerippe des

Lattenrosts, der zerfetzte Leichnam einer verstorbenen Ehe.

Ich sortierte meinen Kleiderschrank aus, verabschiedete mich von Seidenblusen und Blazern und verstaute den Teil meiner Garderobe, den ich weiterhin anziehen wollte, im Gästezimmer. Auch das Schmuckkästchen mistete ich aus, legte meinen Ehering beiseite, genauso wie einige teure Stücke, die Michael mir zu diversen Gelegenheiten geschenkt hatte. Ich behielt nur weniges. Einen Ring meiner Großmutter, selbst gebastelte Ohrringe von Mia, meine Lieblingskette, ein bisschen Modeschmuck. Mit den wertvollen Sachen fuhr ich zu einem Juwelier in Blankenese, meinen Ehering und zwei weitere versetzte ich beim Goldankauf. Das Geld reichte für ein preisgünstiges E-Bike.

~

Ich fuhr jetzt jeden Tag durch Sonne, Wind, Regen und Hagelschauer mit dem E-Bike zum Schwimmen ins Ganzjahresfreibad nach Niendorf. Das warme Wasser machte mich wagemutig. Ich schwamm heute länger als gestern und morgen weiter als heute. Da war eine Kraft, die mich begleitete, eine Energie, mein Leben in die Hand zu nehmen.

Zu Hause verbrachte ich die meisten Stunden am Computer auf der Suche nach einer bezahlbaren Wohnung und einem Job. Ich abonnierte Dutzende Immobilienseiten, machte Berufstests auf den Seiten des Jobcenters, las mich durch Erfahrungsberichte von

Frauen, die in der Mitte ihres Lebens etwas Neues wagten. Zurück ins Büro von Janssen Fenster und Markisen konnte ich schließlich nicht.

Doch meine Suche fühlte sich seltsam an. Auf Guernsey war bereits alles anders gewesen, hier schien mein Leben unverändert. Als hätte der Rückflug mich nicht nur über Länder, sondern auch durch die Zeit getragen und irgendwo vor dem Anfang dieses ganzen Schlamassels ausgespuckt. Der Bungalow gaukelte mir eine Realität vor, eine Unbekümmertheit, die es nicht mehr gab. Ich wusste nicht, was ich zukünftig machen wollte. Keine Ahnung, ob ich meine Wünsche so tief verbuddelt hatte, dass ich sie nicht wiederfand, oder ob ich mir einfach nie erlaubt hatte, derartige Träume zu träumen und dieser Denkmuskel eines intensiven Trainings bedurfte.

Ich gewöhnte mir an, zum Grübeln einmal am Tag durch alle Räume des Hauses zu gehen, mit Ausnahme des Schlafzimmers. In jedem Raum musste ich eine drängende Frage beantworten, erst dann durfte ich es wieder verlassen.

Wohnzimmer: Warum wäre es schlimm, allein zu sein?

Weil ich Angst vor der Einsamkeit hatte. (Allein und einsam sein war aber nicht dasselbe. Und eigentlich war ich mir selbst ein guter Gast.)

Küche: Wer war ich ohne Michael?

Alice! Verdammt noch mal!

Flur: Wie sollte ich finanziell allein klarkommen?

Mit einem Job wie alle anderen auch. Außerdem

würde Michael mir Unterhalt zahlen müssen, oder nicht? Ich sollte dringend eine Anwältin kontaktieren.

Bad: Das war alles so schwierig! Ich hatte Angst!

Das war keine Frage, Alice, aber gut. Behandle dich wie einen kranken Gaul, eine abgehalfterte Mähre, die eine schlimme Zeit durchmacht. Gönn dir Streicheleinheiten, Nächte mit Louis, geh schwimmen, sei gut zu dir. Mach es dir nicht extra schwer. Du schaffst das.

Ich schaute mir etliche Wohnungen in ungefähr allen Hamburger Stadtteilen und im Speckgürtel an. Aber ohne regelmäßiges Einkommen landete ich noch nicht einmal auf den Wartelisten der Makler.

Wenn es zu frustrierend wurde, rief ich Martha an. Sie besaß die wunderbare Fähigkeit, mit ihrer Stimme zu umarmen. Meine Welt und Guernsey verzahnten sich miteinander, mehr, als ich es je für möglich gehalten hatte, stärker als während meiner Zeit auf der Insel. Louis schrieb mir ab und an, allerdings telefonierten wir nie. Es passte nicht zu unserem korsettfreien Umgang.

Dafür besuchte ich mit Mia und meiner Mutter den Botanischen Garten in Flottbek, wo wir uns Vivians Skulpturen anschauten. Sie hatte sich mit dem Thema Wasser auseinandergesetzt und damit eine Verbindung zwischen ihrer Heimatinsel im Ärmelkanal und unserer Stadt an der Elbe geschaffen. Ihre Werke bestanden aus unendlich vielen, unterschiedlich großen Steintropfen, die gemeinsam eine Welle, eine Fontäne, eine Pfütze formten. Mia erklärte uns den Herstellungsprozess, Vivians Hadern, das Ringen um den Ausdruck, ihren radikalen Anspruch an sich selbst. Sie fotografierte die Skulpturen, um sie Vivian im Wandel der Jahreszeiten präsentieren zu können.

Währenddessen schlenderten meine Mutter und ich weiter zwischen den Rabatten hindurch.

»Das Wetter ist angenehm heute«, sagte sie. »Nicht mehr so wechselhaft, das vertrage ich wirklich überhaupt nicht, geht dir das auch so? Mit dem Alter werde ich immer wetterfühliger, wirklich, die könnten mich im Meteorologischen Institut anstellen, weißt du, dann würde der Wetterbericht endlich mal stimmen.«

»Das halte ich für eine sehr gute Idee.«

»Auch neulich, bei dir ... als es mir so schwindelig war.«

»Hm.«

»Als Mia und ich dich zum Spazierengehen abholen wollten ...«

Ich nickte.

»Als dieser Mann aus Guernsey dich besuchte ...«

Ich nickte erneut. Wie ich es hasste, wenn sie um ein Thema herumschlich! Eine Katze auf Beutezug.

»Nun ja ...« Sie hakte sich bei mir unter. »Wie geht es dir?«

»Gut.«

»Soso.«

»Was soll das heißen?«

»Gar nichts, nur so.«

»Mama, ich lebe in Scheidung.«

»Da ist doch noch nicht das letzte Wort gefallen.«

»Michael hat ein Kind mit einer anderen. Das ist

ein ziemlicher Knall von einem letzten Wort, findest du nicht?«

»Du könntest doch versuchen ...«

»Mama, ich will gar nichts versuchen, außer darüber hinwegzukommen. Mit allen Mitteln.«

»Der Zweck heiligt die ja bekanntlich.«

»Eben.«

Sie dachte einen Moment nach. »Du musst dabei aber fair bleiben.«

»Ich weiß.«

»Und du darfst dir nichts verbauen, hörst du? Bleib offen, falls sich andere Möglichkeiten ergeben.«

»Der Millionär mit einem Gestüt vor den Toren Hamburgs?«

»Zum Beispiel.«

»Ich werde meine eigene Millionärin.«

Sie lachte. »Ich mache mir nur Sorgen.«

»Ich weiß.«

Mia schloss zu uns auf, und wir drehten gemeinsam eine Runde durch den herbstlichen Park. Die Blätter der Bäume changierten in den schönsten Tönen, glitzerten vom Regen in Rot, Gelb und Orange. Die Natur bäumte sich ein letztes Mal auf. Bald schon würde sich alles zurückziehen, einmummeln, überwintern. Wie gerne würde ich diesem Beispiel folgen. Einfach im nächsten Frühjahr erwachen und alles läge hinter mir. Die Scheidung, Jobsuche, Umzug. Ein kleiner blauer Winterling.

～

Michael klingelte und wartete, dass ich ihm die Tür zu unserem Haus öffnete. Das war löblich, aber seltsam. Dann wiederum hatte sich die Normalität sowieso vor Monaten aus meinem Leben verabschiedet, sodass diese Kleinigkeit keine wirkliche Rolle spielte.

»Hallo.«

»Hi.«

Ich versuchte mich an einem Lächeln, aber es fiel reichlich verlegen aus. Wie begrüßte man jemanden, der sich nach neunundzwanzig Jahren aus der Beziehung verabschiedete?

»Du siehst gut aus«, sagte Michael. »Hast du abgenommen?«

Ich trat einen Schritt zurück. »Du hast mich seit neun Monaten nicht gesehen, und das Erste, was dir einfällt, ist, mich zu fragen, ob ich abgenommen habe?«

»Ich wollte nur nett sein.«

»Das ist nicht nett, verdammte Scheiße!«

»Herrgott! Ich kann auch gleich wieder gehen, wenn du schon bei meinen ersten Worten ausflippst!«

»Liegt vielleicht an deinen ersten Worten, schon mal darüber nachgedacht?«

Wir starrten einander an wie zwei Boxer im Ring. Früher hatten wir uns nie gestritten, na ja, zumindest nur sehr selten. Ein harmonisches Familienleben galt in unserem Haus als oberste Priorität. Vielleicht hatten wir es übertrieben.

Michael fuhr sich mit den Händen durch die Haare, und ich sah graue Strähnen zwischen dem blonden Rest. Die Falten um seinen Mund schienen tiefer, die

Ringe unter seinen Augen bläulicher geworden zu sein. Er wirkte wie Schnee im März. Schmutzig weiß, müde und angezählt. Er zersetzte sich in seine Bestandteile, während Vitalität und Lebensschwung dahinschmolzen.

Ich seufzte. »Wollen wir noch mal von vorne anfangen?«

Er nickte.

»Hallo, Michael. Komm doch rein. Möchtest du Kaffee oder Tee haben?«

»Kaffee wäre gut.«

Ich ging in die Küche voraus und verstand plötzlich nicht mehr, wieso ich die vergangenen drei Stunden vor dem Spiegel verbracht hatte. In einem Anfall von Nervosität hatte ich mich gestern neu eingekleidet. Eine weite Palazzohose mit Gummizugbund in einem dunklen Blau, bequem, aber schick, dazu eine flauschige, knallblaue Strickjacke und ein weißes T-Shirt. Silberne Ohrringe. Ich war auf Guernsey nie beim Friseur gewesen, sodass meine Haare bis über die Schultern fielen. Wegen der vielen Sonnenwochen schimmerten einige Strähnen heller als andere, etliche graue waren hinzugekommen, was meinem ungeschnittenen Schopf etwas Frisches verlieh, das mir gefiel.

Michaels Stil hatte sich nicht verändert. Ich glaubte sogar, den grauen Pulli zu kennen, den er trug. Die Jeans schienen neu zu sein.

»Was um alles in der Welt ist mit dem Wohnzimmer passiert?« Michael schaute von der Küche die zwei breiten Stufen hinunter auf mein Matratzenlager.

»Ich mochte nicht mehr im Schlafzimmer übernachten.«

»Du hättest ins Gästezimmer ziehen können.«

»Mir gefällt es so besser.«

Wir setzten uns auf die beiden Sessel, die ich nebeneinander vor die Fensterfront geschoben hatte. Den Sofatisch erlöste ich von seinem Dasein als Nachtschränkchen und platzierte ihn als Beistelltisch für Kaffee und Tee zwischen uns. Wir nippten an unseren Getränken und schauten in den Garten, wo seit heute Morgen einzelne Schneeflocken auf den Rasen trudelten.

»Schöne Aussicht«, sagte Michael. »Vielleicht hätten wir es immer so halten sollen.«

»Ja …«

»Mia hätte sich allerdings ein bisschen mehr um alles kümmern können.«

Ich seufzte. »Wie geht es Laura und dem Baby?«

»Nett, dass du fragst. Es geht ihnen gut. Aber natürlich ist es am Anfang anstrengend.«

Die Worte *vor allem wenn man nicht mehr dreißig ist* lagen auf meinen Lippen, aber ich beherrschte mich. »Mia hat erzählt, ihr seid umgezogen?«

»Lauras Wohnung war zu klein für drei Personen. Wir haben eine Doppelhaushälfte in Schenefeld gefunden, die gut passt.«

Erneut schloss ich meinen Mund fest, um nicht mit einem Kommentar herauszuplatzen. Dafür reichte das Geld also.

Michael räusperte sich. »Und hast du … ich meine, bist du auf Haussuche?«

»Auf Haussuche? Ha!«

Ich dachte an das kleine Mittelreihenhaus, in dem ich aufgewachsen war, siebzig Quadratmeter mit einer Haustür, die sich ins Wohnzimmer hinein öffnete. Ein vergleichsweise geringes Erbe irgendwann, aber eine Sicherheit, die ich mehr als zu schätzen wusste. Bei Michael sah es anders aus.

Damals, als wir nach einem Heim für die Familie suchten, die wir gerade gründeten, hatte es unbedingt ein alleinstehendes Haus sein müssen, da waren sich Michael und sein Vater einig. Eines, um das man komplett herumgehen konnte, ohne störende Geräusche von den Nachbarn, etwas mit Prestige und Niveau. Ein Bungalow in den Elbvororten, direkt am Waldrand. Na ja, irgendwann würde Michael sein Elternhaus erben, einen ziemlichen Kasten, dessen Pflege seine Mutter seit Jahren überforderte. Ob Doppelhaushälfte oder nicht spielte wohl keine allzu große Rolle.

»Es wird wohl eher auf eine Zweizimmerwohnung hinauslaufen.«

Er nickte.

»Ist es nicht traurig, dass es am Ende nur noch um Geld geht?« Ich platzierte die Teetasse auf meinen angewinkelten Beinen und genoss die Wärme, die durch meine Hose sickerte. »Das ist alles, was von unseren hehren Plänen geblieben ist.«

»Aber das ist wichtig.«

»Natürlich.«

Wir sprachen über den Hausverkauf. Michael hatte sich bereits mit einem Makler in Verbindung gesetzt, ein alter Bekannter seines Vaters. Ich dachte an die Anwältin, die ich noch immer nicht kontaktiert hatte, und unterdrückte ein Gefühl von Panik. Michael reichte mir eine Liste der Möbel und Dinge, die er haben wollte. Fernseher, Terrassenstühle, Rasenmäher, Werkzeug, Kronleuchter … Wie wenig mir das alles bedeutete. Nein, das stimmte so nicht: Wie wenig ich mich an Dingen festhalten wollte, die für unser gemeinsames Leben standen. Vielleicht war ich auch einfach nicht pragmatisch genug.

»Kann ich dich was fragen?«

Michael sah mich an. »Klar.«

»Wolltest du damals wirklich die Firma übernehmen oder hast du dich darauf eingelassen, weil ich schwanger war?«

Er schüttelte den Kopf. »Das ist so lange her.«

»Und?«

»Keine Ahnung. Es war in jedem Fall die richtige Entscheidung, oder nicht?«

Ich zuckte mit den Schultern.

»Wovon hätten wir bitte leben sollen, wenn ich studiert hätte?«

»Andere haben das auch geschafft.«

»Ach ja? Wer?«

Ich schloss kurz die Augen. »War es denn dein Wunsch, zu studieren?«

»Nein. Ich wollte meine Frau und mein Kind ernähren können.«

»Aber wenn ich nicht schwanger geworden wäre?«

»Dann gäbe es Mia und Jannis nicht, das möchte ich mir nicht einmal vorstellen.«

»Darum geht es doch auch gar nicht. Ich meine nur …«

»Ich weiß nicht, was so ein Hätte, Wenn und Aber für einen Sinn hat. Wir haben uns damals entschieden, das durchzuziehen, und so haben wir es gemacht.«

Das Reh zwängte sich durch ein Loch im Zaun, zuckelte in den Garten und sah sich mit gespitzten Ohren um. Ich hielt den Atem an, erwartete fast, dass Michael aufspringen und es mit lauten Schreien vertreiben würde. Aber er war in Gedanken, schien das Tier gar nicht zu bemerken.

»Weißt du …« Ich wagte einen letzten Versuch. »Ich habe in letzter Zeit viel darüber nachgedacht, ob wir in unserer Geschichte nicht einen wesentlichen Schritt übersprungen haben.«

»Heirat vor Schwangerschaft?«

Ich schüttelte den Kopf. »Wir waren so lange ein Ehepaar … aber sind wir je Freunde gewesen? Man sollte meinen, dass das alle Nachteile in einer Beziehung, einer Ehe, aufgewogen hätte … in der Welt einen Freund zu haben, jemanden, der einem bedingungslos zur Seite steht.«

»Aber so war es doch.«

Ich schüttelte den Kopf. »Nein. Den Schritt haben wir irgendwie übersprungen.«

Michael sah auf die Uhr. »Ich muss dann mal. Danke für den Kaffee, Alice, und dass wir so ruhig über alles sprechen konnten. Ich hoffe, das bleibt so, schon wegen Mia und Jannis.« Er stand auf.

Ich brachte ihn zur Tür, und wir verabschiedeten uns.

Wie gern hätte ich ihn gefragt, ab wann er nicht mehr glücklich in unserer Ehe gewesen war, ob es einen Auslöser gab. Ich dachte, es wäre gut für uns beide, zum Anfang zurückzukehren, uns anzuschauen, wie alles begann, was sich im Mittelteil verändert hatte und wie genau das Ende zerfallen war, nur so könnten wir Rückschlüsse ziehen und jeder für die Zukunft lernen. Vielleicht würde es dafür in den nächsten Jahren irgendwann einmal eine Gelegenheit geben. Wahrscheinlich eher nicht.

Ich verwandelte unseren früheren Sofatisch vom Beistelltisch zurück in ein Nachtschränkchen, beseitigte jede Veränderung, die ich für Michael vorgenommen hatte, es waren zum Glück nicht viele, die French Press für den Kaffee, den Standort der Sessel, die Schminke in meinem Gesicht, kuschelte mich auf mein Matratzenlager und weinte. Das hatte ich lange nicht getan.

Es war kein bebendes Schluchzen, das die Eingeweide erschütterte, kein verzweifeltes Heulen, das mit Wölfen konkurrierte, eher ein trauriges Rinnsal, weil ich die Idee zu Grabe trug, auf der ich mein Leben aufgebaut hatte.

Ich starrte aus den Fenstern und wartete, dass der Rehbock sich zurück in den Garten wagte, aber er schien Besseres zu tun zu haben. Dafür kam vor lauter Tränen ein Schluckauf zu mir. Ich ging in die Küche und trank etwas Wasser, um das nervige Hicksen zu vertreiben, das meine Trauer ins Lächerliche zog, schnappte mir ein Bonbon und wollte mich gerade zurück unter die Bettdecke stopfen, als es klingelte.

Ich konnte mich nicht erinnern, früher so oft von Besuch überrascht worden zu sein wie heutzutage.

Ich schlurfte durch den langen Flur, öffnete und stand wieder einmal Louis in einem Türrahmen gegenüber. Er trug dieselben Klamotten wie vor einigen Tagen. Wahrscheinlich befand er sich auf dem Rückweg von dem Projekt auf den Kapverden.

Er lächelte, aber etwas bei meinem Anblick oder in meiner Haltung ließ ihn draußen verharren und mich nicht stürmisch umarmen.

»Louis … kannst du nicht anrufen oder eine Nachricht schreiben, bevor du kommst? So wie jeder andere Mensch auch?«

Er musterte mich. Ewig, wie es schien. Schließlich streckte er eine Hand nach mir aus.

»Darf ich?«

Er wischte mit dem Daumen über mein Gesicht, rieb die Tränen zurück in die Haut. Ich schloss die Augen. Er fuhr über meine Nase und hubbelte über das Bonbon in meiner Wangentasche.

»Was ist das?«

»Ein Bonbon.«

»Darf ich mal lutschen?«

Verdutzt starrte ich ihn an, aber Louis lächelte nur. Ich fischte mit zwei Fingern nach dem Bonbon in meinem Mund, zog es heraus und schob es zwischen seine Lippen.

»Orange«, sagte er. »Lecker.«

Ich lachte.

Louis' Art, seine Fähigkeit und der unbedingte Wille,

dem Absurden in der Welt eine Chance zu geben, halfen mir, nicht in Trübsal zu versinken. Er verlieh meinem Leben Leichtigkeit. Wer brauchte schon Kellerräume und erste Stockwerke, wenn oben auf der Dachterrasse eine Party stieg? Für Louis musste das Leben laut sein, bunt, dramatisch, exzessiv, zügellos. Leise war langweilig. Vielleicht verlernte man bei all dem Krach das Zuhören, aber das schien nichts zu sein, was ihn belastete.

Ich ließ Louis herein, und wir versanken schon kurz darauf in den nass geweinten Laken des Matratzenlagers, fügten Schweiß und andere Körperflüssigkeiten hinzu und suhlten uns im Leben.

Später spielte Louis mir eine seiner Entdeckungen auf Spotify vor, eine neue Variante des alten Beatles-Songs »Eleanor Rigby«.

All the lonely people, where do they all come from?
All the lonely people, where do they all belong?

Wir hörten uns durch die mehr als zehn, zum Teil sehr unterschiedlichen Interpretationen und kamen zu dem Schluss, dass die Metal-Version uns am stärksten rührte. Vielleicht weil der Kontrast zwischen Text und Melodie, diesem melancholischen Gefühl, das das Lied vermittelte, und der harten, wilden Musik so außerordentlich war. Manchmal begriff man die Dinge erst, wenn man sie mit ihrem Gegenteil konfrontierte.

Später kochten wir zusammen, und Louis arrangierte ein Candle-Light-Dinner, indem er alle Teelichter und Kerzen, die er im Haus auftreiben konnte, rund um das Matratzenlager platzierte und anzündete. Wir badeten in Licht. Es war eine Nacht, die keine Fragen stellte, alle Gedanken an Michael, Vergangenheit oder Zukunft verpufften im Qualm der kleinen Flammen.

Ich küsste Louis, er zog mich zu sich, wir kullerten über die Kissen, lachten.

Bis Louis aufschrie. »Feuer!«

Er hechtete über meine Schulter, riss an einem Kissen, schlug auf meinen Kopf, das Bett, die Laken ein. Ich hustete. Aschefetzen stoben durch die Luft. Es stank bitter und verbrannt, wie nach faulen Eiern.

»Alice, alles okay?« Louis hielt mich von sich, beugte meinen Kopf, untersuchte meinen Rücken.

Es war alles so schnell gegangen, dass ich gar nicht richtig verstand, was geschehen war.

»Deine Haarspitzen sind plötzlich aufgelodert.« Louis griff nach einer Strähne und zog sie vor mein Gesicht.

Ich stand auf und lief ins Bad, während Louis die Kerzen löschte. Im Spiegel sah ich, dass das Feuer die Spitzen auf meiner rechten Seite versengt hatte. Die Haare krusselten sich zu zusammengeschmolzenen Fäden, die in alle Richtungen abstanden.

»Scheiße.« Louis trat hinter mich. »Das war knapp. Ist wirklich alles okay?«

Ich nickte.

Wir befühlten meine Haare, deren Spitzen zwischen unseren Fingern wie trockenes Stroh zerbröselten.

»Das wird schon wieder.« Louis küsste mich auf den Scheitel. »Ich kann dir eine Maske einmassieren. Oder du lässt den Conditioner über Nacht einweichen. Sicher kann dein Friseur auch noch was retten.«

Ich schaute mir in die Augen, taxierte mein Gesicht mit Marthas Dreiecksblick. Ich hatte viel Empathie für mich übrig. »Das ist nicht nötig. Hast du einen Rasierer dabei?«

»Sicher …«

»Darf ich ihn benutzen?«

Louis ging zu seinem Rucksack, wühlte einen Moment lang, kehrte mit einem elektrischen Rasierer ins Bad zurück, hielt ihn mir hin, ließ aber nicht los, als ich danach griff.

»Entscheidungen trifft man am besten, nachdem man eine Nacht darüber geschlafen hat. Das habe ich von meiner Großmutter. Hat mich vor allerlei Dummheiten bewahrt.«

»Und trotzdem bist du hier.«

Er lockerte seinen Griff.

Ich nahm den Rasierer, stellte fünf Millimeter ein und schaltete ihn an. Mein Herz schlug, wie es noch nie mit einem Rasierer in meiner Hand geschlagen hatte. Entscheidungen waren Entscheidungen waren Entscheidungen. Ich neigte nicht zu Reue. Wenn ich einmal etwas beschlossen hatte, dann doch aus gutem Grund. Es galt, mir und meinen Fähigkeiten wieder zu vertrauen, daran zu glauben, dass ich die Dinge auf meine Art regelte.

Ich setzte den Rasierer am Haaransatz auf meiner Stirn an.

»Alice …«

Dann fuhr ich mit den metallenen Klingen über meine Kopfhaut. Ich hatte erwartet, dass es mühsam sein würde, ein Pflug durch verstrubbeltes Gewirr. Aber der Rasierer glitt sanft und effektiv über meinen Scheitel und trennte jedes einzelne Haar sorgfältig ab. Ich hatte Angst vor meinem Spiegelbild, versuchte, die Strähnen auszublenden, die sich im Waschbecken, auf meinen Schultern und dem Boden stapelten. Trotzdem beherrschte mich ein tröstliches Gefühl von Kontrolle. Ich fuhr in Bahnen mit dem Rasierer über meinen Kopf, verlor Gewicht, kappte die Verbindungen zu früher, entfernte Strähnen, die noch mit Michael geschlafen hatten. Langsam beruhigte sich mein Herzschlag.

Ich fühlte mich stark und unabhängig. Frei.

Vielleicht musste ich meine verpasste Teenager-Rebellion nachholen, vielleicht brauchte ich ein Statement, vielleicht bediente ich mich genau wie Michael eines Klischees, einfach weil wir innerhalb der Rollen handelten, die gesellschaftlich für uns vorgesehen waren. Vielleicht war ich lange nicht so individuell und einzigartig, wie ich dachte, vielleicht half mir aber auch genau dieser Gedanke. Mit einem Buzz Cut reihte ich mich ein in die Riege unendlich vieler Frauen, die mit der Veränderung ihrer Frisur einem Unglück in ihrem Leben begegneten. Ich war damit nicht allein. Wir waren viele.

Und genauso wie meine Haare wieder wachsen würden, würde auch mein Leben sich weiterentwickeln. Ich könnte es jeden Tag im Spiegel beobachten.

Später, als Louis schlafschwer neben mir schnarchte, schlich ich zurück ins Bad und betrachtete mich. Strich mit der Handfläche über die Stoppeln auf meinem Kopf. Wie sehr es das Gesicht veränderte, wenn plötzlich die Haare fehlten. Ich wirkte androgyner, aber auch cooler. Zum ersten Mal fiel mir auf, was für einen hübschen Schwung meine Augenbrauen hatten. Sie waren dunkel und dicht, stachen hervor und verliehen mir einen entschlossenen, klaren Ausdruck.

Ich legte die silbernen Creolen an und fühlte mich wie eine Freibeuterin, bereit in See zu stechen.

Für Mia, Martha und meine Mutter versuchte ich mich an Selfies, die nicht besonders gut gelangen, aber die Message transportierten.

Ich sammelte Kamm, Bürste, Conditioner, Haarmaske, Spangen und Bänder ein, stopfte alles in eine Tüte, öffnete die Tür zum Schlafzimmer und stellte sie neben dem Lattenrostgerippe ab.

Louis umarmte mich, als ich zurück ins Bett stieg. Ich fiel in einen unruhigen Schlaf und freute mich, als es endlich dämmerte.

Wir frühstückten lang und kehrten in unseren Gesprächen immer wieder zu meiner neuen Nichtfrisur zurück. Louis strich über die Stoppeln und amüsierte sich über unseren Partnerlook.

»Gestern hattest du noch Panik, dass ich hier einziehen wollte, und heute demonstrierst du eine Verbundenheit, als gebe es uns zukünftig nur im Doppelpack.«

Er lachte, und ich stimmte ein. Aber es hätte abwegiger nicht sein können.

Nach und nach trudelten auch die Reaktionen der drei wichtigsten Frauen meines Lebens ein.

Mia: Krass!! Du siehst aus wie ein Model!!

Mama: O Gott! Warum Alice? Mir kommen die Tränen.
Deine schönen Haare! War das Gespräch mit Michael so
schlimm?

Martha: Willkommen im Club!

Einige Zeit später schickte sie den Link zu einem Perü-
ckenhersteller in Holland und schrieb: Es funktioniert
für mich nicht an allen Tagen gleich gut. Die unerbete-
nen Kommentare, die schiefen Blicke. Manchmal fühle
ich mich dem nicht gewachsen. Dann ist es hilfreich,
einen Schutzschild anlegen zu können.

Gegen Mittag machte Louis sich auf den Weg zum
Flughafen. Wie immer verabredeten wir uns nicht, vereinbarten keinen Besuch oder ein Treffen, planten keinen gemeinsamen Urlaub auf Guernsey. Ich kannte
nicht einmal seine Adresse in Belgien. Die Unverbind-
lichkeit schien Teil unseres Arrangements zu sein,
eines Deals, dem ich nie aktiv zugestimmt hatte, dessen Regeln allein Louis bestimmte. Das verlieh ihm
eine Macht, die mich ärgerte. Aber bei unserem Abschied an der Haustür spürte ich den kalten Luftzug
des Herbstes auf meiner Kopfhaut, merkte, wie sehr
ich mich entblößt hatte, wie nackt ich mich empfand,
wie sensibel. Das unbändige Gefühl der vergangenen
Nacht war verschwunden. Ich bereute nicht, aber das
fragile Gleichgewicht, in dem ich seit Monaten lebte,
offenbarte sich mir mit rauer Wucht.

Ich fuhr zum Schwimmen. Es hatte sich merklich abgekühlt, und ich brauchte eine Mütze, die ich erst in der Umkleide des Freibads ablegte. Außer mir wagten sich nur drei weitere Menschen ins Wasser.

Meine Bewegungen im Becken fühlten sich leichter an, jetzt, da ich keinen Haarschweif mehr hinter mir herzog. Es lastete viel weniger Gewicht auf meinem Kopf. Keine Strähnen hingen mehr vor meinen Augen, nur in den Wimpern verfingen sich ab und an Tropfen. Das Föhnen im Anschluss erübrigte sich.

»Interessante Frisur«, sagte eine junge Frau, mit der ich beim Verlassen der Umkleidekabine fast zusammenstieß.

Ich nickte und setzte die Mütze auf. Wahrscheinlich hatte Martha recht. Nicht nur mein Kopf war jetzt empfindlicher, auch ich hatte mich sensibler und angreifbarer gemacht. Wenn ich nicht in den mädchenhaftesten Kleidern herumlief, gab es außer meinen Brüsten nichts mehr, was mich optisch als Frau kennzeichnete. Ich hatte die äußeren Anzeichen meiner Identität abgelegt, was mich scheinbar zu Freiwild erklärte, das man ungefragt mit Kommentaren jagen durfte. Egal wie positiv das Feedback zu meinem Körper dabei ausfiel – ich musste mich bereit dafür fühlen. Als ich nach Hause kam, bestellte ich eine Perücke.

~

Einige Tage später öffnete ich die gläserne Tür zur Kanzlei einer Familienrechtsanwältin in Hamburg-Schnelsen. Ich hatte sie online gefunden und mich von ihrer freundlichen Ausstrahlung auf einem Foto einnehmen lassen.

Eine junge Frau öffnete die Tür und zeigte mir einen Korbsessel, auf dem ich warten sollte. Es war ein kleiner Vorraum mit einem weißen Tresen, einer imposanten Monstera-Pflanze und vier Stühlen. An der hohen Altbaudecke prangte verschnörkelter Stuck.

»Sie können jetzt reingehen«, sagte die Frau irgendwann und zeigte auf die zweiflügelige Tür an der Seite.

Ich drückte auf die rechte Klinke, öffnete die Tür, die Anwältin erhob sich hinter ihrem Schreibtisch, kam auf mich zu und streckte mir die Hand entgegen. Sie trug Jeans und einen roten Wollpulli. Die dunklen Haare hatte sie zu einem ausgefransten Dutt im Nacken zusammengeschlungen.

»Hallo, Frau Janssen, kommen Sie doch rein. Möchten Sie ein Glas Wasser?«

Ich nickte und nahm auf einem der beiden roten Sessel vor dem hellen Holzschreibtisch Platz. Taubengraues Licht fiel durch die hohen Fenster. Neben Schränken voller Akten und Bücher zierte eine Fototapete die komplette hintere Wand des Raums, ein Blick von unten hinauf in grün glänzende Baumkronen.

»Sie kommen zur Erstberatung, ja? Die Gebühr für den heutigen Termin verrechnen wir, sollten Sie sich dazu entschließen, mich zu engagieren und den juristischen Weg weiterzuverfolgen.« Die Anwältin schenkte mir Wasser ein. »Würden Sie einmal kurz Ihre Situation schildern?«

Ich zog die Jacke aus und nahm meine Mütze ab,

fuhr in einer schon fast automatisierten Geste mit der Handfläche über die Stoppeln. Die Anwältin blinzelte einige Male, nickte dann.

»Also …« Ich trank einen Schluck gegen den aufkommenden Hustenreiz. »Mein Mann und ich haben uns Anfang des Jahres getrennt. Da habe ich herausgefunden, dass meine jüngere Kollegin von ihm schwanger ist. Sie hat gerade ihr gemeinsames Kind bekommen.«

»Das muss sehr schmerzhaft für Sie sein.«

Ich zog den Brief von Michaels Anwalt aus der Tasche und reichte ihn ihr. »Mein Mann hat im März die Scheidung eingereicht.«

»Oh. Und da kommen Sie erst jetzt?«

Ich erzählte vom Haustausch und meiner Zeit auf Guernsey.

»Interessant«, sagte sie und lächelte. »Gute Entscheidung.«

»Ja.«

»Bevor wir uns mit den Details beschäftigen, ist es mir wichtig, dass Sie etwas wissen: Bei einer Scheidung geht es um Geld. Nicht um die Wertschätzung der gemeinsam verbrachten Jahre als Eheleute. Und meist auch nicht um Fairness. Verletzte Gefühle spielen eine große Rolle. Sie können sich einen Anwalt mit Ihrem Mann teilen und Kosten sparen. Aber wenn es zu Unstimmigkeiten zwischen Ihnen kommt, und glauben Sie mir, das ist meistens der Fall, dann wird der Anwalt sagen, er vertritt nur den, der die Rechnung zahlt. Und das ist Ihr Mann.«

Ich nickte.

»Andererseits. Wenn beide Parteien einen Anwalt hinzuziehen, beginnt oft das große Säbelrasseln. Wir rammen uns mit etlichen Schriftsätzen höflich Messer in die Brust, um unsere Mandanten von unserer Kompetenz zu überzeugen und uns ihnen gegenüber als starke Partner zu präsentieren. Da wird dann um jeden Cent gefeilscht.«

»Das möchte ich nicht.«

»Glaube ich Ihnen gerne. Ich möchte Sie nur darauf hinweisen, wie es oft läuft.«

Sie erzählte mir, dass es immer um die Bereiche Vermögen, Unterhalt und Versorgungsausgleich ging. Wir sprachen über das Haus, in dem aber auch einiges an Geld von Michaels Eltern steckte. Das hatten sie uns damals geschenkt, damit wir überhaupt eine Anzahlung leisten konnten. Michael würde sicher dafür sorgen, dass seine Mutter es zurückverlangte, sodass für mich nach dem Verkauf unseres noch nicht abbezahlten Bungalows wahrscheinlich kaum etwas übrig blieb.

»Trotzdem sollen Sie nach der Ehe nicht schlechter dastehen als währenddessen.«

Die Anwältin sprach von Zugewinngemeinschaft, Trennungsunterhalt und dem neuen Job, den ich mir dringend suchen sollte.

Ich fand sie nett und empathisch, spürte aber, wie unwürdig der Inhalt unseres Gesprächs etwas behandelte, was mir einmal die Welt bedeutet hatte.

»Ich bin nicht so naiv zu glauben, dass Michael und ich eine entspannte Scheidung haben werden. Deshalb möchte ich Sie in jedem Fall engagieren. Aber ich will keine Rache. Ich möchte, was mir zusteht. Ganz sicher werde ich mich nicht um das Geschirr oder den Fernseher streiten.«

»In Ordnung«, sagte sie.

Wir reichten einander die Hände, und ich stieg die Treppe aus dem zweiten Stock hinab in einen betongrauen Tag.

Eigentlich hatte ich nach diesem Termin schwimmen gehen wollen, aber ich fühlte mich der Kälte, den Straßen, dem Lärm, den Menschen so ausgeliefert, dass ich nicht wagte, jetzt auch noch das Element zu wechseln. Die Realität fühlte sich unwirklich an, und ich brauchte dringend festen Boden unter den Füßen.

Ich fuhr zur Eidelstedter Feldmark gleich um die Ecke, schloss das E-Bike an und lief am Sportplatz vorbei in das Landschaftsschutzgebiet mit seinen Feuchtwiesen, Knicks, Brücken und Weiden. Eine alte, bäuerliche Kulturlandschaft, um deren Erhalt viele Bürgerinitiativen stetig kämpften.

An diesem Dienstagvormittag lief ich fast allein über die matschigen Wege. Ließ mich von wintermüden Blättern berieseln, übersprang tiefe Pfützen und sah, dass die Natur sich veränderte. Ein Gefühl von Landleben mitten in der Stadt. Allerdings drang aus dem Hintergrund das sonore Rauschen der A7.

Zwischen zwei hohen Eichen entdeckte ich einen kleinen Traktor. Ich folgte dem Weg zu einem autoleeren Parkplatz, an dessen Front zwei Lastenräder neben einem Schild standen: Saisongarten! Pflanz dein eigenes Gemüse!

Ich reckte den Hals und sah einen in etliche Parzellen unterteilten Acker. Es blühten noch vereinzelte Sonnenblumen, verdorrte Bohnen rankten an Gittern, überall abgeerntetes Grün. Zwei Frauen und fünf Kinder werkelten zwischen den Pflanzen.

Ich dachte an Sousville Manor, die üppigen Gärten, all die gemeinsamen Stunden mit Elsie, meine Guernseylilien. Wie sehr hatte ich es geliebt, mit dem Wetter und den Jahreszeiten zu leben, meinen Körper zu spüren, mich irgendwie zugehörig zu fühlen, als Teil vom großen Ganzen. Ich mochte das Gärtnern. Den sichtbaren Fortschritt meiner Arbeit. Ich wühlte mit den Händen im Boden und bewegte nicht nur im übertragenen Sinn etwas. Es war inspirierend, eine Wohltat für Körper und Seele.

Da wusste ich Bescheid. Die Erkenntnis brach sich einem Sonnenstrahl gleich den Weg durch das Geäst meiner Gedanken. Ich wollte nicht zurück ins Büro, weder als Assistentin noch als Office-Managerin. Auf gar keinen Fall. Das war nie mein Berufswunsch gewesen, es hatte sich nur ergeben. Ja, ich konnte Backoffice, hatte die Struktur und Ordnung dieser Arbeit immer gemocht, das Gefühl von Kontrolle und Übersicht, dass alle Stränge bei mir zusammenliefen. Es hatte mir Halt gegeben in einer Zeit, die so viele Jahre lang fremdbestimmt gewesen war, durch Schwangerschaften, stillen, kuscheln, trösten, kümmern, durch einen Haushalt, den es zu führen galt, vier Leben, die ich koordinierte, ein Haus, das ich pflegte. Aber all diese Fesseln hatten sich gelöst, zersetzt vom Lauf der

Dinge. Wenn ich in meinem Leben noch einmal wirklich etwas ändern wollte, dann war jetzt der Moment.

Ich nahm meine Mütze ab. Kälte grub sich zwischen die Stoppeln. Meine Kopfhaut brannte, ein Schauer lief durch meinen Körper. Ich war frei. Verdammt, ich brauchte nicht einmal mehr Haare.

DEZEMBER

Am ersten Adventssonntag lud Ulrike Barnstädt traditionell die Nachbarschaft zum gemeinschaftlichen Plätzchenbacken ein. Vor etlichen Jahren, beim ersten Mal, erschienen alle Paare gemeinsam mit den Kindern. Als sich herausstellte, dass Ulrike das mit dem Backen ernst gemeint hatte und Mehl in Großgebinden auf eine Verarbeitung wartete, setzten die Männer sich unter Führung von Sven Barnstädt mit einem Glühwein in den Garten ab, um in all den kommenden Jahren aus Gründen verhindert zu sein. Die Frauen scherzten jedes Mal aufs Neue über diese Entwicklung, aber eigentlich war es traurig.

Ich hatte lange überlegt, ob ich Ulrikes Einladung in diesem Jahr folgen sollte. Es wäre mein Abschiedsbacken. Aber statt mich nach fast drei Jahrzehnten klammheimlich aus der Nachbarschaft zu schleichen, entschied ich mich für einen den Umständen entsprechenden Knall.

Wir waren dreizehn. Annemie, eine Witwe, die in dem kleinen Siedlungshaus am Anfang der Straße lebte, galt mit ihren zweiundachtzig Jahren als Matriarchin der Gruppe. Jana, Lisa und Nele bildeten den Nachwuchs, frischzugezogene, junge Frauen, alle mit dem ersten Kind schwanger. Der Rest von uns bewegte sich altersmäßig irgendwo dazwischen, allerdings klaffte eine Lücke zwischen den Dreißig- und Fünfundvierzigjährigen.

Wir bildeten Backgruppen, die sich jeweils um eine bestimmte Plätzchenart kümmerten. Ich gehörte in diesem Jahr zur Engelsaugenrunde. Bei einem Glühwein auf Ulrikes Terrasse hatte ich den Zettel gezogen, der mich als Backgenossin von Annemie, Jana und Ulrike auswies. Wir klönten noch eine Weile über das regnerische Wetter, wie sehr wir Schnee vermissten und ob die bereits erwachsenen Kinder zu Weihnachten nach Hause kämen oder sich die Verhältnisse bereits umgekehrt hatten und die Eltern zu den Kindern reisten.

Irgendwann klingelte Ulrike mit einer Glocke. Das Zeichen hineinzugehen und sich auf das Mehl zu stürzen. Für unsere Gruppe lagen Rezept und Zutaten auf der Anrichte in der Küche bereit. Die anderen sollten am langen Esszimmertisch und dem Küchentresen werkeln.

Wir zogen unsere Wintermäntel aus, legten alles auf Sofa und Sesseln im Wohnzimmer ab. Ich zögerte, wartete, bis die anderen sich auf den Weg zu ihren Arbeitsplätzen machten. Es war ein fröhliches Plappern, Lachen, Rascheln.

Ich nahm die Mütze ab, stopfte sie in den Ärmel meines Mantels auf dem Sofa, fuhr aus alter Gewohnheit mit einer Hand zu meinen Haaren, ertastete die Stoppeln, straffte den Rücken und ging an allen Gruppen vorbei zur Anrichte hinten in der Küche.

Es war wie im Film. Gespräche verstummten, sobald ich vorüberschritt, Blicke bohrten sich in meinen Rücken, Hände wurden vor den Mund gerissen, die ganze Bagage ein einziger stummer Aufschrei.

Ulrike stand an der Spüle, mit dem Rücken zum Rest des Hauses. Die plötzlich einsetzende Stille musste sie verwundert haben, denn sie drehte sich mit tropfnassen Händen um und starrte mich an. Ich wusste, es war an mir, einen witzigen Kommentar abzugeben, in Gelächter auszubrechen oder etwas unfassbar Schlaues und Entlarvendes zu verkünden, so wie ich es eigentlich geplant hatte, aber mein Herz explodierte in meiner Kehle, und ich war froh, dass es mir nur die Sprache und nicht auch die Luft abschnitt.

Ulrike kleckerte Spülschaum auf den Boden und ihre Jeans. Schließlich lächelte sie mich an. »Magst du erzählen, warum du dir die Haare abgeschnitten hast? Oder sollen wir einfach backen?«

Ich blinzelte Tränen aus den Augen, von denen ich nicht erwartet hatte, sie hier und unter diesen Umständen zu weinen. »Reden wäre schön«, flüsterte ich.

Ulrike nickte. »Das finde ich auch.«

Sie trocknete sich die Hände ab, und zwölf Frauen schwärmten aus, räumten Sofa und Sessel frei, setzten Kaffee auf, suchten Becher, platzierten Sitzkissen auf dem Boden und versammelten sich schließlich alle im Wohnzimmer. Eine gemeinschaftliche Aktion, bei der Handlungen ineinanderflossen und Sprache sich auf Organisatorisches beschränkte.

Ich saß in der Mitte eines Dreisitzersofas, die Beine

überschlagen, zwischen Ulrike und Nele, die sich über den kugelrunden Bauch strich.

»Ich bin nicht krank, um das gleich vorwegzunehmen. Michael ... er hat sich Anfang des Jahres von mir getrennt, weil er sich in meine jüngere Kollegin verliebt hat. Sie hat gerade ihr gemeinsames Kind bekommen.«

Ein Stöhnen ging durch die Runde.

Sibylle schüttelte den Kopf. »Männer in der Midlife-Crisis ... Jeder ein Adam, dem Gott beim geringsten Nölen eine neue Frau an die Seite stellt.«

Wir lachten, erleichtert, dem schweren Thema Humor entgegenhalten zu können.

Sonja richtete sich auf. »Ich habe mal gelesen, dass dieser Umbruch in der Mitte des Lebens ganz anders verlaufen würde, wenn nicht ständig überall die Legende vom Playboy erzählt würde. Männer wollen sich nicht langfristig binden, so-sind-sie-nun-mal-die-Jungs, blablabla. Wenn wir dieses Verhalten nicht einfach als gegeben hinnehmen, dann könnten wir uns Gedanken darüber machen, was es wirklich ist, das uns alle in der Mitte des Lebens aus der Bahn wirft. Männer und Frauen.«

»Midlife-Crisis als selbsterfüllende Prophezeiung?«

Sonja zuckte mit den Schultern. »Ich habe schon Verrückteres gehört. Was, wenn die Mitte des Lebens keine Krise, sondern eine ergreifende, tiefschürfende, einzigartige Zeit ist? Für jeden Menschen. Transformierend und lebenswegentscheidend. Nur leider haben zu viele Männer in roten Sportwagen dem Konzept einen schlechten Ruf verpasst.«

»Ich glaube, den Männern fehlen die Wechseljahre«, sagte Ulrike. »In uns verändert sich so viel. Da ist man eigentlich ganz froh, wenn wenigstens der Rest bleibt, wie er ist.«

Die Älteren unter uns lachten.

»Sorry für den Themenwechsel, aber habt ihr auch solche Hitzewallungen?«, fragte Julia. »Das macht mich total fertig. Und immer nur nachts! Ich schlafe kaum noch.«

»Meine Gynäkologin hat mir gerade Hormone verschrieben«, sagte Sonja. »Nicht mehr aus Stutenurin so wie früher, sondern bioidentisch. Das hilft ganz gut. Vielleicht wäre das was für dich?«

Annemie räusperte sich. »Aus heutiger Sicht muss ich sagen, dass die Wechseljahre zwar eine anstrengende, aber auch eine befreiende Zeit gewesen sind. Endlich keine Blutung mehr!« Sie ballte die rechte Hand zur Faust und reckte sie über den Kopf.

»Klingt großartig.« Marina seufzte.

Annemie lächelte. »Bis zu den Wechseljahren habe ich mich immer nur um andere gekümmert, die Kinder, meine Eltern, meinen Mann, den Haushalt. Das veränderte sich endlich. Nicht nur mein Körper. Ich wechselte in ein ganz anderes Leben. Die großen Lebensentscheidungen waren getroffen, ich konnte mich auf mich besinnen, habe nicht mehr so viel Wert auf die Meinung anderer gelegt. Ich habe noch mal von vorn angefangen, mich zur Bibliothekarin ausbilden lassen und in einer Bücherei gearbeitet. Das waren wundervolle Jahre.«

»Wusstet ihr, dass Wechseljahre in der Natur nur bei Menschen und irgendwelchen Zahnwalen vorkommen? Habe ich neulich gelesen. Wir haben also mehr mit Kurzflossen-Grindwalen gemein als mit Männern.«

Alle lachten.

»Was ist mir dir?«, fragte Ulrike mich. »Verkauft ihr das Haus? Ziehst du weg?«

Ich erzählte von meinem Gespräch mit der Anwältin, meiner bislang vergeblichen Wohnungs- und Jobsuche, dass Michael mir bereits eine Wunschliste für Dinge aus unserem Hausrat gegeben hatte.

»Dann ist das heute also dein Abschiedsbacken.«

Ich nickte.

»Unter einem veritablen Knall machst du es nicht, was?« Sie lächelte.

»Wenn schon, denn schon«, sagte Annemie.

»Ich weiß ja nicht, was das mit diesem Fremdgehen ist«, sagte Veronika, die Zweitälteste in der Runde. »Wer braucht denn noch Liebesnächte bis zum Morgengrauen? Mir fehlt dann Schlaf, und ich fühle mich den ganzen nächsten Tag lang elend. Außerdem langweilen mich stundenlange Vorspiele. Natürlich, alles, was neu ist, ist aufregend. Aber wie neu und anders kann der Körper eines anderen Menschen schon sein? Nach so vielen Jahren an der Seite von jemandem.«

»Oh, meine Liebe«, sagte Annemie und grinste. »Besser als Sex ist nur besserer Sex. Das hat nichts mit dem Alter zu tun.«

Selbst Veronika lachte.

»Eine Freundin hat sich gerade scheiden lassen«,

sagte Jana. »Die Anwältin hat ihr geraten, Kerzen in Männerform zu verbrennen, statt sich um jede Nippesfigur zu streiten. Das kanalisiert die Energie besser.«

Ich nickte. »Vielleicht versuche ich das mal …«

Es ging noch eine ganze Weile reihum. Wir tranken Kaffee und Tee, plünderten Ulrikes bereits vorhandene Plätzchenvorräte. Es war ein unglaublicher Knall von einem Abschied, wenn auch vollkommen anders, als ich erwartet hatte.

Spät, wirklich spät, viel später als in all den vorangegangenen Jahren machte ich mich auf den Heimweg. Ulrike verabschiedete uns alle an der Haustür. Als sie mich umarmte, drang ihr Parfüm durch meinen Pulli in die Poren meiner Haut, sodass es sich beim nächsten Atemzug anfühlte, als atmete ich Sandelholz aus.

»Danke, Ulrike.«

Sie drückte mich fester. »Lass uns in Kontakt bleiben, ja?«

~

*D*rei Tage später fand ich einen Job. Es war verrückt, wie schnell es auf einmal ging. Als hätte meine Entscheidung gegen das Büro und für die Natur eine Schneise in die Stellenanzeigen geschlagen und mich auf direktem Weg zum Ziel geleitet: ein Arboretum, eine Art botanischer Garten, wo man regionale, aber auch seltene Pflanzen für die Forschung und zum Anschauen züchtete. Sie suchten eine Auszubildende.

Ich schrieb einen zweiseitigen Motivationsbrief, schilderte meine Arbeit in den Gärten von Sousville

Manor, meine Begeisterung für Tage unter freiem Himmel, egal bei welchem Wetter, meinen unbedingten Willen, etwas Neues zu lernen. Meine Bewerbung erreichte die frisch gewählte erste Vorsitzende des Fördervereins, die sich um die neu zu besetzende Stelle kümmerte. Sie rief mich an, und wir vereinbarten ein Treffen für den nächsten Tag.

Ich grübelte ewig vor dem Kleiderschrank, was ich anziehen sollte, entschied mich für das neue Outfit, das ich für Michaels Besuch gekauft hatte, und die Perücke mit dem dunkelbraunen Bob. Ich kann mich nicht erinnern, jemals in meinem Leben derart nervös vor einem Termin gewesen zu sein. Vielleicht vor den Geburten der Kinder, aber das war etwas anderes.

Dr. Stephania Soranicek freute sich über meine Bewerbung. Sie sagte das in einem derart aufrichtigen Ton, dass ich beschloss, ihr zu glauben. Sie war eine sehr große Frau, sicher über einen Meter neunzig, die zudem schwindelerregend hohe Absätze trug, was ihr eine Souveränität und Selbstverständlichkeit verlieh, die mich beeindruckte. Wir trafen uns in der alten Reetdachkate, die dem Arboretum angegliedert war und die Büros beherbergte. Dr. Soranicek musste sich unter jedem Türrahmen hindurchducken. Ihr Büro befand sich in einem modernen Anbau mit verglaster Front, die den Blick freigab auf einen Weiher und Koppeln. Der Park lag auf der anderen Seite des Hauses.

»Es ist ungewöhnlich«, sagte Dr. Soranicek, lud mich ein, auf einem der schwarzen Ledersessel rund um einen kleinen Glastisch Platz zu nehmen, und setzte sich ebenfalls. »Ich möchte da ganz ehrlich sein, Frau Janssen. Hier arbeiten sechzehn Gärtner und fünf Gärtnerinnen, von denen eine gerade das zweite und die andere das dritte Lehrjahr absolviert. Keine von beiden ist volljährig.« Sie lächelte. »Aber ich mag es, *out of the box* zu denken. Wissen Sie, dass man Mangold und Ringelblumen unbedingt nebeneinander pflanzen sollte?«

Ich schüttelte etwas irritiert den Kopf.

»Ringelblumen haben lange Pfahlwurzeln, die den Boden für den Mangold auflockern. Mangold hingegen beschattet mit seinen großen Blättern den Boden und sorgt so für genügend Feuchtigkeit, was der Ringelblume beim Keimen hilft. Ich glaube fest an die Vorteile von Mischkulturen bei Anpflanzungen. Und ich mag den symbolischen Charakter.«

Wir unterhielten uns fast eine Stunde lang. Danach entließ sie mich mit einem festen Händedruck und versprach, sich innerhalb der nächsten zwei Tage zu melden. Keine vierundzwanzig Stunden später erhielt ich die Zusage. Ab Februar würde ich mit fünfzig Jahren eine Ausbildung im Garten- und Landschaftsbau beginnen. Es war kaum zu glauben.

Die Aussicht auf einen beruflichen Neuanfang schenkte mir Elan für die Wohnungssuche. Das Arboretum lag einige Kilometer außerhalb der Hamburger Stadtgrenze in Schleswig-Holstein. Ich brauchte also nicht zwangsläufig eine teure Wohnung in der City. Bei der Suche konzentrierte ich mich deshalb auf den Speckgürtel und die kleinen Dörfer, versuchte auf eine gute Anbindung zu achten, Strecken, die mit dem

E-Bike leicht zu bewältigen wären. Das Ausbildungsgehalt reichte nicht für ein Auto.

Es verlief ähnlich wie bei der Jobsuche. Jetzt, da ich wusste, was ich wollte, konnte ich viel präziser recherchieren. Ich schaute mir einige der Orte an, die zwischen dem Arboretum und Hamburg lagen, und entdeckte schließlich im Anzeigenteil einer Lokalzeitung das preislich annehmbare Mietangebot für eine Wohnung in einer Doppelhaushälfte. Ich rief an. Am nächsten Tag fuhr ich zur Besichtigung.

Es war ein rot geklinkertes Haus aus den Dreißigerjahren. Auf der linken Seite lebte die Besitzerin, eine vielleicht sechzigjährige Witwe mit einem blondierten Kurzhaarschnitt und pinkfarbenen Strähnen, die rechte Hälfte war in eine Dachgeschosswohnung und eine im Parterre unterteilt, ein bisschen wie bei Vivians Häuschen auf Guernsey.

Unten gab es eine Küche, ein Wohnzimmer, ein Bad und ein Schlafzimmer. In beiden Wohnräumen lagen Dielen, Flur und Küche schmückte alter Terrazzoboden. Die Sanitäranlagen entsprachen sicher nicht den aktuellen Trends, aber sie waren sauber und schienen relativ neu zu sein. Obwohl die Wohnung nur knapp fünfzig Quadratmeter maß, wirkte sie durch die hohen Decken luftig. Als Frau Beck die Terrassentür in der Küche öffnete, betraten wir eine kleine Veranda mit Blick auf Felder und Weiden.

Ich unterschrieb den Vertrag noch am selben Tag.

~

Mia fluchte, als sie die sperrigen Umzugskartons in den Flur manövrierte. Sie warf alle auf den Boden, stieg schnaufend über den Packen hinweg zu mir in die Küche und setzte sich auf einen der Barhocker. »Ulrike sagt, sie hat noch mehr, wenn du willst.«

Ich setzte Wasser für einen Tee auf. »Danke, Schätzchen. Ich fang erst mal mit diesen an.«

»Mama …« Mia schälte sich aus dem Mantel. »Ich habe eine schlechte und eine gute Nachricht, nein, eigentlich habe ich eine schlechte und zwei gute Nachrichten. Welche willst du zuerst hören?«

»Abwechselnd.«

»Das geht nicht.«

»Dann zuerst die guten.«

»Ich erzähle dir erst die schlechte, damit es ein gutes Ende nimmt, ja?«

Ich lachte.

»Jannis hat angerufen. Er kann Weihnachten nicht kommen.«

Ich sank auf den Barhocker neben Mia. »Und er hat dich vorgeschickt, um es mir schonend beizubringen?«

»War nicht seine beste Idee …«

»Wir haben ihn seit einem Jahr nicht gesehen.«

»Sie wollten Island wohl eigentlich in zwei Wochen anlaufen, dann hätte er nach Hause fliegen können. Aber wegen irgendwelcher Proben, die ein paar Kollegen unbedingt noch nehmen müssen, verschiebt sich alles. Er wird wohl erst im Januar zurückkommen.«

Ich stand auf und schüttete das kochende Wasser in unsere Teetassen. »Und die guten Nachrichten?«

Ein aufgeregtes Lächeln huschte über Mias Gesicht. »Viv will mit uns Weihnachten feiern.«

Mia strahlte. Sie hatte Vivian seit sieben Wochen nicht gesehen und mir an vielen Tagen mehrfach erzählt, wie sehr sie sie vermisste.

»Wie schön, das freut mich, Sch...«

Mia hob den Zeigefinger. »Das ist noch nicht alles.« Sie zog einen Briefumschlag aus der Manteltasche, strich eine verknickte Ecke glatt und reichte ihn mir.

Ich zog eine Karte aus dem Kuvert. Ein Kreis zeigte die Mondphasen. In der Mitte ein verschnörkeltes Pentagramm. Ich öffnete die Karte und las.

»Eine Einladung zum Julfest?«

»Es ist so ...« Mia grinste. »Wir feiern die Wintersonnenwende mit Viv und Martha auf Guernsey, und weil das am 21. Dezember und der kurz vor Weihnachten ist, bleiben wir gleich über die Feiertage da, ist quasi unser Weihnachtsgeschenk füreinander, hier hält uns ja eh nichts, Oma und Opa verstehen das, Oma findet die Idee sogar super, und weil Weihnachten so kurz vor Silvester ist, feiern wir den Jahreswechsel gleich auch auf Guernsey und fliegen erst am vierten Januar wieder zurück, ich habe schon alles gebucht, du wohnst bei Martha im Gästehäuschen, was sagst du?«

Sprachlos starrte ich sie an.

»Komm schon, Mama, das tut dir gut. Dein Job geht eh erst am fünfzehnten los. Außerdem ...«

»Ja!«

~

Zwei Tage vor dem Julfest flogen wir nach Guernsey. In meine Freude mischte sich ein seltsames Gefühl von Abschied, so, als würde ich die Trauerzeit nach der Trennung von Michael mit einem erneuten Besuch auf der Insel abschließen, als begänne jetzt etwas genuin Neues, das keine Verbindung mehr zu ihm und unserem gemeinsamen Leben haben würde. Das war gut, aber auch der Schlusspunkt am Ende eines Lebenskapitels.

Vivian holte uns vom Flughafen ab. Mia versank in ihren Armen und ließ sie nur so kurz los, dass Vivian auch mich begrüßen konnte.

Wir verließen das Gebäude, und Guernsey präsentierte sich dunkel und abweisend unter einem wolkenverhangenen Nachthimmel. Es schien, als schmollte die Insel, weil ich sie verlassen hatte. Ihre Gunst musste man sich wohl stets neu erarbeiten.

Während der Autofahrt hielten Vivian und Mia die ganze Zeit Händchen und versanken offenbar derart in dieser Berührung, dass ich in der surrenden Stille meinen Gedanken nachhängen konnte.

Es herrschte wenig Verkehr auf der Rue des Landes, die unter verschiedenen Namen einmal quer über die Insel führte. Wir passierten das Haus, an dem James mich auf die Hexensteine hingewiesen hatte, ließen die Abfahrt nach King's Mill hinter uns, durchquerten St. Martin, wo die Glockenschläge der Kirche viertelstündlich Vivians Cottage erschütterten, bogen ab in Richtung Jerbourg, ignorierten das phallische Denkmal und parkten schließlich vor dem Tor zu Marthas

Grundstück, der Streuobstwiese, dem Ausblick, den Hühnern, dem Gästehäuschen.

Martha kam uns entgegen, und wir umarmten einander unter den blätterlosen Apfelbäumen, als läge unser letztes Treffen acht Jahre und nicht acht Wochen zurück.

»Ich freue mich sehr, dass du hier bist, Alice.«

»Und ich mich erst.«

Mia und Vivian verabschiedeten sich gleich mit der Begrüßung. Ich rollte meinen Koffer ins Gästehäuschen und erkannte den Raum in diesem aufgeräumten Zustand kaum wieder. Der Boden bestand aus terracottafarbenen Fliesen, die rund um das Bett mehrere Läufer bedeckten.

Ich weiß nicht, was ich erwartet hatte, vielleicht, dass Louis' Duft in die verputzten Wände gesickert war, sein Chaos Abdrücke in der Ordnung der Dinge hinterlassen hatte. Aber da war nichts. Nur dieser aufgeräumte, geputzte Raum. Ich stellte meine Sachen ab und lief hinüber zu Martha.

Sie hatte Schaffelle und Decken auf den Korbsesseln der Terrasse platziert, dazu tropfte Wärme aus einem Heizstrahler an der Hauswand. Auf dem Tisch thronte die Etagere, prall befüllt mit Scones, Marmelade, Clotted Cream und Sandwiches. Martha trat mit einer Flasche Cidre und Baguette aus dem Wohnzimmer.

»Leider gibt es den Ausblick erst morgen wieder«, sagte sie und kuschelte sich in eine der Decken.

Ich weiß nicht, ob sie mir zuliebe keine Perücke trug,

aber ich vermutete es. Langsam zog ich den braunen Bob von meinen Stoppeln, der zu einem treuen Begleiter geworden war, an schwierigen Tagen und an solchen wie heute, die so vollgestopft mit Ereignissen daherkamen, dass ich schlichtweg keinen Kopf für dieses Thema hatte.

Es fühlte sich wie Nachhausekommen an, die Perücke auf dem Tisch ablegen zu können, eine Vertrauensgeste, ein bisschen wie im Mittelalter, wenn die Ritter niederknieten und ihren bloßen Nacken präsentierten, sich auf Wohl und Verderb dem Herrscher aussetzten. Na ja, das hier kam zum Glück ohne Machtgefälle aus. Und ohne das ganze martialische Gedöns.

»Steht dir«, sagte Martha und lächelte.

»Danke.«

Wir saßen ewig auf der Terrasse, eingeklemmt zwischen Klippen, Scones und Dunkelheit. Martha erzählte von den Tagen, die sie mit Sarah in London verbracht hatte, und den Vorbereitungen für das Julfest. Ich beschrieb ihr meine neue Wohnung und berichtete von dem ständigen Wechsel zwischen Angst und Vorfreude, sowohl was die Ausbildung als auch den Rest meines Lebens betraf.

»Und Louis?«

»Tja … das ist die große Frage …«

»Ist sie das?«

»Was meinst du?«

»Na, ist die Frage wirklich so groß?«

»Nun …« Ich dachte nach, überlegte, wie ich den Gedanken formulieren sollte, der schon eine Weile in mir wuchs. »Als ich … während meiner Zeit auf Guernsey, da habe ich lange gedacht, Louis würde mich verletzen. Aber als er neulich in Hamburg war, da … habe ich auf einmal befürchtet, es könnte genau andersherum sein.«

~

*D*ie nächsten zwei Tage half ich Martha bei den Vorbereitungen für das Julfest. Ich transportierte Holzscheite, Tische und Kisten zum Dolmen von Le Trépied, etliche Touren, bei denen ich mit Marthas Auto fuhr, wo das Lenkrad rechts, der Schaltknüppel links und kein einziger Knopf an der richtigen Stelle war, und das auch noch auf der linken Fahrbahn, durch Kreisverkehre und *Filter-in-turn*-Kreuzungen. Es lief ganz gut.

Gegen Mittag kaufte ich ein Krabbensandwich und setzte mich auf die Ufermauer in der Perelle Bay. Guernsey grummelte noch ein bisschen, aber ich hatte mit meinen Autofahrten wohl Mut bewiesen, denn zwischen den aufgeblähten Wolken linsten Sonnenstrahlen hindurch.

Es war Flut. Die blauen Wasser der Nordsee brodelten über die Felsen in der Bucht, zwei Fischerboote tanzten auf der Gischt. Das Meer sammelte die Algen ein, die es bei Ebbe zurückgelassen hatte. Es schien, als läge ein Vorwurf in seinem stürmischen Wüten, seht ihr, habe ich doch gleich gesagt, es würde euch am Strand nicht gefallen, ihr stinkt.

Ich strich mit den Fingern über die rauen Natursteine der Mauer und dachte an Louis. Jede Böe trieb seinen Namen vor sich her. Alles hier erinnerte mich an ihn. Es war absurd. Michael fehlte mir in Hamburg, Louis fehlte mir auf Guernsey. Es schien, als bräuchte ich einen neuen Ort, an dem ich allein vollständig sein konnte.

Als hätten meine Gedanken ihn erreicht, textete Louis mir. Ich war gerade auf dem Weg zurück zu Martha und fuhr in der Nähe des Flughafens in einen kleinen Feldweg, als ich sah, dass er geschrieben hatte.

Louis: Ich sitze im Flieger nach Hamburg. Wollte dich nur vorwarnen.

Alice: Zu spät.

Louis: ?

Alice: Ich beobachte gerade, wie die Hinterläufe eines Fuchses in der Schwarzdornhecke verschwinden.

Louis schreibt …

Ich starrte auf den Chat, sah, dass Louis online blieb, aber er antwortete nicht mehr. Warum zur Hölle fiel es ihm so schwer, sich zu einem Treffen mit mir zu verabreden? Nachzufragen, ob ich an einem bestimmten Tag Zeit hatte? War das schon zu viel Verbindlichkeit? Genervt schaltete ich das Handy aus.

Am Abend kamen Mia und Vivian auf ein Glas Cidre

vorbei. Es war lustig, ein warmes Gefühl von Familie bis spät in die Nacht.

Am Tag des Julfests schrieb ich Elsie und fragte, ob wir uns in den Gärten treffen wollten. Aber sie hatte Nachmittagsunterricht und vertröstete mich auf später. Ich lieh mir Marthas Fahrrad, vermisste mein E-Bike bereits beim ersten Tritt und radelte nach Sousville Manor.

Das hellgraue Herrenhaus thronte stolz wie eh und je inmitten der grünen Gärten. Ich schloss das Rad an und stellte erstaunt fest, dass das Café geöffnet war und ich Zeit hatte. Diese seltene Konstellation musste ich nutzen, aber zuerst wollte ich nach den Guernseylilien sehen. Elsie hatte mir ab und an Fotos neuer Blüten geschickt, aber live wirkten sie natürlich beeindruckender. Ich schlenderte über die Rindenmulchwege und klapperte alle Nerinen ab. Vielleicht könnte ich James überzeugen, mir einige Zwiebeln zu überlassen, und eine kleine Zucht im Arboretum beginnen.

Zurück im Café ergatterte ich einen Tisch direkt am Teich, wickelte mich in eine Decke und bestellte Tee. Eine Kellnerin, die ich nicht kannte, brachte kurz darauf eine dampfende Tasse zu mir nach draußen.

»Sagen Sie, ist Mr Mahy heute vielleicht hier?«

»Ja, allerdings. Er stellt gerade eine neue Skulptur am Eingang vom Parkplatz auf.«

Ich trank meinen Tee und genoss den Blick in die grüne Opulenz der Gärten. Das Arboretum beherbergte auch ein Café, gleich beim Eingang hinter der Reetdachkate. Wahrscheinlich würde ich dort genauso wenig Zeit verbringen wie hier.

Ich entdeckte den Pritschenwagen auf einer der Grasflächen am Eingang. Vier Männer in Arbeitsklamotten hievten eine schwere, gedrungene Steinfigur von der Ladefläche und platzierten sie auf einem Sockel. Es sah aus wie ein Comicmännchen, stark reduziert in der Form, mit einem zum Himmel gewandten Kopf. James stiefelte im Kreis um die Arbeiter und bellte Anweisungen. Am Ende murmelte er mit rauer Stimme Lob. Er trug zu Jeans und Flanellhemd eine zugeknöpfte Weste, in die er seine Daumen schob und, den Oberkörper nach hinten geneigt, das Kunstwerk betrachtete. Er wirkte wie einer dieser alten Westernhelden, kerlig, die eigene Männlichkeit im Holster mit sich tragend.

»Hallo, James.«

»Alice?« Sein Gesichtsausdruck schwankte zwischen Erstaunen, Freude und Distanz. »Ich hatte gehört, du seist abgereist.«

»Ja, ich bin nur zu Besuch.«

»War es je etwas anderes?«

Er verschränkte die Arme, ein verletzter Kämpfer, der austeilte, um vom eigenen Leid abzulenken. Meine abschiedslose Abreise hatte ihn wohl härter getroffen als vermutet.

Ich holte Luft. »Du warst gerade für einige Tage in London, als ich …«

»Bist du vertraut mit den modernen Mitteln der

Kommunikation? Handy? Computer? Ich hätte sogar einen altmodischen Brief akzeptiert.«

»Um was zu sagen, James? Du wusstest, wann mein letzter Arbeitstag ist. Du hättest ...«

»Es gehört sich ja wohl ...«

»Lass mich aussprechen, bitte! Du hättest dich genauso gut auch bei mir melden können, um mir ein schönes weiteres Leben zu wünschen und mir für meine Arbeit in deinen Gärten zu danken.«

»Das habe ich! Wie oft bin ich mit einem Kaffee raus zu dir gekommen? Ich habe dich angemessen bezahlt. Ich habe mich dir gegenüber immer anständig verhalten!«

»Genauso wie ich mich dir gegenüber.«

High Noon. Wir starrten einander nieder, während sich die Fensterläden in den Saloons der Westernstadt schlossen und Tumbleweed durch die schmalen Häuserfluchten wehten. Es war lächerlich. Die Situation genauso wie der Anlass.

»Sollen wir uns darauf einigen, James? Wir wollen einander doch nur Gutes.«

Er schob Unterlippe und Kinn nach vorn, nickte und streckte mir die Hand entgegen. Ich schlug ein. Nach den Nerinenzwiebeln würde ich bei einem meiner nächsten Besuche fragen.

Mia, Vivian und Brittany holten uns später ab, und wir fuhren gemeinsam in den Westen der Insel zum Dolmen. Guernsey bei Nacht. Wieder einmal. Ich saß im Fond von Brittanys Geländewagen und wollte die

Landschaft an mir vorüberziehen lassen, aber es entspann sich ein aufgeregtes Gespräch über Martha und ihre Chancen, sich als *States Member* in Guernseys Parlament wählen zu lassen, sodass sich keine Möglichkeit ergab, melancholisch zu werden.

Wir parkten an der Ufermauer unterhalb von Le Trépied und stapften zwischen verblühten Ginstersträuchern über den schmalen Fußpfad auf den Hügel. Es war eine milde Winternacht, selbst für das gemäßigte Klima der Insel, fast zehn Grad hatte Martha vorhin auf dem Thermometer an der Terrasse abgelesen. Der Mond kuschelte sich in plüschige Wolken, es wirkte ausreichend verwegen für den Anlass.

Jemand hatte bereits die Holzscheite angezündet, die ich im Schweiße meines Angesichts hoch zum *passage tomb* geschleppt hatte, und die Luft roch nach Harz, ein bisschen säuerlich, voll von ätherischen Ölen und Magie. Das Feuer knisterte und stieb Funken in die Dunkelheit.

»Alice!« Elsie rannte auf mich zu, und wir umarmten einander. »Wie schön, dass du da bist! Die Nerinen vermissen dich.«

»Ich euch auch.«

Wir lächelten uns an.

Elsie begrüßte die anderen, ich umarmte Claire und Sheila, die ich beim Litha-Fest kennengelernt hatte, und Eleonore, die genauso unvergleichlich nach Zimt duftete wie damals. Selbst Katie war aus Paris angereist.

Anders als bei der Sommersonnenwendfeier trug heute

Abend niemand Weiß, und Kleider bildeten bei diesen Temperaturen die Ausnahme. »Wir leben im 21. Jahrhundert«, hatte Martha mir im Vorfeld meine Frage nach der angemessenen Kleidung beantwortet, »die Traditionen müssen sich uns anpassen, nicht umgekehrt.«

Ich war voller Vorfreude auf das Fest gewesen. All die wunderbaren Frauen wiederzusehen, mit Mia, Martha, Elsie und Vivian zu feiern, uns von einem Gemeinschaftsgefühl tragen zu lassen, das mir im Sommer so viel gegeben hatte.

Wir versammelten uns im Kreis um das Feuer. Jemand reichte einen Korb voller Sträuße aus getrockneten Kräutern herum. Salbei, Rosmarin, Weihrauch und Myrrhe, zusammengehalten von einer weißen Häkelborte. Jede nahm einen an sich, und die Gespräche verstummten nach und nach.

Martha stieg auf eine Obstkiste, den Strauß in der einen, eine dicke weiße Kerze in der anderen Hand. Sie hatte sich heute Nacht gegen eine Perücke entschieden. Das Fest bot dafür das passende Umfeld. Aber ich wollte nicht ausschließlich über meine Haare reden und hatte Bob und Mütze aufgezogen.

»Ihr Lieben«, sagte Martha und öffnete die Arme. »Wir sind so viele heute Nacht! So viele wundervolle Frauen!« Applaus. Pfeifen. Irgendjemand schrie: »Fuck yeah!«

Martha lachte. »Gemeinsam feiern wir heute, dass die Strahlkraft der Sonne wieder zunimmt, die Tage länger und die Nächte kürzer werden. Wir feiern den weiblichen Archetyp der *crone*, der alten Weisen, die im jahreszeitlichen Zyklus auf die Jungfrau, *maiden*, im Frühling und die Mutter, *mother*, der Sommermonate folgt. Es geht um nicht weniger als den Untergang der Vegetation, darum, dass sich alles Leben am Ende auflöst ... allerdings weiß die *crone* bereits um die ewige Wiederkehr und einen Neuanfang im nächsten Jahr ...« Martha grinste. »Schlaues Ding.« Die Frauen lachten.

»Als Symbol für diesen ewigen Kreislauf, für die Unsterblichkeit der Dinge und den darin enthaltenen Zauber stehen seit jeher die immergrünen Pflanzen.«

»Nicht bei uns!«, rief jemand.

Applaus und pfeifen.

»Ganz genau«, sagte Martha, »wir handhaben die Dinge schon immer ein wenig ... nun, eigen.« Sie nahm einen Korb entgegen und zog die Blüte einer Guernseylilie heraus.

Elsie stupste mich an. »Keine Sorge. Sind keine von deinen.« Sie grinste.

Martha fuhr fort. »Die Magie der Guernseylilien, die im Winter blühen, sich störrisch und antizyklisch gegen die Norm auflehnen, sie sind unser Symbol.«

Martha hielt die Blume in die Höhe und alle klatschten. Der Korb wurde herumgegeben und jede nahm sich eine der Nerinen. Viele steckten sie sich ins Haar oder in ein Knopfloch.

»Darf ich?«, fragte Elsie und zeigte mir eine Haarklammer. Ich nickte. Sie schob den Blütenstängel hinter mein Ohr und heftete ihn an eine Strähne des Bobs.

Martha hob erneut die Stimme. »Das Feuer steht

heute Nacht für ein Erstarken des Lichts, dafür, dass wir die Glut, die Leidenschaft und die Hoffnung in uns wiederfinden.«

Sie stieg von der Obstkiste und plötzlich begann ein aufgeregtes Wuseln. Dicke Teppiche wurden auf dem Boden rund um das Feuer ausgebreitet, Decken verteilt, ja sogar Schlafsäcke. Alle setzten sich, einige der älteren Frauen klappten Campingstühle auf. Claire und Rachel umrundeten uns mit einem scheinbar schweren Topf, in dem es brodelte. Jede Frau schöpfte mit einer Kelle etwas von der heißen Flüssigkeit in einen Becher, bedankte sich und die beiden zogen weiter.

»Was ist das?«, fragte Mia Vivian.

»Warmer Cidre, ist gut für die Seele.«

»Und gegen die Kälte«, murmelte Elsie.

Als alle etwas zu trinken hatten, stimmte jemand ein Lied an. Es war die Melodie vom Litha-Fest, der Song, der sich auch gut in einem irischen Pub oder auf einer schottischen Hochzeit gemacht hätte. Einige Frauen sangen gemeinsam die Strophen, die anderen stimmten zum Refrain ein.

I am my mother's savage daughter
The one who runs barefoot
Cursing sharp stones
I am my mother's savage daughter
I will not cut my hair
I will not lower my voice

Ich musste mich erst wieder hineinhören, wartete gebannt auf den nächsten Refrain, doch nach dem ersten Durchgang verstummten alle.

Martha, die uns gegenüber in der Runde saß, hielt die dicke Kerze in die Höhe. »Wer möchte heute Nacht beginnen?«

Stille. Die Frauen schauten sich um, einige fixierten das Feuer wie Schülerinnen, wenn die Lehrerin nach den Hausaufgaben fragte. Schließlich erhob sich Sheila.

Sie ging hinüber zu Martha, nahm die Kerze und setzte sich zurück auf ihren Platz. »Ich hatte ein schwieriges Jahr. Im April war die Mastektomie. Eine Vorsorgemaßnahme, weil ich das BRCA-Gen in mir trage und meine Mutter an Brustkrebs gestorben ist. Eine herausfordernde Zeit, voller Erinnerungen und Tränen. Aber mir geht es gut heute. Viele von euch haben mir zur Seite gestanden, und das macht mich sehr dankbar. Ich möchte im kommenden Jahr meine Leichtigkeit und Lebensfreude zurückgewinnen.«

Sheila lächelte unter Tränen. Sie hob die Kerze über den Kopf, senkte sie zurück in ihren Schoß und warf den Strauß Trockenblumen ins Feuer. Die Flammen züngelten daran, loderten auf, Funken sprühten in die Nacht. Es knisterte und zischte. Ein süßlich-würziger Duft.

Die Frauen begannen zu singen. Nur den Refrain. Danach verstummten wieder alle.

Eine der älteren Frauen erhob sich. Ich glaubte, in

ihr diejenige zu erkennen, die beim Litha-Fest den Tanz begonnen hatte. Sie nahm die Kerze von Sheila entgegen und setzte sich zurück auf ihren Stuhl.

»Ich habe im vergangenen Jahr meinen Niall verloren und vermisse ihn sehr.« Sie weinte. »Ihr habt mich alle unterstützt, dafür möchte ich noch einmal Danke sagen. Meine Tochter hat mich vor einigen Wochen überredet, zu ihr nach Edinburgh zu ziehen. Ich werde natürlich versuchen, zu unseren Feiern zurückzukommen, aber als Bewohnerin unserer wundervollen Insel ist das hier mein letztes Fest.«

Sie hob die Kerze über den Kopf, reichte sie der jungen Frau neben sich, warf die Trockenblumen ins Feuer, erhielt die Kerze zurück, wartete auf das Lied und auf die nächste Frau.

So ging es reihum. Es hatte etwas von einer Gruppentherapie, zumindest stellte ich es mir so vor. Na ja, vermutlich ohne das Singen. Die Frauen erzählten von Veränderungen in ihrem Leben, guten wie schlechten, traurigen und lustigen, sie ließen die anderen teilhaben an ihren Wünschen für das kommende Jahr, bedankten sich für Freundschaft und Zuspruch.

Irgendwann stand Mia auf und holte sich die Kerze. Vivian hatte bereits von ihrer Zeit in Deutschland erzählt, wie sie sich neu in die Kunst und in einen Menschen verliebt hatte, wie sehr sie sich auf das kommende Jahr freute.

»Meine Eltern haben sich in diesem Jahr getrennt«, erzählte Mia. »Das war schwer. Schließlich liebe ich sie beide. Was mir geholfen hat, war die Liebe, dieses

Gefühl, das so viel stärker ist als Trauer. Meine Eltern haben jeder für sich neue Wege eingeschlagen und ihr eigenes Ding durchgezogen, was jetzt, am Ende des Jahres, sogar irgendwie ganz spannend ist. Zu sehen, dass Veränderungen jederzeit möglich sind, dass es nie zu spät ist, sich mit sich selbst auseinanderzusetzen ... dieses Wissen möchte ich nicht nur mit ins nächste Jahr nehmen, sondern in alle, die noch kommen.«

Mia hob die Kerze über den Kopf, warf die Kräuter ins Feuer, und nachdem alle gesungen und die nächste Frau die Kerze abgeholt hatte, konnte ich sie endlich umarmen.

»Weinst du, Mama?«

»Weil es so schön war, was du gesagt hast.«

Als Elsie an die Reihe kam, erzählte sie von ihrer Vorfreude auf den Schulabschluss, das Studium, die Welt und »den Abschied von dieser winzigen Insel, den ich kaum erwarten kann«. Alle lachten. »Zu den Festen komme ich zurück, keine Sorge.«

Martha sprach über Freundschaft, die sie in diesem Jahr noch einmal neu erleben durfte, und ich sandte ihr in Gedanken Umarmungen. Ich war so glücklich, dass wir uns gefunden hatten.

Als fast alle gesprochen und wir Dutzende Male den Refrain wiederholt hatten, den selbst ich wohl nie wieder vergessen würde, gab ich mir einen Ruck und holte die Kerze von Eleonore. Auf zittrigen Beinen stakste ich zurück zu meinem Platz. Etwas zu denken, es vielleicht sogar zu wissen und mit einer Freundin darüber zu sprechen, oder etwas vor lauter fremden Frauen unter dem nächtlichen Mittwinterhimmel preiszugeben, waren verschiedene Dinge.

Ich setzte mich zurück auf meinen Platz und hoffte, dass niemand mein Herz zwischen den Worten schreien hörte.

»Mein Mann hat mich Anfang des Jahres verlassen, weil er meine jüngere Kollegin geschwängert hat. So habe ich meine Geschichte in den vergangenen Monaten erzählt. Es stimmt natürlich. Aber wahr ist auch etwas anderes. Unsere Ehe lief schon eine ganze Weile nicht mehr gut. Eher Jahre als Monate. Ich hatte mich so im Alltag und einem perfekt organisierten Lebenstrott verfangen, dass es mir gar nicht aufgefallen war. Dieses Jahr hat mich gezwungen, wieder genauer hinzuschauen. Manchmal auf Umwegen, oft mit Hilfe, häufig mit Rückschritten. Lange Zeit hier auf Guernsey. Und was soll ich sagen ... es war wundervoll! Im kommenden Jahr wird alles neu, und darauf freue ich mich über die Maßen.«

Ich hob die Kerze über den Kopf, warf meinen Trockenblumenstrauß ins Feuer, zog Mütze und Bob ab, genoss das Kribbeln der Nacht auf meiner Kopfhaut und schmetterte lauthals die so oft wiederholten Zeilen.

We are our mother's savage daughters
The ones who run barefoot
Cursing sharp stones
We are our mother's savage daughters

We will not cut our hair
We will not lower our voice

~

*A*m nächsten Tag traf ich Ben. Es nieselte, sodass wir unsere Tour über die matschigen Wanderwege des St. Saviours Reservoir erneut verschoben.

»Ich habe eine bessere Idee«, sagte er. »Es wird dir gefallen.«

Ich stieg zu ihm ins Auto, und wir fuhren von Jerbourg Richtung Norden, durch St. Martin, auf die Rue des Landes, die quer über die Insel führte, hier aber noch anders hieß. Ein ganzes Stück vor dem Flughafen bogen wir rechts ab, passierten das *German Underground Hospital Museum* und meine Ahnung schien sich zu bestätigen.

Zweimal links, zweimal rechts, und wir parkten vor der *Little Chapel*.

Was war es nur mit Männern und dieser Kapelle? Sollte es Glück bringen, mit einer Frau hierherzufahren? So etwas wie ein gutes Omen für die künftige Beziehung? Aus eigener Erfahrung konnte ich sagen, dass die Chancen dafür *fifty-fifty* standen. Eher weniger.

»Und?«, fragte Ben, als wir die reich verzierten Stufen zum kleinen Gotteshaus emporstiegen. »Wie gefällt es dir?«

»Es ist wundervoll und wahnsinnig beeindruckend. Aber ich war schon hier.«

»Oh … natürlich warst du das. Entschuldige bitte. Darauf hätte ich auch selbst kommen können.«

Ich lächelte. »Tatsächlich freue ich mich, dass wir hergefahren sind. Mein letzter Besuch ist eine Weile her.«

Wir schlenderten durch die niedrigen Räume, berührten besonders hübsche Porzellanscherben, wiesen uns auf Muster hin und bewunderten die schillernden Perlmuttschichten der vielen Muscheln.

Als wir die Kapelle verließen, hatte es aufgehört zu regnen und Ben schlug einen Spaziergang vor, »*just around the block*«.

Gleich hinter der Kapelle, gut getarnt von einem kleinen, bewaldeten Hügel, befand sich eine Schule. Wir schlugen die entgegengesetzte Richtung ein, durchschritten eine Senke zwischen Feuchtwiesen und bummelten entlang einer idyllischen Ruette Tranquille.

Ben hatte von Elsie gehört, dass ich eine Ausbildung zur Gärtnerin beginnen würde, und er fragte mich, wie es sich anfühlte, mitten im Leben noch einmal die Richtung zu ändern. Er schien kein Mensch für Small Talk zu sein.

Ich erzählte von der Trennung von Michael, und zwar genau so: »Mein Mann und ich haben uns Anfang des Jahres getrennt.« Eine neue Formulierung, die sich ungewohnt anfühlte, aber weder unwahr noch unangenehm. »Ich hatte in den vergangenen Monaten viel Zeit, um mir über mein Leben Gedanken zu machen. Das war schmerzlich, aber irgendwie auch ziemlich gut.«

Ben nickte. »Ich habe die Erfahrung gemacht, dass Menschen schlimme Dinge gerne schnell vergessen wollen. Aber Vergessen ist keine gute Medizin, eher so etwas wie ein Placebo. Irgendwann stellt man dann fest, dass man nicht geheilt ist, sondern ganz im Gegenteil noch mehr leidet. Dass sich das Leid potenziert hat über die Zeit. Wie ein Unkraut, das immer weitergesprossen ist, weil niemand es an der Wurzel gepackt hat.«

»Ist es dir so ergangen?«

Ben kickte einen Kiesel über die Straße. »Eine ganze Weile lang. Ich dachte früher immer, ich sei ein Typ, der sein Leben gern in Räumen verbringt. Irgendwie erschien mir das ungefährlicher.«

»Der Job in der Bank.«

»Der Job in der Bank.« Er lächelte. »Nach Annabeths Tod bin ich dann gar nicht mehr rausgekommen. Ich habe mit den Kindern gebastelt, gemalt, Geschichten vorgelesen, war jede mögliche Sekunde des Tages mit ihnen zu Hause. Wir brauchten das. Aber nach einiger Zeit habe ich festgestellt, wie eingesperrt ich mich fühlte. Im Haus, im Job, in meinem Leben, auf der Insel. Da habe ich angefangen, rauszugehen. Vögel zu beobachten. Lange Wanderungen. Anfangs kamen die Kinder mit. Wir haben uns ein neues Leben erschlossen.«

»Wenn ich mir Elsie anschaue, finde ich, dass dir das ausgesprochen gut gelungen ist.«

»Oh nein!« Ben lachte. »Elsie ist ganz genauso wie ihre Mutter. Da kann ich gar nichts ausrichten.«

Wir spazierten weiter durch die Felder. Vereinzelte Höfe hockten wie Inseln inmitten der Äcker, trutzige Steinhäuser, die nicht ungeeignet schienen für Stürme jeglicher Art.

Ich schob die Hände in meine Jackentaschen. »Es ist ein bisschen wie mit der Kapelle, oder?«

Ben dachte nach. »Weil aus etwas Altem etwas Neues entstanden ist?«

»Und weil etwas nie ganz verschwindet, wenn es zerbricht. Es liegt an uns, es neu zusammenzusetzen, den Dingen eine andere Form zu geben.«

»Wow, hör uns an, zwei Experten in Lebensfragen!«

Ich lachte. »Zwei ganz und gar expertige Experten.«

Wir beendeten unseren Spaziergang in lockerem Plauderton. Ben konnte doch Small Talk, auf eine sehr britische, ironische und witzige Art. Ich bedauerte, dass wir uns während meiner Monate auf Guernsey nicht näher kennengelernt hatten. Es war einfach nicht die richtige Zeit.

Ben fuhr mich zurück zu Martha. Wir beschlossen, unsere Vogelbeobachtungsrunde im St.-Saviours-Reservoir zwischen den Jahren nachzuholen.

Als ich das Tor zu Marthas Grundstück öffnete, stolperte ich über Glinda. Das verrückte Huhn schrie auf, rannte in Richtung Haus, besann sich nach einigen Metern und stakste stolz und kopfnickend über die Streuobstwiese. Ich hätte hinterherrennen sollen, aber nach dem langen Spaziergang war ich durchgefroren und freute mich auf eine heiße Dusche. Ich verriegelte das Tor gründlich und lief hinüber zum Gästehäuschen.

Drinnen brannte Licht. Verwundert trat ich näher, fest überzeugt, vorhin alles ausgeschaltet zu haben. Die Tür war unverschlossen. Ich drückte sie auf und sah Louis. Er lag in Jeans und Hoodie auf dem Bett und schlief. Sein Rucksack lehnte am Sessel.

Ich zog Schuhe, Jacke und Perücke aus und legte mich zu ihm.

»Hey ...« Louis blinzelte und robbte in meine Arme. »Sorry, dass ich nicht Bescheid gesagt habe ... obwohl, hatte ich ja eigentlich.«

»Das nennt man wohl Interpretationsspielraum.«

Er küsste mich. »Ist es okay, wenn ich noch ein bisschen schlafe? Ich habe eine Odyssee hinter mir, bin mit der Fähre von Poole angereist.«

»Na klar.«

Ich hielt Louis, bis sein vertrautes Atmen in ein leises Schnarchen wechselte.

Leise stand ich auf, schlüpfte in meine Schuhe und ging hinüber zu Martha. Von Glinda weit und breit keine Spur.

Ich ging zur Terrasse, aber die hintere Tür zum Wohnzimmer war verschlossen. Marthas Zeichen dafür, dass sie gerade eine Patientin behandelte. Ich sackte auf einen der Korbstühle und schlang zwei Schaffelle um meine Beine. Der Ärmelkanal protzte mal wieder mit seinem Aussehen. Dabei hingen die Wolken tief über Herm, dieser kleinen Insel, die ich während all meiner Zeit auf Guernsey nie besucht hatte, was mich zum ersten Mal verwunderte. Andererseits blieb noch genug Zeit, und war es nicht auch schön, dass Guernsey mich immer wieder mit etwas Neuem überraschte.

Ich starrte die Klippen hinunter aufs Wasser, ließ meinen Blick den badewannenartig sippschenden Wellen folgen, schielte auf das Thermometer, zwölf Grad, und fasste einen Entschluss.

Leise schlich ich zurück ins Gästehäuschen, zog meinen Badeanzug an, schnappte Handtuch und Tasche und lief zu Marthas Fahrrad. Mir graute davor, die Klippen nach dem Schwimmen in den Pools ohne Unterstützung eines E-Bike-Akkus wieder hinaufächzen zu müssen, doch der Weg an die Strände der Westküste war so weit, das machte fast keinen Unterschied.

Ich studierte Google Maps und entschied mich für eine neue Alternative: Petit Port. Eine kleine Bucht gleich um die Ecke. Ich ging zu Fuß.

Ein Stückchen die Straße hinauf, in der Nähe des seltsam phallischen Monuments, zweigte hinter einem Parkplatz der Wanderweg zu den Klippen ab. Auf einer asphaltierten Straße stapfte ich zwischen wild wuchernden Sträuchern hindurch, hielt mich am Wegweiser rechts und merkte mit jedem Schritt auf dem nun sandigen Pfad, wie er mich bergab führte. An der nächsten Kreuzung bog ich links ab und erreichte die Stufen hinunter zur Bucht.

Trotz des diesigen Wetters bezauberte der Ausblick mit all der Schönheit, die Guernsey zu bieten hatte. Die schroffen Felsen, am Meeresrand dunkel und zerklüftet, nach oben hin mit einer grünen Schicht bezogen,

Moos und Gräser, schließlich Sträucher und Bäume. Die ganze Küstenlinie ein Zickzack aus Vorsprüngen und Buchten, Höhlen und Stränden. Das Wasser teils tiefblau und unergründlich, stellenweise von einem satten Türkis. Selbst bei strahlendem Sonnenschein hätte es nicht schöner sein können.

Ich stieg die Steinstufen hinab, hörte bei zweihundert auf zu zählen und ignorierte so lange als möglich die Erkenntnis, dass jeder Schritt, der hinunterführte auch wieder hinaufgeklettert werden musste.

Endlich unten angekommen stieg ich über lose Felsbrocken, bis ich den Strand erreichte. Ich war ganz allein in der Bucht. Die Flut schob das Wasser landwärts, aber noch blieb genügend Zeit auf dem hellen Sand.

Ich zog mich aus. Der Wind fuhr zu mir herüber, und die Härchen meiner Haut stellten sich auf, um ihn zu begrüßen. Ich stopfte die Sachen in eine Felsspalte und schritt zur See. Sandkörner quetschten sich zwischen meine Zehen. Die Kälte des Bodens erlaubte eine Ahnung der Temperaturen im Wasser. Trotzdem freute ich mich. Es gab so viele Orte im Meer, an die ich nie gelangen würde, weil mir Flossen fehlten oder Schwimmhäute, Kiemen, eine ausreichende Fettschicht. Umso dankbarer schätzte ich mich für die wenigen Plätze, die es mir ermöglichten, mich ihnen hinzugeben.

Ich betrat das Meer. Sofort verabredeten sich die Wasser und gruppierten sich in sanftem Plätschern um meine Fußgelenke.

In einem Artikel hatte ich neulich von der ersten Frau gelesen, die die Ocean's Seven bewältigt hatte, als zweiter Mensch überhaupt. Sie durchschwamm den Ärmelkanal, die Straße von Gibraltar, den Kaiwi-Kanal auf Hawaii, den Santa-Catalina-Kanal vor Los Angeles, die Cook-Straße zwischen der Nord- und Südinsel Neuseelands, die Tsugaru-Straße zwischen den japanischen Inseln Honshu und Hokkaido und den Nordkanal zwischen Irland und Schottland. Ein Kraftakt ähnlich dem Erklimmen aller Achttausender der Welt. Wahrlich beeindruckend.

Und obwohl ich in meinem Leben niemals annähernd an ihre Leistungen heranreichen würde und es mir auch gar nicht wünschte, so spürte ich an diesem einsamen Strand, während ich weiter ins eiskalte Wasser watete, doch, was es bedeutete, über sich selbst hinauszuwachsen.

Ich benetzte Handgelenke und Arme, stieß mich vom Boden ab und schwamm. Kräftige Züge. Untertauchen, strecken, auftauchen, einatmen. Ich schwebte im Wasser, und die Wellen um mich bewegten sich in Richtungen, die ich nicht kannte, an Orte, die ich noch nicht gespürt hatte, zu Zeiten, die mich trugen.

Ich war allein. Das war beängstigend und großartig zugleich. Und obwohl niemand diesen Moment mit mir teilte, fühlte ich mich vollständig wie nie zuvor. Ich gehörte als Teil zum Ganzen, als Schwimmerin zum Wasser, als Mensch zu einer Gruppe, als Mutter zu meinen Kindern, als Freundin zu meinen Gefährtinnen, als Frau zum Hexenzirkel.

Die See stupste mich in Wellen, die aufkommende Flut hielt mich in sicherer Nähe zum Land. Ich streckte mich aus und ließ mich noch einmal kurz treiben. Schmale Sonnenstrahlen rieselten durch die Wolken und tropften aufs Wasser wie Regen aus Licht. Ein goldblauer Schimmer. Ich war ein Glanz.

EPILOG

Der Verkehr rauschte vierspurig stadteinwärts über den Sievekingplatz. Die Ampel war gerade auf Rot für alle auf dem Gehweg gesprungen, sodass sich binnen kürzester Zeit eine Traube aus Menschen, Kinderwagen, Fahrrädern und Rollern zwischen den Bäumen bildete. Mit dem Wechsel der Ampelfarben pulsierte Leben auf die jeweils andere Seite. Von meinem leicht erhöhten Platz auf dem oberen Absatz der Betonstufen sah es aus wie eine detailliert geprobte Choreografie.

»Alles Gute, Frau Janssen.« Michaels Anwalt streckte mir die Hand entgegen. Ich nahm an und nickte ihm zu.

Er verabschiedete sich von meiner Anwältin, klopfte Michael auf die Schulter und verschwand.

»Ich verabschiede mich dann auch«, sagte meine Anwältin, reichte erst Michael, dann mir die Hand und ging.

So endete es also. Auf den Stufen vor dem Amtsgericht Hamburg-Mitte. Ich dachte an meine Unterschrift auf den Scheidungspapieren. Sie hatte genauso ausgesehen wie immer, exakt wie vor einem Jahr, aber die Frau, der sie gehörte, hatte sich weiterentwickelt, während ich woanders hingeschaut hatte.

Michael räusperte sich. »Wollen wir noch was trinken gehen?«

Ich musterte ihn, meinen Ex. Den Mann, den ich glaubte, so gut zu kennen wie sonst nur meine Eltern und Kinder. Blass sah er aus. Noch immer. Hannes war jetzt ein halbes Jahr alt, übte gerade kräftig für den Vierfüßlerstand, das hatte Jannis mir neulich nach einem Besuch bei seinem Vater erzählt. Mir war es wichtig, dass zwischen Mia, ihm und mir keine verbotenen Themen unter der Oberfläche lauerten, die explodierten, sobald jemand an ihnen rührte. Ich wollte, dass sie mir von Hannes erzählten, von mir aus auch von Michael und Laura, damit wir alle irgendwann entspannt an einem Tisch sitzen könnten, wenn Familienfeste anstanden.

Ja, dies alles war nur wegen Michaels Treuebruch geschehen. Aber. Vielleicht wäre es auch ohne die Affäre mit Laura so weit gekommen. Wir hatten uns schon vorher voneinander entfernt. Michael hatte es nur früher gewusst.

Allerdings, so viel Kritik musste erlaubt sein, war er unwürdigend und wenig reflektiert mit diesem Wissen umgegangen, hatte den einfacheren Weg gewählt und sich auf eine Affäre eingelassen, statt das Gespräch mit mir zu suchen, seiner Ehefrau. Wir lebten nun alle mit den Konsequenzen.

Ich lächelte die erste Liebe meines Lebens an. »Nein, ich möchte nichts mehr trinken gehen.«

Michael schien erleichtert zu sein. »Also dann …«

»Ja, dann …«

Wir nickten einander zu, und Michael puzzelte sich in die gerade neu entstandene Traube vor der Ampel. Als er auf die andere Straßenseite wechselte, verlor ich ihn aus dem Blick.

Ich ging zur Bushaltestelle, fuhr zum Bahnhof nach Altona und von dort mit der Bahn aus der Stadt. Häuser zogen an mir vorüber, Straßen, Plätze, Orte, ein ganzes Leben. Die Tränen kamen überraschend, wenn auch nicht gänzlich unerwartet an einem solchen Tag. Ich hatte in den vergangenen Monaten ganz gut gelernt, mich selbst zu bemuttern und zu bevatern. Mir eine Freundin zu sein und nur das Beste für mich zu wollen. Ich umarmte mich also in Gedanken und ließ den Tränen freien Lauf.

An meiner Haltestelle stieg ich aus und auf das E-Bike. Der Fahrtwind trocknete meine Wangen. Ich freute mich trotz allem auf den Rest dieses freien Tages, der vor mir lag. So gut mir die Ausbildung gefiel, die Wochenenden reichten kaum, um die Schmerzen aus meinen Gliedern zu vertreiben, bevor am Montag alles wieder von vorn begann. Über einen Mangel an Bewegung konnte ich mich nun wirklich nicht beklagen.

Doch bevor ich gleich mit einem Buch auf dem Sofa versinken würde, wollte ich noch die Kübel auf der Terrasse bepflanzen. Elsie hatte tatsächlich mit James gesprochen und mir Zwiebeln der Guernseylilien geschickt. Ich würde sie in kalten Wintermonaten schützen müssen, hoffte aber inständig, eine eigene Zucht aufbauen zu können.

Kurz vor dem Abzweig zu meiner Straße klingelte das Handy. Martha.

»Hi, *lovely*, wie ist es gelaufen?«

Ich berichtete ihr von dem Gerichtstermin, spürte aber bereits beim Erzählen, wie wenig Auswirkungen dieses Ereignis auf meinen Alltag haben würde. Alles Entscheidende war bereits geschehen.

»Ich habe gestern bei Eleonore übrigens ein Buch mit einem anmaßend absurden Titel gesehen: *Die Kunst, alleinstehend zu sein, ohne nach Katzenfutter zu riechen.*« Martha lachte. »Haben wir beide wohl nicht geschafft.«

Ich dachte an Mimi, eine rot-weiß getigerte Katze, die seit einigen Wochen mit mir zusammenlebte. Sie gehörte einem Freund von Jannis, dessen Kieler Wohnung er übernahm, solange besagter Freund mit dem Forschungsschiff den Polarkreis bereiste, ein Tausch des Alltagslebens, allerdings mit Ausnahme von Mimi, zu der Jannis keinen Zugang fand. Er war mehr der Wal-Typ.

Ich klemmte mein Handy ans Fahrrad, schaltete den Lautsprecher an und fuhr weiter. »Was wäre eine Hexe auch ohne Katze?«

Martha lachte. »Ganz genau.«

»Ist Amanda mit deinen Flyern fertig?«

»Morgen, hat sie gesagt.«

»Dann kannst du sie ja am Wochenende mit dem Flugzeug über der Insel abwerfen.«

»Haha. Wart's nur ab. Die ganzen Leute, die noch analog unterwegs sind, werden sie mir aus der Hand reißen.«

»Das werden sie aus dem Grab heraus wohl kaum können.«

»Uh.« Martha lachte. »Das war böse. Gnade dem, der dir heute noch begegnet.«

Ich stimmte in ihr Lachen ein, und wir verabschiedeten uns. Es hatte schon so viele Varianten dieses Gesprächs gegeben, dass es mich jedes Mal wieder erstaunte, wenn wir uns einen neuen Twist erarbeiteten. Marthas Abneigung gegen Computer, künstliche Intelligenz, generell alles Digitale, war so legendär, dass Eleonore Martha während eines unserer Telefonate das Handy entrissen hatte, um sich bei mir dafür zu bedanken, dass ich so weit weg wohnte.

»Nur wegen dir liest sie jetzt regelmäßig ihre Nachrichten. Halleluja!«

Die Distanz von mehr als tausend Kilometern hatte allerdings nicht dabei geholfen, Martha zu einer eigenen Website zu überreden. Ob Amandas Flyer sie ins Parlament wählen würden, erfuhren wir in einigen Wochen.

Ich umrundete die ausladende Kastanie an der nächsten Kreuzung und bog ab in meine neue Heimatstraße.

Es war ein altes Wohngebiet mit vielen alten Bäumen und alten Menschen. Erst langsam veränderte sich die Anwohnerschaft. Gleich neben mir würde in einigen Wochen eine Familie mit zwei kleinen Kindern einziehen. Ein Handwerksbetrieb hatte das Haus eingerüstet und gestern begonnen, das Dach neu zu decken. Als ich das E-Bike vor meiner Haustür parkte, waren aber alle schon ins Wochenende entschwunden. Nur ein bedrucktes Banner mit dem Logo der Firma flatterte im Wind, weil sich an einer Ecke die Befestigung gelöst hatte.

Ich schloss die Wohnungstür auf, legte meine Tasche im Flur ab und stieß die hochhackigen Stiefel von den Füßen. Keine Ahnung, warum ich mir so viele Gedanken darüber gemacht hatte, was ich heute anziehen sollte. Ja, es war ein denkwürdiger Tag. Aber ob ich mich später tatsächlich daran erinnerte, welche Schuhe ich getragen hatte? Wahrscheinlich schon.

Ich knipste das Licht in der Küche an und schrie auf. Durch das Plissee der Hintertür erkannte ich einen menschlichen Schatten auf meiner Terrasse.

Er klopfte an die Fensterscheibe. »Alice? Ich bin's.«
Louis.

Mit zittrigen Beinen ging ich zur Tür, zog das Plissee herunter und sah in Louis' lächelndes Gesicht.

Ich riss die Tür auf. »Du hast mich zu Tode erschreckt, verdammt!«

»Entschuldige. Ich bin eingenickt und erst durch deinen Schrei und das Licht aufgewacht. Ich wollte nicht vorne vor der Haustür warten. In diesem biederen Viertel wäre das sicher seltsam gekommen.«

»Deshalb sollst du dich vorher anmelden, Louis! Ich weiß nicht, wie oft ...«

Er zog mich an sich, schloss die Arme fest um meinen Rücken, legte eine Hand auf meinen Kopf und flüsterte: »Alice ...«

Ich hörte auf zu schimpfen und atmete, sog Louis'

Duft ein. Kaffee, Minze und Abenteuer. Er war mir so vertraut.

Mich weiter umklammernd, murmelte Louis in den Bob hinein: »Wie ist es gelaufen?«

Ich nickte unter seiner Hand.

Wir blieben noch eine Weile so stehen, wie immer im Türrahmen, als gäbe es für uns nur diesen Ort des Übergangs.

Irgendwann nahm ich Louis an der Hand und zog ihn zu mir ins Haus. Er setzte sich an den Küchentisch und kuschelte mit Mimi, während ich uns Nudeln kochte und von der Scheidung erzählte. Wir redeten viel an diesem Abend, na ja, zumindest für unsere Verhältnisse. Louis antwortete sogar auf meine Fragen zu Tonje, allerdings recht zurückhaltend. Ich wusste nie, ob ich ihm das als Loyalität auslegen sollte oder als Desinteresse.

In der Nacht schliefen wir viermal miteinander. Ein neuer Rekord. Es schien, als fürchteten wir uns vor dem Schlaf, als müssten wir uns aneinanderklammern, uns wachhalten, ineinander versinken, um uns zu rüsten für den kommenden Tag. Die Nacht hielt die Dämmerung in Bann, und wir klebten uns an die Zeit, um sie zu verlangsamen.

Als es hell wurde, fielen wir in einen leichten, oberflächlichen Schlaf, aus dem uns Mimi mit hungrigem Miauen weckte.

Ich stand auf, bereitete ihr Futter zu und stellte den Wasserkocher an. Mit einem Tee und einer Decke setzte ich mich draußen auf einen Korbsessel und sah der Sonne beim Aufgehen zu. Kurz darauf gesellte Louis sich zu mir. Er hatte sich meine Bettdecke um die Schultern gewickelt und versank in den plüschigen Daunen.

»Louis ...« Ich reichte ihm meine Teetasse. »Ich muss mit dir ...«

»Nicht!« Er umklammerte die Tasse mit geschlossenen Augen. »Tu das nicht ...«

Da war eine Verletzlichkeit in seiner Stimme, die ich nicht kannte, eine Sehnsucht nach mir, die ich gerne beschützt hätte.

»Louis ... es wird Zeit.«

Er knallte die leere Tasse auf den Gartentisch und zog die Decke enger um sich. »Ach was ... Zeit. Es ist immer irgendeine Zeit, vielleicht ist jetzt auch die Zeit für Sex oder Zeit für einen Spaziergang, vielleicht spielt es auch einfach gar keine Rolle.«

Ich versuchte, meine Gedanken zu sortieren. Sie waren wie die Möbel, die ich aus dem Bungalow in Rissen mitgenommen hatte. Noch immer konnten nicht alle ihren Platz finden, ich schob sie weiterhin von einer Seite des Raums auf die andere, bis es hoffentlich irgendwann einmal passte.

»Mir fällt das nicht leicht ...«

»Dann lass es.«

»Es nützt doch nichts, wenn wir alles wegschweigen.«

»Ich finde, das funktioniert ganz wunderbar.«

»Nein.«

»Für mich schon.«

»Das stimmt doch nicht ...«

»Letzte Nacht lief es für dich auch ganz gut.«

»Sex ist nicht die Antwort auf jede Frage.«

»Dann stell halt keine.«

»Louis!«

»Was?«

»Ich kann das so nicht mehr.«

»Das ist doch Quatsch.«

»Okay, dann anders: Ich will das so nicht mehr! Wir klammern uns aneinander, weil wir beide Angst davor haben, allein zu sein. Das ist keine Beziehung, sondern eine Trennungshilfe. Es wird Zeit, auf eigenen Beinen zu stehen.«

Louis hatte die Augen geöffnet, ich glaubte jedoch nicht, dass er etwas sah. Seine Nasenflügel bebten, die Oberlippe zitterte. Plötzlich sprang er auf. Der Korbsessel plumpste nahezu lautlos auf die Daunendecke und Louis marschierte barfuß und in Boxershorts um die Hausecke, sprang über den Zaun, den die Dachdecker neulich ausgegraben und flach auf dem Boden abgelegt hatten, lief ans Ende des lang gestreckten Grundstücks, durch das kleine Tor auf die Wiese, von dort über den Knick und vermutlich weiter über die nächste Wiese bis in das kleine Waldstück dahinter. Aber das konnte ich nicht mehr sehen.

Langsam stand ich auf. Natürlich war mir klar gewesen, dass dieses Gespräch nicht einfach würde. Dass es weder ruhig noch reibungslos, nicht entspannt oder rational verlaufen würde.

Aber es war frisch an diesem frühen Aprilmorgen. Louis würde bald wiederkommen.

Ich klaubte die Decke zusammen, stellte den Korbsessel auf, griff nach der Teetasse und ging ins Haus. Drinnen zwang ich mich, nicht sekündlich aus dem Fenster zu stieren, zog mich an, brühte neuen Tee auf, legte Louis' Anziehsachen auf den Gartentisch, setzte mich ins Wohnzimmer und wartete.

Er hielt es fast eine Stunde lang draußen aus. Ich hörte seine Füße auf den Terrassensteinen patschen, das Scheuern von Stoff, einen Reißverschluss, das Klappern von Zähnen. Louis kam ins Haus. Er lief von der Küche ins Schlafzimmer, öffnete die Tür zum Wohnzimmer und stand mit blauen Lippen im Durchgang.

Ich öffnete die Arme, Louis schnappte sich eine Decke und kuschelte sich dicht an mich gedrückt aufs Sofa.

»Tut mir leid.«

»Mir auch.«

Wir hielten einander, wie wir es immer getan hatten. Nicht zu fest, nicht zu locker, weder zu sanft noch zu stark.

Eine lange Weile lang.

Irgendwann schälte Louis sich aus der Decke. »Ich packe mal meine Sachen. Ist es okay, wenn ich noch frühstücke?«

»Natürlich.«

Er kochte sich Kaffee, den ich extra für ihn aufbewahrte, schmierte sich eine Stulle und aß allein in der

Küche. Ich wartete, dass er zurückkam. Schließlich stand ich auf und ging zu ihm hinüber.

»Darf ich dir etwas sagen?« Ich setzte mich auf einen Küchenstuhl.

Louis verzog das Gesicht. »Will ich es hören?«

Ich lächelte. »Vermutlich nicht.«

Er rollte mit den Augen und nickte.

»Finde heraus, warum du solche Angst vor einer engen Bindung hast. Mach eine Therapie, rede mit Freunden, geh ins Kloster, was auch immer dir hilft.«

Er blinzelte einige Male, wischte mit dem Handrücken grob über seine Augen. »Sagt die Frau, die mich gerade verlässt.«

Ich lachte. »Entbehrt nicht einer gewissen Ironie, da gebe ich dir recht.«

Louis schnaubte. Dann lächelte er. »Du bedeutest mir viel, Alice.«

»Und du mir. Aber das hier ist ein Übergang, eine schwankende Überbrückung zwischen meiner Bedürftigkeit und deiner. Kein Plan für die Zukunft.«

»Könnte aber doch einer werden ...«

Ich schüttelte den Kopf.

Louis nickte. Er trank den Kaffee aus, dann stand er auf. Ging ins Bad, packte seine Sachen, zog Schuhe und Jacke an.

»Ich würde dir gerne noch etwas schenken, bevor ich gehe.«

»Louis ... ich weiß nicht ...«

»Vertrau mir, okay? Ein letztes Mal.«

Er nahm meine Hand und führte mich aus der Küche

auf die Terrasse, über den kaputten Zaun auf das Nachbargrundstück, den Rasen hinunter, durch das Tor auf die Wiese.

Die Sonne war inzwischen aufgegangen und stand bereits hoch am Himmel. Es war frühlingshaft kühl, aber der Tag versprach Nachbesserung. Wir standen inmitten eines Blühstreifens, den der Bauer rund um seine Wiesen und Felder angelegt hatte. Die ersten Ackergoldsterne blühten, Gänseblümchen, Löwenzahn, Waldwindröschen und Schaumkraut. Eine Hummel schnarrte vorüber. Zwei Meisen jagten einander über die Blumen. Die Luft schmeckte nach Frühling und Aufbruch.

Louis griff nach meinen Händen. »Ich möchte, dass du deine Arme fest um meinen Hals legst.«

»Louis …«

»Vertrauen, okay? Komm schon.«

Er beugte sich ein wenig zu mir hinab, ich legte die Arme um seinen Hals.

»Die Hände verschränken. Gut festhalten. Und jetzt küsst du mich zum Abschied. Aber nicht mit Zunge oder so, press einfach deine Lippen auf meine.«

Als mein Mund seinen berührte, lehnte Louis sich zurück, sodass meine Fußsohlen vom Boden abhoben. Er begann, sich zu drehen. Erst langsam, dann immer schneller. Louis breitete die Arme aus, und wir kreiselten. Meine Beine wirbelten durch die Luft, die Fliehkraft zog an mir, Louis schnaufte, ich spürte seine Anstrengung, presste meine Lippen auf seine, flog durch die Welt, schloss die Augen, hielt mich ganz allein, berührte ihn und war doch frei, vollkommen frei, nur von meinem eigenen Griff gehalten.

Prustend trudelte Louis schließlich zwei Schritte rückwärts, strauchelte, und wir kugelten nebeneinander in die Blumen. Lachten.

Als wir wieder zu Atem kamen, richtete er sich auf und sah mich an. »Das wünsche ich dir, Alice. Dieses Gefühl. So oft wie möglich.«

Ich schlang meine Arme um ihn, und wir hielten einander. Zum letzten Mal.

Zurück im Haus schnappte Louis sich seinen Rucksack, und ich brachte ihn zur Tür.

»*Take care*«, sagte er, was gleichzeitig ganz wenig und sehr viel bedeutete.

»Weißt du«, erwiderte ich. »Sollte es je nötig werden, jemanden zu finden, der Guernsey für eine kleine Auszeit anhebt und die Insel an einen anderen Ort befördert, vielleicht in den Pazifik oder die Andamanensee, dann werde ich alle an dich verweisen.«

Louis grinste. Dann ging er.

Ich schloss die Haustür, schnappte mir Mimi und setzte mich katzenkraulend in die Sonne auf die Terrasse.

Nicht, dass ich schon viele Trennungen erlebt hatte, aber ich glaubte sagen zu können, dass dies die schönste bleiben würde. Ich griff nach meinem Handy und textete Martha genau das.

Überwältigt von Endorphinen, Schlafmangel, der Geschichte des vergangenen Jahres, den Ereignissen der letzten vierundzwanzig Stunden, war ich fest davon überzeugt, dass mein Leben wollte, dass ich es liebte. Und ich war bereit dafür, willig mein Herz zu verschenken.

Martha antwortete: »*Very sure you are a witch.*«

DANK

$\mathcal{L}$iebe*r Leser*in,

mit *Alice und das Blau des Wassers* wollte ich eine Geschichte schreiben, die mit dem gängigen Klischee des Neids zwischen Frauen bricht, dem furchtbaren Narrativ, dass wir alle uns ständig im Zickenkrieg befinden.

Ich habe in meinem Leben so viel wundervolles Miteinander erlebt, Empowerment und Unterstützung von Frauen. Darauf möchte ich auch weiterhin den Fokus lenken, auf das Positive, die guten Geschichten. Gerade in diesen schwierigen Zeiten. Ich hoffe, das macht Mut für einen wertschätzenden Blick auf die Menschen um uns herum.

In diesem Zusammenhang möchte ich gerne DANKE sagen. An Dorothee Schmidt, meine großartige Literaturagentin. An Anna Baubin, meine geschätzte Lektorin bei Heyne – an das ganze tolle Team. An Antje Steinhäuser, eloquente Sparringspartnerin im Lektorat. An meine kritischen Erstleserinnen Silke Heimes und Nina Fuhrmann. An Rebekka Frank für die wundervolle Quote. An Romy Pohl für das bezaubernde Cover.

An Gaby Betley für eine spannende Zeit auf Guernsey. An Ulrike Günther für die juristischen Insights. Und natürlich an meinen Mann und meine Kinder – nur mit euch ergibt alles Sinn. DANKE, DANKE, DANKE!

Ganz besonders dankbar bin ich darüber hinaus natürlich dir, liebe*r Leser*in! Was für eine Freude, dass du Alice und mich nach Guernsey begleitet hast! Ich hoffe, wir haben dich gut unterhalten.

A la Perchoine (Guernsey Patois für bis zum nächsten Mal)

Katja Keweritsch

Kleiner Nachtrag: Das Vorbild für Sousville Manor in meiner Geschichte ist natürlich Saumarez Manor auf Guernsey. Da mein Haus aber den Status einer fiktiven, architektonischen Figur hat, brauchte ich mehr Freiheiten. Deshalb habe ich mich für einen anderen Namen und eine eigene Geschichte entschieden. Jegliche Ähnlichkeiten sind also rein zufällig.